EVA REICHL

Mühlviertler Kreuz

HOCHZEIT MIT FOLGEN Auf der Burgruine Reichenstein wird ausgelassen Hochzeit gefeiert. Am nächsten Morgen hängt die Braut tot in den Bäumen unterhalb der Ruine. Für die Inspektoren Oskar Stern und Mara Grünbrecht vom LKA Linz ist rasch klar, dass das Opfer über die Mauer der Hochburg gestoßen wurde. Bald rücken die Familienmitglieder der Brautleute ins Visier der Ermittler, da sie etwas zu verbergen scheinen. Als dann auch noch eine Überweisung in Höhe von 5 Millionen Euro auftaucht und bekannt wird, dass der Sänger der Hochzeitsband der Braut näher kam als üblich, ist klar, dass das keine normale Hochzeit war. Doch wer profitiert von dem Geld? Und wer vom Tod der Braut? Und wer ist der Unbekannte, der auf der Feier immer wieder mit der Braut getanzt hat und seither wie vom Erdboden verschluckt ist? Die Ermittler gehen auf Täterjagd ins Mühlviertel. Dabei macht einer von ihnen einen bedeutsamen Fehler, den er teuer bezahlen muss.

Eva Reichl wurde in Kirchdorf an der Krems in Oberösterreich geboren und zog bereits als Kleinkind mit ihrer Familie ins Mühlviertel, wo sie bis heute lebt. Neben ihrer Beschäftigung als Controllerin schreibt sie überwiegend Kriminalromane und Kindergeschichten. Mit ihrer Mühlviertler-Krimiserie verwandelt sie ihre Heimat, das wunderschöne Mühlviertel, in einen Tatort getreu dem Motto: Warum in die Ferne schweifen, wenn das Böse liegt so nah.

EVA REICHL

Mühlviertler Kreuz

Kriminalroman

GMEINER

Personen und Handlung sind frei erfunden.
Ähnlichkeiten mit lebenden oder toten Personen
sind rein zufällig und nicht beabsichtigt.

Immer informiert

Spannung pur – mit unserem Newsletter informieren wir Sie
regelmäßig über Wissenswertes aus unserer Bücherwelt.

Gefällt mir!

Facebook: @Gmeiner.Verlag
Instagram: @gmeinerverlag
Twitter: @GmeinerVerlag

MIX
Papier aus verantwortungsvollen Quellen
FSC® C083411

Besuchen Sie uns im Internet:
www.gmeiner-verlag.de

Im Ehnried 5, 88605 Meßkirch
Telefon 07575/2095-0
info@gmeiner-verlag.de

1. Auflage 2021

Lektorat: Katja Ernst
Herstellung: Mirjam Hecht
Umschlaggestaltung: U.O.R.G. Lutz Eberle, Stuttgart
unter Verwendung eines Fotos von: © Lisa Reichl
Druck: CPI books GmbH, Leck
Printed in Germany
ISBN 978-3-8392-0063-6

Für Franz, meinen Ehemann

1. KAPITEL

Die Hochzeit auf der Burgruine Reichenstein im Mühlviertel war in vollem Gange. Marion Balduin tanzte ausgelassen mit Albert Freiherr, ihrem Zubräutigam. Hin und wieder erhaschte sie in dem unbeschwerten Treiben die Blicke ihres frisch angetrauten Ehemannes. Sie vermochte nicht zu sagen, ob er eifersüchtig war, bereits heute am Tag ihrer Hochzeit. Aber eigentlich interessierte sie es nicht. Sie wollte Spaß haben und ausgelassen feiern, wenn sie schon einen Mann heiraten musste, den sie aus freien Stücken niemals genommen hätte. Fabian Hallsteiner.

Er war nicht Marions Typ. Sie bevorzugte ältere, reifere Männer, die wussten, was sie wollten. Fabian hingegen war lieb und nett, ein Träumer. Und er spähte zu ihr herüber. Beobachtete sie bei allem, was sie tat, und strich sich die blonden Haare zurück, die seitlich kurz geschnitten und oben etwas länger waren. Stumm forderte er sie heraus.

Sie reckte das Kinn, zog Alberts Kopf zu sich herab und küsste ihn. Mit Zunge. Leidenschaftlich. Er machte mit, schien den Kuss zu genießen, erwiderte ihn und drückte sie an sich, bis sie seine Erregung spürte. Dann löste sie sich von ihm und drehte sich ausgelassen im Kreis. Sie wusste, dass die Aufmerksamkeit aller Hochzeitsgäste ihr galt, lachte und verlangte nach einem Glas

Wein. Jemand reichte es ihr und Albert führte sie von der Tanzfläche.

Doch sie wollte nicht aufhören. Sie wollte tanzen!

Sie ließ Albert stehen und eilte zurück auf die Fläche im Burghof, wo sich die Menschen ausgelassen im Rhythmus der Musik bewegten. Jeder von ihnen war froh, endlich wieder gemeinsam feiern zu können, denn während der Hochblüte der Corona-Pandemie war eine so große Hochzeit nicht möglich gewesen.

Gleich neben dem Eingang in die Burgkapelle hatte sich auf einer Bühne die Band positioniert. Canticum Lupi war eine Mittelalterrockband, passend zum Ambiente der Burg, von deren Gemäuer nur noch Teile erhalten waren. Dennoch konnte man sich gut in das Leben zur damaligen Zeit hineinversetzen – oder zumindest in eine moderne Vorstellung davon. Bestimmt hatten einst die tapferen Ritter mit ihren Frauen desgleichen hier gefeiert, wenn sie einen blutigen Sieg errungen hatten. Hatten Tische und Bänke aufgestellt und diese mit Speis und Trank beladen, bis sie zum Bersten voll gewesen waren. Dies war zumindest die romantische Idee davon, und so ähnlich fand es heute auch tatsächlich statt. Geld spielte keine Rolle, Marions Schwiegervater hatte keine Kosten gescheut, die Feier zu einem rauschenden Fest werden zu lassen, denn so mancher der Anwesenden hatte mit dem heutigen Tag wie die Ritter zur damaligen Zeit erreicht, was er wollte.

Die Klänge des Dudelsackes und des Schlagzeuges peitschten Marion hoch und ließen sie dieses Gefühl eines Sieges spüren. Jemand nahm ihre Hand, drehte sie im Kreis, fing sie auf, lachte. Es war ein junger Mann mit strahlenden blauen Augen.

Der Dudelsackspieler von Canticum Lupi vollführte auf der Bühne eine Glanzleistung in dieser sternenklaren Mainacht, unterstützt von der Stimme des Sängers, der ein Lied über Krieg und Frieden zum Besten gab.

Marion verschüttete ihren Wein und sah in die blauen Augen, die sie zu vergöttern schienen. Nur für diese eine Nacht wollte sie seine Königin sein. Nur dieses eine Mal war er ihr blauäugiger Ritter. Danach würde sie sich in die Rolle der Ehefrau fügen und verrotten, wie all die anderen Ehefrauen auch, wenn man den Geschichten derer, die längst verheiratet waren, Glauben schenken durfte. Den Geschichten ihrer Tanten und Cousinen. Der Geschichte ihrer Mutter.

Doch Marion hatte Pläne, Ziele, Visionen, die sie nicht zu begraben gedachte. Sie würde durch die Ehe wachsen, hoffte sie, und sich all das nehmen, was ihr durch den Kopf flatterte wie Schmetterlinge, weil es bislang unausgegorene Ideen waren. Diese Schmetterlinge würden sich zur gegebenen Zeit auf einer Blüte niederlassen. So lange musste sie warten. Dann aber würde sie ihre frisch erhaltene Fessel wieder ablegen.

Der Blauäugige packte Marion an der Taille und zog sie an sich. Sie warf das Glas in die tanzende Menge und konzentrierte sich auf den Unbekannten, auf seine Hände, auf sein Lächeln, und fragte sich, wer ihn eingeladen hatte? Zu ihrer Verwandtschaft gehörte er nicht, auch nicht zu der entferntesten, das wusste sie. Diese Augen und dieser Mund wären ihr bestimmt im Gedächtnis geblieben, hätte sie beides schon mal gesehen.

Vielleicht war er Fabians Cousin? In diesem Fall würde sie den Fremden jetzt öfter sehen, dachte sie und lachte wieder.

Die Musik wurde langsamer. Marion passte ihre Bewegungen dem Takt an. In der Menge suchte sie nach ihrem Ehemann in der Annahme, er würde sie eifersüchtig beobachten. Doch wider Erwarten tanzte er mit der Zubraut, Leona Sipacher, ebenso eng umschlugen wie sie es selbst mit ihrem blauäugigen Ritter tat.

Marion traute ihren Augen nicht!

Die Zubraut, die ihr zur Seite stehen sollte, ihr behilflich sein musste bei den vielen Dingen, die bei einer Hochzeit anfielen, machte sich an ihren Ehemann ran! Unerwartet spürte Marion Eifersucht ihre Knochen emporkriechen. Was widersinnig war, da sie Fabian Hallsteiner gar nicht liebte. Sie verabscheute ihn in diesem Augenblick sogar, kniff die Augen zusammen und streckte den Rücken durch. Dann versprühte sie ihr Gift.

»Ich finde, wir sollten uns ein kuscheliges Plätzchen suchen, wo wir ungestört sind«, flötete sie ihren blauäugigen Helden an.

»Wenn du möchtest.«

»Heißt das, du willst nicht?«, fragte sie keck ob der zurückhaltenden Antwort.

»Es ist deine Hochzeit, nicht meine«, erwiderte der Unbekannte.

»Wie heißt du? Nein! Sag es mir nicht! Ich möchte einmal in meinem Leben mit jemandem ficken, dessen Namen ich nicht kenne.« Marion zwinkerte ihm zu und entwand sich seinen Armen. Anschließend verließ sie die Tanzfläche, ihr Ritter folgte ihr.

Bei ihrem Gang über den Burghof bemerkte Marion, dass sie betrunken war. Nicht beschwipst und auch nicht angeheitert, sondern richtig betrunken. In diesem Zustand würde es nicht leicht sein, die Stufen in die Hochburg zu erklimmen. Ihr Schwiegervater hatte die komplette Burg für diesen Abend gemietet, demnach standen ihnen die Räumlichkeiten ganz oben ebenfalls zur Verfügung. Doch schon nach den ersten Stufen musste sich Marion setzen. Sie brauchte eine Pause.

»Was ist mit dir?«, fragte derjenige, den sie eben noch hatte abschleppen wollen.

»Mir ist schlecht«, antwortete Marion, den Kopf in beide Hände gestützt.

»Also wird es nichts mit …«

»Nein! Hau ab!«, schrie sie ihn an.

»Schon gut, beruhige dich …«

»Ich will mich nicht beruhigen, hau einfach ab!«

In diesem Augenblick kam ein Pärchen die Treppe herab und bemerkte Marion und ihren Ritter am Fuße derselben. Es war Marions Cousine Luise mit ihrem Ehemann Floyd. Marion hatte sich schon immer über den seltsamen Namen gewundert.

»Geht es dir gut?«, fragte Luise. Zumindest nahm Marion an, dass es ihre Cousine war. Sie sah das Gesicht der Frau nur verschwommen und wünschte sich, dass die Stufen endlich aufhörten sich zu drehen.

»Alles bestens«, stieß Marion aus.

Luise musterte den Mann an Marions Seite, der unschuldig mit den Schultern zuckte und sich lässig an die Mauer lehnte.

»Ihr ist schlecht«, sagte er und deutete auf Marion, als wüssten die Anwesenden nicht, wen er meinte.

»Wenn du Hilfe brauchst …«

»Wir schaffen das«, unterbrach er sie. »Sie braucht nur ein paar Minuten Auszeit. Danach ist sie wieder ganz die Alte.«

Luise und Floyd zogen von dannen.

»Was jetzt? Willst du hier sitzen bleiben?«, fragte er Marion, als niemand mehr in Hörweite war.

»Nein«, antwortete Marion. »Bring mich zurück zur Feier.« Sie versuchte sich aufzurichten, was kläglich misslang, und rutsche lediglich auf ihrem Hinterteil eine Stufe nach unten.

»Los, ich zieh dich hoch«, sagte er und fasste ihr unter den Arm. Mit Schwung half er Marion auf die Beine. Da sie nicht wusste, wie lange das funktionieren würde, weil ihr immer noch schwindelig war, hakte sie sich bei ihm unter.

»Warte!«, sagte ihr Ritter und hielt ihr seinen Finger hin.

»Was soll das?«, wollte sie von ihm wissen und starrte den Finger an, als wäre er eine obszöne Geste. Als würde der Blauäugige erwarten, dass sie ihn lutschte.

»Spuck darauf! Deine Wimperntusche ist verschmiert.«

Marion lachte. Der Mann war fürsorglich, genau wie Fabian. Doch während sie diese Eigenschaft bei ihrem frisch angetrauten Ehemann verabscheute, gefiel sie ihr bei ihrem Gegenüber. Sie leckte seinen Finger ab, und er wischte ihr damit die verschmierte Mascara weg. Wieder vorzeigbar schlenderten sie Arm in Arm zurück, wohl wissend, dass sie von den Gästen neugierig beobachtet wurden.

An der eigens für die Hochzeit aufgestellten Bar genehmigte sich Marion ein Glas Wasser, um klarer im Kopf zu werden. Sie bat den Barkeeper, ihr das Wasser in ein Weinglas zu füllen, damit niemand sie mit dem alkoholfreien Getränk ertappte. Schließlich wollte sie den Eindruck machen, dass sie Spaß hatte, und wie bei einer Hochzeitsfeier üblich, musste dafür reichlich Alkohol fließen. Nüchtern würde sie den heutigen Abend und die folgende Nacht auch nicht ertragen. Aber noch war die Hochzeitsfeier ja nicht vorüber. Das traditionelle Brautstehlen fehlte, und Marion wünschte sich, dass ihr blauäugiger Ritter sie ganz weit weg von hier brächte, an einen Ort, von wo sie nie mehr zu dieser Feier zurückkehren würde und ein freies Leben führen könnte, ganz so, wie sie es sich vorstellte.

»Wie geht es dir?«, fragte eine Stimme hinter ihr. Ihr Ritter war es nicht, der war auf seltsame Weise verschwunden. Es war Albert Freiherr, der Zubräutigam.

»Warum fragen mich alle, wie es mir geht?«, fuhr Marion ihn an.

»Weil es deine Hochzeit ist und du glücklich sein solltest«, antwortete Albert und nippte an seinem Rotwein.

Marion erwiderte nichts, sondern sah hinüber zu dem Tisch, an dem ihre Eltern saßen. Sie unterhielten sich angeregt mit Leuten, die Marion nicht kannte. Wahrscheinlich Geschäftspartner ihres Vaters oder Verwandte von Fabian. Vielleicht auch irgendjemand, der für sie immer unbekannt bleiben würde, weil diese Menschen nur wichtig für andere waren.

»Lass uns tanzen«, sagte sie an Albert gewandt.

»Jederzeit gerne, das weißt du.«

»Ja, das weiß ich.«

Albert zog Marion hinter sich her auf die Tanzfläche. Die Band stimmte im selben Augenblick eine Ballade an und der Sänger zwinkerte Marion zu. Sie löste sich von Albert, marschierte in Richtung Bühne und neckte den Frontman der Band mit lockendem Zeigefinger, er möge sich zu ihr herunterbeugen. Der Sänger kam der

Aufforderung nach, und anstatt eine weitere Zeile Text zu singen, ließ er sich von der Braut küssen. Ein Raunen ging durch die Gäste, und Marion fing den erzürnten Blick ihres Vaters auf. Volltreffer!, dachte sie und ging beschwingt zu Albert zurück.

»Findest du das klug?«, fragte er.

»Nein«, antwortete Marion ehrlich. »Aber was bringt es mir, klug zu sein?«

»Du würdest nicht den Unmut deiner Alten auf dich ziehen, auch nicht den deiner Schwiegereltern«, resümierte Albert.

Marion sah, während sie sich von Albert über die Tanzfläche führen ließ, zu Viktor und Stefanie Hallsteiner hinüber, ihren Schwiegereltern. Anhand deren Mimik erkannte sie, dass ihnen ihre kleine Einlage nicht gefallen hatte. Sie würde sich nach der Hochzeit demnach nicht nur von ihren Eltern und ihrem Ehemann etwas anhören müssen, sondern auch von ihrer angeheirateten Familie. Sie seufzte, hatte jedoch keine Lust, zu dem bösen Spiel, das um sie herum stattfand, eine fröhliche Miene aufzusetzen.

»Es ist mir egal, was sie über mich denken«, sagte sie schließlich.

»Ist es dir nicht«, konterte Albert.

»Ist es wirklich. Schließlich ist das hier meine Abschiedsparty.«

»Abschiedsparty? Du heiratest doch bloß.«

»Ja, aber einen Mann, den ich mir nicht ausgesucht hab.«

»Was hast du vor?« Albert hielt Marion eine Armlänge von sich gestreckt und musterte sie. Dann zog er sie wieder heran und drehte sich mit ihr, wie es der Tanz verlangte.

»Keine Ahnung. Abhauen?« Marion setzte ein Lächeln

auf, doch es war nur eine Maske, die sie trug, damit niemand ihre wahren Gefühle erkannte.

»Mach dich nicht lächerlich. Du kannst immer zu mir kommen, das weißt du.«

»Ja, das weiß ich.«

Die Musik verstummte und die Gäste applaudierten. Danach kündigte der Sänger eine 20-minütige Pause an. Sofort strömten alle Richtung Bar.

»Darf ich dir einen Drink spendieren?«, fragte der Frontman der Band, der plötzlich hinter Marion und Albert auftauchte. Seine rot gefärbten Haare hatte er auf einer Seite wegrasiert, dafür trug er sie auf der anderen umso länger. Die Klamotten, die er anhatte, waren aus Leinen gefertigt und der breite Gürtel aus weichem Rindsleder. Das Outfit könnte gut und gerne aus jener Zeit stammen, die er und seine Band ein Stück weit aufleben lassen wollten. Und das taten sie mit Erfolg, das musste Marion zugeben.

»Du weißt schon, dass die Getränke für die Braut gratis sind?«, erwiderte sie lachend.

»Klar weiß ich das. Das ist auch nur so eine Anmache, die du sicher kennst«, konterte der Sänger.

»Natürlich kenne ich die, genau wie dich, Goliat, aber deine Anmache ist halt nicht sonderlich originell«, erwiderte Marion. Die Melancholie von vorhin war wie weggeblasen. Sie wollte nur noch im Hier und Jetzt existieren. »Von einem wie dir hätte ich etwas anderes erwartet.«

»Ja? Was denn?«

»Keine Ahnung.« Marion zuckte mit den Schultern.

»Ich könnte dir ein Lied trällern …«

»Oh ja, genau darauf hab ich gewartet.«

Goliat stimmte einen schmalzigen Liebessong an.

»Sei still! Die anderen schauen schon«, lachte Marion.

Goliat verstummte, ebenso in bester Laune. Es war ihm anzusehen, dass er Freude daran hatte, im Mittelpunkt zu stehen. Das war er als Frontman der Band gewöhnt. »Was willst du trinken?«

»Einen Gin Tonic, bitte.«

Goliat bestellte zwei dieser Mix-Getränke und reichte ein Glas Marion. »Was war das denn vorhin?«, fragte er unschuldig und stieß mit seinem Drink gegen ihren.

»Was meinst du?« Marion stellte sich unwissend.

»Der Kuss vor all den Leuten«, erinnerte Goliat sie daran.

Marion schlürfte ihren Gin Tonic. Nach einer Weile sagte sie: »Mir war einfach danach.«

»Tust du immer, worauf du gerade Lust hast?«

»Meistens.«

»Das ist gut.« Goliat grinste.

Das Gedränge an der Bar wurde heftiger und jemand rempelte Marion von hinten an.

»Entschuldige«, sagte der blauäugige Ritter, als Marion sich umwandte. Er schob sich durch die Umstehenden an die Bar, um ebenfalls Getränke zu ordern. An seinem Gesichtsausdruck konnte sie nicht ablesen, ob er sauer auf sie war, weil aus dem Stelldichein nichts geworden war, oder ob er nur ihre Aufmerksamkeit erregen wollte. Sie machte ihm Platz und drückte sich an Goliat, der nicht zurückwich. Es kam ihr sogar vor, als würde seine Hand die Konturen ihrer Beine unter dem Brautkleid nachzeichnen. Ein schlimmer Finger, dachte sie und stellte sich vor, wie selbiger in sie eindrang und sich bewegte.

»Alles okay?«, fragte Goliat, mit dem Glas in der Hand und einem Grinsen im Gesicht, das Marion signalisierte, dass er genau wusste, was sie im Augenblick fühlte.

»Küss mich!«, forderte sie ihn auf.

»Ich werde dich bestimmt nicht ein weiteres Mal vor all den Leuten küssen. Die würden mich lynchen, und darauf hab ich echt keinen Bock.«

»Du bist ein Feigling«, provozierte Marion ihn.

»In fünf Minuten oben in der Hochburg«, raunte er ihr ins Ohr, leerte seinen Gin Tonic und verschwand in der Menge.

Marion stand an der Bar inmitten von 400 Hochzeitsgästen und mit dem Rücken zu ihrem Ritter, dennoch fühlte sie sich allein. Und unsicher. Ob sie Goliat folgen sollte?

»Marion!« Die Stimme ihres Bruders riss sie aus ihren Überlegungen. Im Schlepptau hatte er ihren Ehemann. Sie genehmigte sich einen Schluck, um sich für das Bevorstehende zu wappnen. Danach ging sie auf David und Fabian zu. Die zwei könnten Brüder sein, schoss es ihr durch den Kopf, sie glichen einander im Aussehen wie Zwillinge. Beide hatten blonde Haare, die oben länger und seitlich kurz geschnitten waren, blaugraue Augen und ein markantes Kinn. Marions Haare waren im Gegensatz dazu braun und lockig und reichten ihr bis über die Schultern – heute trug sie sie jedoch mit weißen Perlen verziert hochgesteckt –, und ihre Augen funkelten in einem angriffslustigen Grün. Kaum zu glauben, dass David und sie Geschwister waren.

»Mensch, Marion!«, wiederholte David ihren Namen, und Marion machte sich auf Vorwürfe gefasst.

»Was willst du?«, herrschte sie ihn an.

»Ich bringe dir deinen Ehemann. Du solltest auch mal mit ihm tanzen«, brachte David das Anliegen vor, das sie beide hertrieb, als hätte es Fabian die Sprache verschlagen. Als könnte er nicht für sich selbst eintreten.

»Hörst du vielleicht Musik, zu der wir tanzen könnten?«, maulte Marion.

»Ich finde, ihr solltet euch wie Mann und Frau verhalten, jetzt, wo ihr verheiratet seid«, sagte David Marions Einwand ignorierend. »Die Liebe wird schon noch kommen.«

»Wann?«, keifte Marion ihren Bruder an.

»Irgendwann«, sagte Fabian ruhig. Es waren die ersten Worte, die er seit seinem Ehegelübde an sie richtete. Sie spürte seine Traurigkeit über die Vermählung. Auch wenn sie sonst nichts gemeinsam hatten, diese Traurigkeit einte sie.

»Willst du etwas trinken?«, fragte sie ihn, weil David und Fabian nun schwiegen und die Menschen rundum zu tuscheln begannen. Dabei brachte sie sogar ein Lächeln zustande.

»Gerne. Was trinkst du?« Fabian deutete auf das Glas in ihrer Hand, in dem nur mehr Eiswürfel vor sich hin schmolzen.

»Das war ein Gin Tonic. Willst du einen?«

Fabian nickte.

»Zwei Gin Tonic bitte!«, rief sie dem Barkeeper zu, froh, etwas zu tun zu haben und nicht höfliche Konversation mit ihrem Ehemann treiben zu müssen. Umgehend standen die bestellten Drinks auf dem Tresen. Das war der Vorteil, wenn man die Braut war: Man musste nicht auf die Getränke warten, sondern wurde vorrangig bedient. Einen Drink reichte sie an Fabian weiter.

»Danke«, sagte er.

Klirrend stießen die Gläser aneinander.

»Glaubst du wirklich, dass die Liebe eines Tages kommen wird?«, fragte Marion ihn.

»Wenn es unsere Eltern zulassen, kann das durchaus der Fall sein.«

»Das bezweifle ich.«

»Weshalb?«

»Weil sich mein Vater überall einmischt.«

»Genau wie meiner.«

Wieder klirrten die Gläser.

Als sie getrunken hatten, sagte Marion: »Ich dachte immer, dass nur dort, wo es zum Überleben der Familien dient, die Mädchen zwangsverheiratet werden.«

»Dein Vater bekommt einen Haufen Geld von meinem, damit sein Unternehmen weiterläuft. Das dient doch zum Überleben deiner Familie«, antwortete Fabian.

»Und was hat deine Familie davon?«

»Das frag ich mich auch schon die ganze Zeit.«

»Was fragst du dich die ganze Zeit?«, ertönte es hinter ihnen. Viktor Hallsteiner war unbemerkt an sie herangetreten und hatte Fabians letzte Worte gehört.

»Nichts, Vater«, antwortete Fabian. Es war unschwer zu erkennen, dass zwischen ihm und seinem Erzeuger nicht das beste Verhältnis bestand. Aber ein Sohn gehorchte, wenn er nicht wollte, dass ihm das Erbe entzogen wurde. Dass ihm bis auf den Pflichtteil alles genommen wurde, was ihm von Geburt an zustand.

»Ich würde es begrüßen, wenn ihr mehr Freude ausstrahlen würdet. Es ist schließlich eure Hochzeit«, sagte Viktor Hallsteiner.

»Jawohl, Vater«, antwortete Fabian gehorsam. »Komm, Marion, lass uns tanzen.« Er hielt seiner Angetrauten den Arm hin und die hakte sich unter, nicht ohne ihrem Schwiegervater ein süffisantes Lächeln zu schenken. Es war ihr gar nicht aufgefallen, dass die Band wieder zu spielen begonnen hatte, demnach hatte sie ihr heimliches Rendezvous mit dem Sänger Goliat verpasst. Das würde sie nachholen, die Nacht war ja noch jung.

Fabian führte sie elegant über die Tanzfläche, war charmant und ganz der wohlerzogene Spross einer einstmals adeligen Familie. Wäre die Monarchie nicht schon vor über 100 Jahren abgeschafft worden, wäre Fabian ein »von Hallsteiner«. Zugegeben schmeichelte dieser Umstand Marion, und sie fühlte sich ein wenig wie eine Prinzessin, in diesem Fall – und vor allem dank des Ambientes – wie ein Burgfräulein. Als der Tanz zu Ende war, klatschte Marions Schwiegervater ab.

»Darf ich bitten?«, fragte er und wartete gar nicht erst auf eine Antwort. Er entzog seinem Sohn dessen Ehefrau und deutete dem Bandleader, er möge ein langsameres Lied anstimmen. Gleichzeitig orderte er mehrere Krüge Bier für die Band. Zum Takt einer deutschsprachigen Mittelalter-Ballade zog er Marion an sich und geleitete sie über die Tanzfläche.

»Du siehst wunderschön aus«, flüsterte er ihr ins Ohr.

»Danke«, antwortete Marion brav, wenngleich es sie störte, dass Viktor so tat, als gehörte sie ihm. Das war schon immer sein Problem gewesen.

»Hast du mein Geschenk bekommen?«, fragte er leise.

»Hab ich. Aber ich dachte, es ist ein wenig unpassend, wenn ich es heute trage, wo ich doch deinen Sohn heirate.«

»Es wäre niemandem aufgefallen, und ich hätte gewusst, dass du es zu schätzen weißt. Immerhin hat es ein Vermögen gekostet.« Viktor Hallsteiner klang eingeschnappt.

»Ich weiß nicht, ob ich es überhaupt jemals tragen werde«, ließ Marion ihn abblitzen. Es war ein Stich mitten ins Herz, mit einer sehr feinen Klinge, aber der Tadel ihres Schwiegervaters weckte in ihr die Rebellin.

»Wie meinst du das?«, fragte er verwundert.

»So wie ich es sagte«, antwortete Marion erleichtert, dass das Lied zu Ende war. Sie löste sich von ihrem Schwiegervater und verließ das Tanzparkett. Auf ihrem Weg sah sie Albert, der sie anstarrte. Und ihre Zubraut Leona Sipacher, die sich an Fabian ranmachte. Leona hatte ihr immer wieder zu verstehen gegeben, dass sie es unfair fand, dass Marion den begehrtesten Junggesellen des Landes ehelichen durfte, obwohl sie ihn gar nicht liebte. Marion hatte nicht gewusst, was sie hätte dagegenhalten können. Es war in der Tat ungerecht. Mehr als ungerecht. Sie wollte lieber frei sein!

Aufgebracht achtete sie nicht auf den Boden und stolperte. Der Ritter mit den blauen Augen fing sie auf.

»Du hast wohl zu viel getrunken«, sagte er.

»Noch nicht genug, um das hier auszuhalten«, murmelte Marion und zupfte ihr Kleid zurecht.

»Wie bitte?«

»Ach nichts. Bringst du mir noch einen Gin Tonic?«

»Wenn du möchtest.«

»Ja, ich will.«

»Ich glaube, diese Worte hast du heute schon mal gesagt, aber nicht zu mir«, erwiderte der blauäugige Mann.

»Jetzt sag ich sie aber zu dir. Ich will dich, ich will ihn, ihn und ihn. Sie will ich nicht und ihn auch nicht.« Marion deutete dabei auf unterschiedliche Gäste und wollte gar nicht mehr aufhören, auf sie zu zeigen.

»Ist gut. Ich bring dir deinen Gin Tonic. Lauf nicht weg.« Marions Ritter machte sich auf den Weg zur Bar.

»Wo soll ich denn hin?«, murmelte Marion und nahm den Sänger der Band ins Visier. Goliat sah süß aus, wie er dort oben auf der Bühne stand und eine Hymne nach der anderen schmetterte. Bald würde sie den Hochzeitsbräuchen im Mühlviertel nach »gestohlen« werden, das hieß, man brachte sie an einen anderen Ort und ihr Ehemann musste sie auslösen mit vielen Gesängen, Spielen und noch mehr Schnaps. Sie war gespannt, wer ihr Entführer sein würde. Wer sich ihr für dieses Spiel anböte. Goliat würde es nicht sein, der wurde auf der Bühne gebraucht, um die restlichen Gäste zu unterhalten.

Was war mit David, ihrem Bruder?

Oder Albert?

Ihr blauäugiger Ritter?

Bis es so weit war, wollte sie noch Spaß haben. Sie betrat erneut die Tanzfläche und inhalierte die Rhythmen der mittelalterlichen Klänge. Sie schloss die Augen und ließ sich von der Musik treiben. Drehte sich im Kreis und streckte die Arme aus, als könnte sie fliegen. Sie fühlte sich wie ein Vogel. Frei und unbeschwert. Ja, in diesem Augenblick dachte sie tatsächlich, sie könnte davonfliegen in ein anderes Leben.

Jemand packte sie am Arm. Erschrocken riss sie die Augen auf. Es war ihr Bruder, der sie mit fröhlicher Miene von der Tanzfläche führte.

»David, was ist los?«

»Es ist so weit«, antwortete er geheimnisvoll und zog sie hinter sich her die Treppe der Burg hinab. Ein ganzer Schwung angetrunkener Hochzeitsgäste folgte ihnen.

Marion lachte, ohne zu ahnen, dass einer von ihnen diese Hochzeit nicht lebend verlassen würde.

2. KAPITEL

»Ich kann nicht mehr«, japste Chefinspektor Oskar Stern und schnappte nach Luft. Die paar Kilo zu viel um Bauch und Hüfte machten sich gehörig bemerkbar. Er blieb stehen und tat, als schaute er sich die Umgebung an. Derweilen brauchte er die Pause, um mal durchzuschnaufen.

Das Mühlviertel breitete sich sanft hügelig vor ihnen aus. Die saftigen Wiesen waren mit einem sonnengelben Schimmer überzogen, da unzählige Löwenzähne ihre Köpfe gen Himmel reckten. Die Wälder waren frisch und dunkelgrün, und das Summen von Millionen Insekten umrahmte die Natur wie ein Orchester. Stimmt schon, der Ausblick war berauschend, und seit sie in Pierbach losgegangen waren, hatten sie schon mehrere davon genießen dürfen.

Aber musste Weber dermaßen rennen?

Stern fühlte sich dadurch gehetzt, gedrängt, als gäbe es kein Morgen. Wenn sie weiterhin so liefen, konnte es gut sein, dass er bei dieser Schinderei einen Herzinfarkt erlitt, und zwar mitten auf dem Weg.

»Wir sind doch erst fünf Kilometer gegangen«, warf Dominik Weber ein, und Stern fragte sich, woher der Gerichtsmediziner das überhaupt wissen wollte. Sterns Beine und Fußsohlen schmerzten nämlich, als wären sie schon das Dreifache der Strecke gewandert, ganz zu schweigen von seinen kneifenden Zehen, die sich bei jedem seiner Schritte wie ausgepresste Zitronen anfühlten.

In Webers Rucksack – und an seinem Körper – war mehr technisches Equipment angebracht, als es im ganzen LKA gab, was gleichzeitig Sterns Frage beantwortete. Irgendetwas von GPS und ähnlichem Kram hatte Weber zu Beginn ihrer Wanderung gefaselt. Da hatte Stern aber nicht zugehört, sondern tatsächlich die Landschaft genossen. Dazu brauchte er kein GPS – und ebenfalls keine Kamera wie manche Leute, die vor lauter Fotoschießen die reale Welt nur noch über das Display ihres Handys oder durch den Sucher eines Fotoapparates kannten.

»Mir kommt es vor, als wären wir seit Stunden unterwegs«, sagte er.

»Sind wir auch, aber nur, weil du so dahinschneckst«, stichelte Weber und machte gleichzeitig Fotos von der Umgebung.

»Wenn ich dir zu langsam bin, brechen wir halt ab. Ich muss den Johannesweg nicht gehen«, witterte Stern seine Chance, den verlorenen Wetteinsatz vielleicht doch nicht einlösen zu müssen. Beim letzten Mordfall hatte Dominik Weber bei einer Leiche den Alkoholgehalt im Blut über zwei Promille geschätzt, ohne technische Hilfsmittel, nur durch die Ausdünstungen des Toten, und er hatte recht behalten. Stern hatte nicht weiter darüber nachgedacht und in die Wette eingewilligt, die ihm Weber vorgeschlagen hatte. Hätte er damals gewusst, dass der Johannesweg, der quer durchs hügelige Mühlviertel führte, ganze 84 Kilometer lang war, hätte er natürlich nicht derart leichtfertig zugestimmt.

»Aber geh, das passt schon. Hab ich halt ein bisschen

mehr Zeit zum Fotografieren und Erholen«, machte Weber einen Strich durch Sterns Rechnung.

»Wie weit ist es denn noch?«, fragte der Chefinspektor.

»Du meinst die heutige Etappe?«

»Bis zur ersten Pause.«

»Die machen wir doch gerade.« Weber nahm einen Schluck Wasser aus seiner Trinkflasche.

»Und wie viele Kilometer müssen wir heute noch zurücklegen?«

»Ich würde sagen: neun. Mit deiner Kondition schaffen wir eh nicht mehr. Und dann sind wir in Schönau im Mühlkreis und suchen uns eine nette Bleibe.«

»Und etwas zum Essen wäre gut«, ergänzte Stern, denn das Frühstück lag bereits eine Weile zurück. Weber hatte ihn heute Morgen schon früh von zu Hause abgeholt. Der Gerichtsmediziner war voller Tatendrang gewesen und hatte nicht bis nach dem Mittagessen warten wollen. Außerdem hatte der Wetterbericht für die kommenden Tage durchgehend Sonnenschein und angenehme 22 Grad angekündigt – das perfekte Wanderwetter!

Anfang Mai blühten die Frühlingsblumen mit den Obstbäumen um die Wette, überall summte es, Bienen sammelten eifrig Nektar von den Blüten, die einen süßlichen Duft verströmten. Eine wunderbare Kulisse, um die Seele baumeln zu lassen und Abstand zu gewinnen zu einem Alltag, der manchmal ziemlich nervtötend und belastend war, das musste Stern zugeben. Er setzte sich auf eine Bank, die am Wegrand für Wanderer aufgestellt war und zum Rasten einlud, und streckte die Beine aus.

Mitten in diese Idylle hinein läutete sein Handy.

»Bitte nicht«, seufzte Weber, der Böses ahnte. »Warum hast du es nicht ausgeschaltet?«

»Weil ich erreichbar sein will, wenn etwas ist.« Stern kramte in dem Rucksack nach dem Smartphone.

»*Wenn* etwas ist? Es ist immer etwas, Oskar«, maulte Weber.

»Ich meine, mit Barbara oder den Kindern«, antwortete Stern, immer noch nach dem Handy suchend. Mittlerweile lag schon der halbe Rucksackinhalt auf der Bank. Unvermittelt verstummte das nervige Klingelgeräusch.

»Ah, es hat aufgehört.« Weber zeigte sich erleichtert. »Wird schon nicht so wichtig gewesen sein, und wenn doch, versucht der Anrufer es bestimmt später wieder. Komm, räum das Zeug ein und lass uns weitergehen.« Weber klopfte sich energiegeladen auf die Oberschenkel. Das Wandern bereitete ihm Freude. Er war schlank und drahtig und seine Waden waren stramm und muskulös. Seine ganze Erscheinung deutete darauf hin, dass er öfter zu Fuß unterwegs war.

Sterns Handy klingelte erneut.

»Dann ist es wohl wirklich wichtig«, brummte der Chefinspektor und holte das lärmende Gerät von weit unten aus dem Rucksack heraus. Ein Blick auf das Display verriet ihm, dass ihn der Dienststellenleiter erreichen wollte. Da musste er rangehen, ob es Weber passte oder nicht.

»Stern«, meldete er sich.

»Stern, Sie haben einen neuen Fall!«, teilte Bormann ihm ohne Umschweife mit.

»Einen neuen Fall?«, wiederholte Stern laut, damit Weber es mitbekam. Der ließ auch gleich enttäuscht die Schultern hängen.

»In Reichenstein, und zwar auf der Burgruine. Die örtlichen Kollegen haben uns verständigt, dass sie nicht sicher sind, ob es sich um einen Unfall oder einen Mord handelt, deshalb fahren Sie dorthin. Und bringen Sie Weber mit, Stern. Der ist doch bei Ihnen, oder? Ich hab gehört, dass Sie beide zusammen im Mühlviertel wandern sind.«

»Ich richte es ihm aus«, antwortete Stern diensteifrig. Etwas Besseres als ein neuer Fall konnte ihm im Augenblick nicht passieren. Denn jetzt durfte er die drückenden Wanderschuhe gegen seine weichen Kalbslederschuhe eintauschen. Seine Füße würden es ihm danken, und sein geschundener Körper erst recht.

»Ach, eine Sache noch«, sagte Bormann. »Die Kollegen von der örtlichen Polizei haben etwas von einem Kreuz, das wie ein Engel aussieht, gesagt …«

»Bitte was?« Stern war sich nicht sicher, ob er den Dienstellenleiter richtig verstanden hatte. Die Verbindung war nicht die beste und in der Leitung knackte und rauschte es.

»Die Leiche soll wie ein Kreuz im Engelsgewand aussehen, Stern. Es verbreitet sich schon in den sozialen Netzwerken. Irgend so ein Scherzkeks hat die Tote fotografiert und das Foto ins Internet gestellt.«

»Und wie bitte kommt man von einer Leiche auf ein Kreuz, das wie ein Engel aussieht? Was soll das überhaupt sein?«, fragte Stern konsterniert.

»Am besten, Sie schauen sich das an. Sie brauchen nur ›Mühlviertler Kreuz‹ oder ›Kreuz und Engel in Reichenstein‹ bei Facebook eingeben und das Foto wird Ihnen angezeigt.«

»Äh …«

»Noch viel besser allerdings ist, Sie und Weber fahren sofort hin. Dann können Sie es sich vor Ort ansehen.

Die Kollegen warten bereits auf Sie!« Damit verabschiedete sich Bormann.

Stern starrte sein Handy fassungslos an.

»Was ist?«, fragte Weber.

»Wir haben einen neuen Fall, und du sollst auch gleich mitkommen. Gar nicht weit von hier, auf der Burgruine Reichenstein«, sagte Stern und deutete in jene Richtung, in der er besagte Burg vermutete.

»Die liegt gute 20 Kilometer entfernt«, wusste Weber, der deutlich mehr Ortskenntnisse hatte. Er wies in die entgegengesetzte Richtung und grinste. »Und wenn wir gemeinsam hinfahren, ist keiner von uns vor dem jeweils anderen am Tatort. Ich würde sagen, damit ist es diesmal unentschieden.« Weber spielte damit auf das unausgesprochene Ritual bei jedem neuen Mordfall an, dass sowohl Stern als auch er als Erster am Tatort sein wollten, und jeder seinen Sieg dem anderen wochenlang unter die Nase rieb.

»Bormann hat gesagt, dass bereits Fotos von der Leiche in den sozialen Medien herumschwirren«, teilte Stern dem Gerichtsmediziner auch diese Information mit und ignorierte dessen Andeutung auf den lächerlichen Wettstreit zwischen zwei erwachsenen Männern.

»Wie konnte das denn passieren? Haben die Kollegen nicht aufgepasst, dass niemand Fotos macht?« Webers Grinsen wich einem empörten Ausdruck.

»Wir können es uns anschauen, hat er gemeint, auf Facebook …«

»Na, dann lass mal sehen«, forderte Weber den Chefinspektor auf und stellte sich neben ihn.

»Äh … ich hab keine Ahnung, wie das geht.« Stern wedelte mit dem Handy herum, um zu verdeutlichen, was er meinte.

Weber zog sein eigenes Smartphone aus der Tasche, wischte darauf herum und tippte etwas ein. »Es gibt für ältere Leute Kurse, in denen man den Umgang mit sozialen Netzwerken lernen kann«, sagte er wie nebenbei.

»Ältere Leute«, äffte Stern ihn nach. Er fühlte sich noch lange nicht so alt, dass er einen Kurs belegen müsste, um ein paar Tasten zu betätigen. Das würde er schon irgendwann lernen. Notfalls konnte er seinen Enkel Tobias bitten, ihm das zu zeigen. Der Zehnjährige wischte und tippte auf diesen Gerätschaften herum, was das Zeug hielt. Aber auch Erwachsene hatte dieses Virus mitunter ereilt. Manche schrieben sich lieber Nachrichten, anstatt miteinander zu reden. Die soziale Kompetenz schien jedoch mit Zunehmen der sozialen Netzwerke und dem Gebrauch von WhatsApp und Co drastisch abzunehmen. Dennoch musste Stern zugeben, dass ihm hin und wieder ein bisschen mehr Kenntnis die moderne Technik betreffend nicht schaden würde.

»Ich finde nichts«, sagte Weber.

»Gib ›Mühlviertler Kreuz‹ oder ›Kreuz und Engel in Reichenstein‹ ein«, erwiderte Stern stolz, dass er in dieser Sache doch nicht unnütz war. Dass er diese Information von Bormann hatte, verschwieg er.

»Wow!«, stieß Weber aus, als er sah, was die neue Suchabfrage für ein Ergebnis lieferte.

3. KAPITEL

Die Burgruine Reichenstein thronte im Feldaisttal auf einem Felsen, der die daneben fließende Feldaist zwang, einen Bogen zu machen. Chefinspektor Oskar Stern stand neben der Straße, die unterhalb der Burg vorbeiführte, und starrte nach oben. Hier musste ebenso die Person gestanden haben, die das Foto von der Toten gemacht hatte, das sich im Internet mit dem Hashtag »Mühlviertler Kreuz« verbreitete. Die Tote hatte die Arme seitwärts weit von sich gestreckt wie ein Priester bei der Predigt, was die Assoziation mit einem Kreuz erweckte. Und sie trug ein Brautkleid, dessen Rock weit auseinanderfiel, was sie engelsgleich wirken ließ. Sie hing in den Ästen der Bäume, die am Fuße der Ruine neben der Straße wuchsen, als würde sie schweben. Als wäre sie von den Toten bereits auferstanden. Stern fuhr bei ihrem Anblick ein Schaudern durch die Gliedmaßen. Er konnte seine Augen nicht von ihr lösen. Ihre Erscheinung war faszinierend und verstörend zugleich, ein menschliches Kreuz im Engelsgewand.

Man hatte sie nicht sofort entdeckt, hatte man Stern mitgeteilt, die Blätter hatten das verhindert, ebenso der Umstand, dass sie über dem normalen Sichtfeld im Geäst feststeckte.

Sterns Blick wanderte weiter hinauf bis zum Rand der

Ruine. Von dort musste die Tote gefallen sein, denn fliegen konnte sie zweifelsohne nicht, auch wenn sich der Vergleich mit einem Engel nicht nur durch ihr Äußeres, sondern desgleichen durch ihre Auffindungsposition aufdrängte.

»Wissen wir, wie sie heißt?«, fragte er Gruppeninspektorin Mara Grünbrecht, die neben ihm gewartet hatte, bis er mit der Begutachtung der Leiche und deren Erscheinung fertig war. Das schätzte Stern an ihr. Sie wusste immer, was er wollte, manchmal sogar bevor er selbst Kenntnis davon hatte.

»Marion Balduin«, antwortete Grünbrecht. Ihre braunen schulterlangen Locken trug sie zu einem Pferdeschwanz gebunden, und ihre haselnussbraunen Augen blickten wie die von Stern hinauf in die Baumkrone.

»Balduin, den Namen kenne ich doch irgendwoher …«, grübelte Stern nach.

»Von den Balduin Gewürzen. Gustav Balduin ist der österreichische Gewürzkönig und kauft alle Kräuter und Gewächse auf, egal ob sie oben am Berg oder unten im Tal wachsen, und macht daraus seine berühmten Gewürzmischungen. Soviel ich weiß, exportiert er sie in die ganze Welt. Das Mühlviertler Lavendelsalz ist nicht nur bei uns sehr beliebt«, erzählte ihm Grünbrecht, was sie wusste und was bei ihr daheim offenbar im Küchenregal stand.

»Ist sie mit ihm verwandt?«

»Sie war seine Tochter.«

»Und wie es aussieht, ist sie am Tag ihrer Hochzeit gestorben.« Stern hielt nach wie vor den Blick auf die Leiche gerichtet. Es war seltsam, und er konnte nicht sagen, warum, aber ihr Anblick berührte ihn auf eine Weise, die er nicht beschreiben konnte.

»Ja, sie hat gestern geheiratet. Die Hochzeit fand hier auf der Burgruine statt«, erläuterte Grünbrecht und deutete hinauf zu den alten Gemäuern.

»Warum heißt sie dann noch immer Balduin?«

»Mensch, Chef, das ist doch ein alter Hut! Seit 1995 ist es sogar bei uns in Österreich möglich, dass die Frau nach der Heirat ihren Nachnamen behalten kann und nicht den des Mannes annehmen muss«, echauffierte sich Grünbrecht über Sterns Unwissenheit.

Stern erwiderte nichts. Natürlich wusste er über die Gesetzeslage Bescheid, dennoch war es bis heute die häufigste Form, dass die Frau den Familiennamen des Mannes übernahm.

»Sind die Gäste etwa noch da?«, fragte er.

»Nein, aber ich habe mit dem Caterer gesprochen, der seine Sachen abholen wollte. Ich hab ihm gesagt, dass das nicht geht und er warten muss, bis wir den Tatort freigeben.«

Stern nickte und sah ein letztes Mal hinauf zur Leiche in dem Brautkleid. Kein schöner Tod, auf diese Weise abzutreten. In die Tiefe zu stürzen auf der eigenen Hochzeit.

Oder war sie gar freiwillig gesprungen? Was war vorgefallen, dass sie diesen Tod möglicherweise selbst gewählt hatte?

Das galt es nun herausfinden.

Er wandte sich ab und gab den Kollegen ein Zeichen, dass sie die Tote vom Baum holen konnten.

»Du, sag mal, hätte sie den Sturz nicht eigentlich überleben müssen, wenn sie in den Ästen landet?«, fragte Stern Dominik Weber, der darauf wartete, die Tote einer ersten Beschau unterziehen zu können. In seinem Wagen führte der Gerichtsmediziner immer einen Koffer mit, in dem sich die wichtigsten Utensilien für die Untersuchung einer Leiche befanden. Deshalb war er stets einsatzbereit, und die Chancen, vor Stern einen Tatort zu erreichen, stiegen dem geschuldet ebenso.

»Es besteht durchaus die Möglichkeit, dass man so einen Sturz überlebt«, schätzte der Gerichtsmediziner. »Wenn du mit dem Kopf aber auf einen massiven Ast prallst, brichst du dir genauso das Genick, wie wenn du auf der Erde landest. Andererseits hab ich schon von Fällen gelesen, da haben Menschen Abstürze aus über 100 Meter überlebt, und andere sterben, wenn sie bloß von einer zweistufigen Leiter runterfallen. Bei einem Sturz spielen so viele Faktoren eine Rolle, ob man ihn überlebt oder nicht, nicht nur die Fallhöhe ist ausschlaggebend. Sobald ich mir die Tote genauer angeschaut habe, sage ich dir, was in diesem Fall Sache ist.«

Weber folgte den Kollegen, die die Bergung des Opfers mit einer Drehleiter samt Korb von der hiesigen Feuerwehr vorbereiteten. Damit ließen sich der Gerichtsmediziner und ein Polizeifotograf Minuten später bis zu jener Stelle in den Bäumen hochheben, wo die Leiche festhing. Der Fotograf machte Fotos, wo und wie das Opfer zum Liegen gekommen beziehungsweise der Fall gebremst worden war, und Weber diktierte alle Informationen in ein Aufnahmegerät, die für die Bestimmung der Todesursache später hilfreich sein könnten.

Inzwischen erklommen Oskar Stern und Mara Grünbrecht über einen schmalen Trampelpfad, der beidseitig von kleinen kunsthandwerklichen Gegenständen gesäumt wurde, den Hügel hinauf zur Burg. Diese war vor dem 13. Jahrhundert errichtet worden und wurde seit dem Jahr

1750 nicht mehr herrschaftlich bewohnt, was ursächlich für ihren Verfall war.

Oben vor dem Eingang warteten die Gruppeninspektoren Edwin Mirscher und Hermann Kolanski auf sie. Sie hatten sich währenddessen die Burgruine angesehen und mit den Personen gesprochen, die die Überreste des vortägigen Festes aufräumen wollten.

»Grüß dich, Oskar. Jetzt wird wohl nichts aus eurer Wanderung durchs schöne Mühlviertel.« Mirscher empfing seinen Chef mit einem breiten Grinsen. Er wusste, dass Stern nicht freiwillig mit Weber den Johannesweg hatte gehen wollen.

»Ja, leider«, antwortete Stern mit demselben Lächeln.

»Das lässt sich bestimmt nachholen«, meinte Kolanski. Er trug wie immer Sonnenbrille und Lederjacke und könnte ruhig mal wieder zum Friseur gehen. Seine Haare waren für einen Ermittler der Mordgruppe am Landeskriminalamt Oberösterreich viel zu lang, fand Stern, verkniff sich aber einen Hinweis darauf. Immerhin war er nicht Kolanskis Vater, sondern sein Vorgesetzter, obwohl sich das mit dem Vatersein auch ausginge, wenn er schon ganz früh ein Kind gezeugt hätte.

»Sag das ja nicht Weber!«, drohte er ihm dennoch. »Für mich ist die Sache vorbei – aus! Finito!«

Kolanski lachte und folgte wie die anderen Kollegen seinem Chef hinauf zur Burgruine. Sie durchquerten den Eingangsbereich des Burgmuseums, wo sie an Wissenswertem rund um Reichenstein aus mehreren 100 Jahren vorbeigingen, ohne es eines Blickes zu würdigen. Ihre Aufmerksamkeit galt dem Todesfall, der sich letzte Nacht zugetragen hatte, und nicht den Toten des Mittelalters. Aber ob es tatsächlich Mord war, würde sich erst noch herausstellen.

Als sie die erste Stiege hinter sich gebracht hatten, traten sie in den Burghof, wo die Bühne und die Equipments der Band und des Caterers aufgebaut waren. Hier hatte das rauschende Hochzeitsfest also stattgefunden, dachte Stern und verschaffte sich einen Überblick. Die Stühle und Tische hatte man bereits gestapelt, da zu jener Zeit noch niemand vom Tod der Braut gewusst hatte. Nun waren die Aufräumarbeiten jedoch eingestellt und die Burg menschenleer, damit keine Spuren mehr vernichtet wurden.

Stern suchte nach einer Möglichkeit, hinauf zur Hochburg zu gelangen, von wo aus die Tote gestürzt sein musste. Das wollte er sich zuerst ansehen. Er entdeckte den Aufstieg und steuerte darauf zu. Auf teils original erhaltenen Burgbeständen und teils hölzernen Begehungen, die nachträglich dazugebaut worden waren, schritten sie in den dritten Stock der Burg. Dort waren zwei Räume gut erhalten, der Rest bestand nur mehr aus Außenwänden, die wie der Boden Tag und Nacht jeglichem Wetter ausgesetzt waren, von Regen und Schneefall ganz zu schweigen, die den jahrhundertealten Gemäuern sichtlich zusetzten.

»Von hier aus muss sie gefallen sein«, sagte Stern und trat näher an die mannshohen Fenster heran. Sie waren mit dicken Gitterstäben abgesichert, um zu verhindern, dass jemand hinabstürzte.

Jedoch genau das war passiert!

»Die Stäbe reichen nicht bis ganz nach oben. Wenn jemand die Absicht hegt, zu springen, klettert er einfach darüber«, resümierte Kolanski.

»Oder wenn jemand bewusstlos ist, kann man ihn auch runterwerfen«, überlegte Mirscher und fuhr sich über seine kurzen brünetten Haare. Jedes Mal, wenn der Frühling in den Sommer überging, entschied sich der Kollege für einen Beinahe-Kahlschlag. Dieser sei in den heißen Monaten besser zu pflegen, und er brauche sich ja keine Gedanken mehr über sein Aussehen zu machen, war er der Meinung. Schließlich würde er bald Grünbrecht heiraten.

»Schwierig, aber es geht«, pflichtete ihm seine Verlobte bei. Stern wartete darauf, dass wieder ein angedeuteter Kuss durch die Luft geflogen käme, so wie es die beiden seit der Bekanntgabe ihrer Verlobung hielten, doch der blieb aus. Anscheinend wirkte sich der Fall der toten Braut dämpfend auf ihre Liebesbekundungen aus.

»Die Spurensicherung soll sich das Brautkleid genau ansehen, ob Spuren darauf sind, die belegen, dass jemand nachgeholfen hat«, sprach Grünbrecht aus, was Stern gerade hatte sagen wollen.

»Ja, das soll sie machen, obwohl ich mir sicher bin, dass so ein Abend nicht ohne Spuren auf dem Kleid vorübergeht«, fügte er an und dachte dabei vor allem an das Hochzeitsessen und das Gemenge beim Tanzen.

»Ob es einen Kampf gegeben hat, lässt sich nicht mehr feststellen. Hier sind unzählige Leute herumgetrampelt. Bei so einem Fest will man ja auch mal ungestört sein.« Kolanski deutete auf ein benutztes Kondom, das mehrere Meter weiter vorne neben der Burgmauer lag, und einige Zigarettenstummel. »Die Spurensicherung soll alles eintüten.«

Stern blickte durch das Gitter auf jene Stelle, wo die Braut gerade vom Baum geholt wurde. Sehr tief ging es da hinab, und er konnte sich kaum vorstellen, dass eine junge Frau am schönsten Tag ihres Lebens – wie man es ja oft zu hören bekam, dass die Hochzeit dies sein sollte – in den Freitod sprang. Was war vorgefallen, dass Selbstmord der letzte Ausweg für sie gewesen war? Oder was war geschehen, dass jemand sie dort hinuntergestoßen hatte?

»Seht mal!«, rief Mara Grünbrecht. Sie stand vor einem Fragment der Burgmauer, das zum Teil in die Hochburg ragte.

»Was ist?« Stern, Kolanski und Mirscher traten näher.

»Da ist Blut.« Grünbrecht deutete auf die Überreste der Mauer. Daran befand sich eine eingetrocknete braune Masse.

»Sie könnte sich den Kopf gestoßen haben und war daraufhin vielleicht bewusstlos. Dann wäre es für den Täter ein Leichtes gewesen, sie über das Gitter zu heben und in die Tiefe zu stoßen«, spekulierte Mirscher.

»Oder sie hat sich das Genick gebrochen und war schon tot, bevor man sie hinuntergeworfen hat«, zeigte Kolanski eine weitere Variante auf, wie es abgelaufen sein könnte.

»Oder das Blut stammt von jemand anderem, der in diese Sache verwickelt ist«, ergänzte Grünbrecht die Liste der möglichen Szenarien, was passiert sein könnte.

»Okay. Hiermit erkläre ich den Todesfall offiziell zu einem Mord oder den Versuch, einen Unfall zu vertuschen, warum auch immer. Selbstmord war es mit größter Wahrscheinlichkeit nicht«, kam Stern zu dem Schluss. »Wir müssen die Gäste befragen, die bei der Hochzeit anwesend waren. Wir fangen mit dem Bräutigam an. Mich interessiert, warum er seine Frau nicht als vermisst gemeldet hat. Oder vielleicht hat er es getan und wir wissen nur noch nichts davon. Klärt das bitte ab! Anschließend nehmen wir uns die Brauteltern, die Schwiegereltern, die Zubraut und den Zubräutigam vor. Ich hoffe, dass wir dadurch ein Bild davon erhalten, was gestern hier vorgefallen ist. Gebt der Spurensicherung Bescheid, dass sie alles gründlich absuchen soll.« Stern warf wieder einen Blick durch das vergitterte Fenster hinab auf die Baumwipfel. Die Tote war bereits aus dem Geäst geholt worden und lag auf einer Plastikplane am Boden neben der Straße, die für den Verkehr wegen des Einsatzes vorübergehend gesperrt worden war. Weber kniete neben ihr und begutachtete den Leichnam.

»Wer nimmt sich wen vor?«, wollte Grünbrecht wissen.

»Du und ich, wir beide befragen den Bräutigam«, antwortete Stern.

»Damit bleiben für uns entweder die Brauteltern oder die Eltern des Bräutigams«, sagte Kolanski. »Die Zubraut und den Zubräutigam erledigen wir später.«

»Wir übernehmen die Schwiegereltern der Toten«, entschied Mirscher. »Eltern zu sagen, dass ihr Kind tot ist, ist eindeutig Chefsache.«

Stern seufzte. Todesnachrichten zu überbringen war etwas, an das sich kein Ermittler gewöhnen konnte, auch er nicht. Dennoch musste es erledigt werden.

»Haben wir schon eine Adresse?«, wandte er sich Grünbrecht zu.

»In fünf Minuten«, antwortete die Gruppeninspektorin, die ihr Handy zückte, um die gewünschte Information in Erfahrung zu bringen.

»Ich rede einstweilen noch mal mit Weber, vielleicht weiß er inzwischen ein wenig mehr über den Todeszeitpunkt oder die Todesursache.« Stern drehte dem vergitterten Fenster den Rücken zu und verließ die Hochburg.

Auf dem Weg nach unten musste er das Burgmuseum passieren. Dort stand ein Herr neben einer Schautafel, der jedoch nicht diese, sondern den herbeieilenden Chefinspektor auffallend musterte. Stern beschloss herauszufinden, ob ihm der Mann etwas sagen wollte, und blieb stehen.

»Chefinspektor Oskar Stern vom Landeskriminalamt Oberösterreich«, stellte er sich vor.

»Nikolaus Brandtner.« Der Mann streckte Stern die Hand zum Gruß entgegen, was wegen der Corona-Pandemie zu einer seltenen Geste geworden war. Dann fügte er erklärend hinzu: »Ich bin der Museumsführer.«

»Waren Sie gestern auch bei der Hochzeit?«, wollte Stern von ihm wissen.

Der Mann um die 50 schüttelte den Kopf. »Nein, war ich net. Da war'n nur die Familie und die Verwandten eing'laden. Ich gehör ja quasi zum Burgpersonal.«

»Wie läuft das eigentlich ab? Wenn jemand auf der Burg heiraten will, was muss er da tun?«

»Sie meld'n sich bei mir und wir such'n einen freien Termin. Wenn der für Sie passt, können S' hier heiraten«, erwiderte Nikolaus Brandtner. »So einfach geht das.«

»Ist in diesem Offert die ganze Burg inbegriffen?«, hakte Stern nach.

»Wir haben verschiedene Angebote. Die reichen von der kirchlichen Trauung in der Burgkapelle mit anschließender Agape im Burghof bis hin zur kompletten Hochzeitsfeier in der Burg. Da dürfen S' natürlich sämtliche Räume benutzen. Wie es das Geldbörserl halt zulässt oder die Wünsche der Brautleute es verlangen.« Nikolaus Brandtner verschränkte zufrieden die Arme von der Brust. Er war sichtlich stolz auf die unterschiedlichen Möglichkeiten, die er den Heiratswilligen bieten konnte. Trüge er statt des legeren Anzuges eine Ritterrüstung, käme sich Stern in die Zeit des Mittelalters zurückversetzt vor. Der Mann war unrasiert und seine Haare waren zu lang, ähnlich wie die von Kolanski. Vielleicht war das aber auch die heutige Mode für Männer mittleren Alters, was wusste Stern schon.

»Und die Hochzeit gestern? Welches Arrangement war dafür gebucht?«

»Äh … Sie wiss'n, Datenschutz und so …«, stammelte der Mann herum, weil es ihm sichtlich schwerfiel, dem Chefinspektor diese Frage nicht zu beantworten.

»Wir haben eine Tote, Herr Brandtner. Mit großer Wahrscheinlichkeit war es kein Selbstmord. Also, wenn Sie mir die Auskunft nicht geben, kehre ich mit einem Gerichtsbeschluss zurück und nehme Ihre Burg auseinander«, stellte Stern klar.

»Natürlich.« Brandtner räusperte sich. »Die Gesellschaft gestern hat die Burg im Gesamten g'mietet. Das sind keine einfachen Leut', wenn S' versteh'n, was ich mein.«

»Nein, das tue ich nicht. Also könnten Sie das …«

»Die hab'n Geld wie Heu, Geschäftsleute mit Beziehungen bis ganz nach oben«, erläuterte Nikolaus Brandtner, noch bevor Stern zu Ende geredet hatte. »Und er, der alte Hallsteiner, der das alles bezahlt hat, ist ein ziemlich schwieriger Mann, mit dem man sich besser net anlegt.«

»Und wenn er der Kaiser von China wäre, ist mir das egal. Für mich ist er wie jeder andere, dessen Hintergrund ich durchleuchten muss. Wir untersuchen hier einen Mordfall«, erwiderte Stern energisch. Diese Obrigkeitshörigkeit ging ihm auf die Nerven. Gerade er mit seinem Job wusste, dass Reichtum und Ansehen niemanden davon abhielt, ein Verbrechen zu begehen.

»Ja, das ist schlimm. Wirklich schlimm.« Brandtner schüttelte den Kopf. »Hoffentlich wirft das kein schlechtes Licht auf unsere Burg und das Museum. Kommen S'! Ich zeig Ihnen was.« Brandtner steuerte auf eine alte Mauer zu, die in den Ausstellungsraum hereinragte. »Sehen S' das? Das sind die Reste einer für diese Gegend ungewöhnlich großen Renaissanceanlage, die man bei archäologischen Ausgrabungen g'funden hat. Außerdem hat man diese Badegrotte entdeckt.« Brandtner führte Stern zu einer weiteren Anhäufung von Steinen. »Man weiß es net genau, aber man vermutet, dass diese Badegrotte in der Barockzeit dazugebaut worden ist. Aber eines weiß man …« Brandtner beugte sich ein wenig nach vorne und machte eine Pause, die der folgenden Information genügend Raum zum Wirken verschaffen sollte. »So, wie sie jetzt von uns präsentiert wird, ist die Badegrotte einzigartig in Österreich. Ein richtiges Unikat!« Der Museumsführer strahlte Stern an. Anscheinend hatte er längst vergessen, weswegen der Chefinspektor bei ihm war und dass auf seiner geliebten Burg womöglich ein Mord passiert war, deshalb wollte Stern ihn daran erinnern.

»Danke, Herr Brandtner, für diese Informationen, allerdings …«

»Und noch was ist ganz wichtig«, unterbrach Brandtner den Chefinspektor.

»Ja?« Stern horchte auf. Wenn etwas wichtig war, wollte er es natürlich schon erfahren.

»Das Museum steht quasi auf den Überresten der alten Burg, und wir hab'n die Mauerreste und die Badegrotte voll schön ins Museum integriert, damit alle was davon hab'n. Wie finden S' das?« Erwartungsvoll blickte Brandtner den Chefinspektor an.

»Ist eigentlich eh ganz toll geworden«, druckste Stern herum, da er einerseits nicht unhöflich sein wollte, andererseits diese Information als nicht so wichtig erachtete. Zumindest nicht für die Aufklärung des Falls. Das enttäuschte Gesicht des Mannes ließ ihn aber hinzufügen: »Wenn ich mal etwas mehr Zeit hab, schau ich mir das Museum an, versprochen!«

Der Mann lächelte wieder. »Sie dürf'n kostenlos rein, das versprech ich Ihnen.«

»Dann … auf Wiedersehen«, verabschiedete sich Stern von dem diensteifrigen Museumsführer.

»Auf Wiederseh'n!«, rief Nikolaus Brandtner ihm hinterher.

Draußen vor dem Museum und den Weg hinab zur Straße dachte Stern über das eben geführte Gespräch nach. Der Museumsführer war ein komischer Kauz, doch er hatte eine große Leidenschaft für die Überreste der Burg an den Tag gelegt, die Stern beeindruckend fand. Der Chefinspektor war sich sicher, dass es nichts über die Burgruine Reichenstein gab, was Nikolaus Brandtner ihm nicht hätte beantworten können. Menschen mit einer derartigen Begeisterung für eine Sache trugen dazu bei, dass Kulturschätze wie die Burgruine erhalten blieben. Sollte er diesbezüglich noch Fragen haben, würde er sich direkt an ihn wenden.

»Kannst du uns schon etwas zu Todesursache und Zeitpunkt sagen?«, fragte er Weber, als er unten neben der Straße anlangte, wo dieser neben der toten Braut kniete und deren Haut massierte. Stern wusste, dass der Gerichtsmediziner daraus unter anderem schließen konnte, wann das Opfer gestorben war.

»Die Totenflecken lassen sich noch wegdrücken, das

deutet darauf hin, dass die Frau nicht länger als zehn bis zwölf Stunden tot ist. Aber die Augen kann ich ihr nicht mehr schließen, und die Gelenke sind steif. Das wiederum heißt, dass der Tod vor mindestens acht Stunden eingetreten sein muss. Genügt dir das als Zeitfenster für die Tat?«

Stern brummte und blickte auf sein Handgelenk. Es war jetzt 11 Uhr vormittags, demnach musste das Opfer zwischen 23 Uhr gestern Abend und 3 Uhr morgens gestorben sein, also während oder unmittelbar nach der Hochzeitsfeier. Ein genauerer Todeszeitpunkt würde sich erst durch die Befragungen der Gäste ergeben, wann die Braut zuletzt gesehen worden war.

»Ja, das reicht vorerst. Was ist mit der Todesursache? Hast du da schon etwas für mich?«

»Ich tippe auf Genickbruch«, antwortete Weber. Mit beiden Händen bewegte er den Kopf der Leiche hin und her, um seine Vermutung zu untermauern. »Ja, ich bin mir ziemlich sicher.«

»Hat sie sich bei dem Sturz das Genick gebrochen?« Stern sah wieder nach oben zum Burgfenster, aus dem die Braut gefallen war.

»Das kann ich dir nicht sagen, aber möglich wäre es. Außerdem hat sie jede Menge Abschürfungen, die von den Ästen herrühren könnten, in denen sie gelandet ist. Um das endgültig zu bestätigen, muss ich noch ein paar Untersuchungen anstellen.« Der Gerichtsmediziner packte seine Utensilien in den Koffer zurück und ließ ihn geräuschvoll zuschnappen. Seine Arbeit vor Ort war getan. Weitere Informationen würde er der Leiche entlocken, wenn er sie obduzierte.

»Danke dir, Weber«, antwortete Stern und wandte sich von dem Gerichtsmediziner und der Toten ab. In dem

Getümmel von Einsatzkräften und Schaulustigen, die sich mittlerweile eingefunden hatten und die den Ort wie bei einer öffentlichen Kundgebung bevölkerten, suchte er nach Mara Grünbrecht. Er kniff die Augen zusammen und erinnerte sich, dass er nach dem letzten Mordfall zu einem Augenarzt hatte gehen wollen. Seine Sehkraft ließ zunehmend zu wünschen übrig. In die Ferne und in der Nähe. Er brauchte unbedingt eine Brille.

Als er gerade zurück zur Burg gehen wollte, um dort nach Grünbrecht zu suchen, sah er sie den schmalen Weg zur Straße herunterkommen. Hoffentlich würde ihre und Edwin Mirschers Hochzeit keinen Polizeieinsatz wie diesen nach sich ziehen, schoss es ihm durch den Kopf. Diesen grauenvollen Gedanken schob er sofort beiseite.

Der Termin für die Vermählung stand längst fest, es war der 21. Juni, die Sommersonnenwende. Stern hatte bereits eine Einladung erhalten und sollte außerdem Mirschers Trauzeuge sein. Mit Monatsende würde der Kollege dann aus dem Team der Mordgruppe im Landeskriminalamt Oberösterreich ausscheiden, er hatte sich zum Landesamt für Verfassungsschutz und Terrorismusbekämpfung versetzen lassen. Bormann, der Dienststellenleiter, hatte darauf gedrängt. Er hieß es nicht gut, wenn Eheleute in einer Abteilung zusammenarbeiteten. Das sorge für Komplikationen und Unstimmigkeiten, war er der Meinung und hatte damit nicht ganz unrecht. Dennoch schmerzte es Stern, Edwin Mirscher ziehen lassen zu müssen. Schließlich arbeiteten sie seit vielen Jahren zusammen, und auch wenn er nicht immer auf einer Linie mit ihm lag, schätzte er ihn. Vor allem Mirschers Menschlichkeit und sein kindliches Wesen, das er sich trotz des oft harten Jobs erhalten hatte, waren eine Bereicherung für das Team.

Ein Kollege vom Landeskriminalamt Wien würde Mirscher ersetzen. Dieser hatte in Wien noch einen Fall abzuschließen und würde anschließend zu ihnen stoßen, hatte Bormann Stern kürzlich mitgeteilt.

»Und? Haben wir die Adresse vom Bräutigam?«, fragte er Mara Grünbrecht, als sie bei ihm anlangte. Die Gruppeninspektorin hatte dieses Mal ungewöhnlich lange für das Herausfinden der Information benötigt.

»Ja, die habe ich auch«, antwortete die Gruppeninspektorin mystisch.

»Was heißt hier auch? Welche hast du denn noch?«, hakte Stern nach.

»Die der Schwiegereltern.«

Stern sah seine Kollegin irritiert an. »Dort wollten doch Mirscher und Kolanski hinfahren«, glaubte er sich zu erinnern, was sie vorhin ausgemacht hatten. »Die beiden sollen sich die Informationen, die sie brauchen, selber beschaffen. Ich hab gehört, dass es da für ältere Leute so einen Kurs gibt, in dem man lernt, wie man das macht. Wie man treffsicher im Internet surft und was weiß ich dort alles recherchieren kann.«

Grünbrecht lachte. »Du kannst das den beiden ja mal vorschlagen. Ich bin mir sicher, sie werden es begeistert aufnehmen.«

»Ich meine es ernst«, erwiderte Stern.

»Ich auch.«

»Dann sag mir, warum du die Adresse der Schwiegereltern recherchiert hast, wenn doch Kolanski und Mirscher dort hinfahren sollen.«

Grünbrecht räusperte sich und antwortete: »Jetzt nicht mehr. Der Ehemann unserer Toten wohnt nämlich noch zu Hause bei den Eltern.«

»Okay, in diesem Fall übernehmen wir das natürlich«, erwiderte Stern, der nicht wusste, was er davon halten sollte. Er hatte als Jugendlicher so schnell wie möglich von zu Hause ausziehen wollen, kaum dass er die Polizeischule abgeschlossen gehabt hatte. »Jetzt bin ich aber gespannt, was uns erwartet.«

4. KAPITEL

»Wow!«, entfuhr es Grünbrecht, als sie in Gutau vor einer imposanten Villa aus Sterns Audi A6 stiegen. Der Anblick des Gebäudes entschädigte die Gruppeninspektorin für die langsame Fahrt hierher.

Für die zugegeben kurvenreiche Strecke – aber dennoch lediglich elf Kilometer – hatten sie beinahe 25 Minuten gebraucht, und das nur, weil Stern hinterm Steuer gesessen hatte. Grünbrecht hätte die Entfernung in der Hälfte der Zeit zurückgelegt und dabei noch eine Pause einlegen können. Nun standen sie jedoch endlich vor dem Sitz der Familie Hallsteiner und bestaunten die alte Villa, die mit modernen Glas- und Metallelementen auf sich aufmerksam machte.

»Ja, wow«, wiederholte Stern Grünbrechts begeisterten Ausruf, allerdings mit weitaus weniger Euphorie. Menschen, die in solchen Häusern wohnten, kannte er nur zu gut. Seiner Erfahrung nach glaubten sie, sie könnten mit der Exekutive machen, was sie wollten, bloß weil sie genügend Geld besaßen. Und die Polizisten hätten ihnen zu dienen, als wären sie ihre Leibeigenen, weil die ach so wichtigen Leute ebenso wichtige Kontakte zu Wirtschaft und Politik pflegten. In Stern breitete sich Unbehagen aus.

»Was wissen wir über die Hallsteiners?«, fragte er, während er den Wagen versperrte. Angesichts des Fuhrparks, der vor der Villa abgestellt war, würde sich ein Dieb jedoch niemals für seinen schon ein paar Jahre alten Audi interessieren. Dennoch drückte er ein zweites Mal auf die Fernbedienung, um den Wagen ganz sicher abzuschließen.

»Den Hallsteiners gehören riesige Waldflächen im Mühlviertel, angefangen bei Linz bis hinauf zur tschechischen Grenze. Der Besitz des alten Hallsteiner war ursprünglich allerdings noch größer gewesen, aber er hatte in seinem Testament veranlasst, dass sein Vermögen auf seine zwei Söhne aufgeteilt wurde, um Streitigkeiten zu vermeiden. Der andere Bruder, er heißt Sebastian, lebt in Tschechien und hat die Wälder und Grundstücke dort vererbt bekommen, und Viktor Hallsteiner die Ländereien hier in Österreich. Danach hat er zwei Sägewerke gekauft und saniert, diese zählen heute zu den größten im Land. Ihm gehören außerdem ein Bauunternehmen und je eine Spielhalle in Freistadt und Linz. In Kitzbühel hat er in mehrere Luxuswohnungen investiert, die er um ein kleines Vermögen an Gäste vermietet, hauptsächlich an Russen. Er selbst ist Jurist und Betriebswirt. Anscheinend hat er ein Händchen für marode Unternehmen. Er kauft und saniert sie, bis sie wieder Gewinne abwerfen. Dann verkauft er sie großteils weiter«, spulte Grünbrecht herunter, was sie während der Herfahrt in Erfahrung gebracht hatte. Da Stern so langsam gefahren war, hatte sie ja genügend Zeit gehabt.

»Wissen wir schon, ob man das Opfer als vermisst gemeldet hat?«

»Nein, keine Vermisstenanzeige.« Grünbrecht schüttelte den Kopf.

»Na, dann mal los«, brummte der Chefinspektor und schritt auf den Eingang zu.

Das prächtige Gebäude wurde von einem noch prächtigeren Garten übertroffen. Allein die Zufahrt zur Villa war an die 80 Meter lang und von niedrig geschnittenen Buchsbäumen gesäumt. Im hinteren Bereich des Gartens wuchsen Weiden und Buchen und verliehen dem Gebäude den passenden Rahmen.

Sterns Finger senkte sich auf die goldene Klingel neben der massiven hölzernen Eingangstür. Eine Tonabfolge wie bei einem Klavierkonzert erklang.

»Beethoven«, sagte Grünbrecht.

Weder wunderte es Stern, dass Grünbrecht dieses Musikstück kannte, noch dass die Hallsteiners für ihre Türglocke eine Klaviersonate ausgewählt hatten.

Die Tür wurde geöffnet und eine schwarz gekleidete Frau stand vor ihnen. Offenbar hatte sich der Tod von Marion Balduin schneller herumgesprochen, als Stern angenommen hatte. Bestimmt war der Eintrag auf Facebook daran schuld.

»Ja bitte?« Fragend sah die Dame die Inspektoren an.

»Frau Hallsteiner?«

»Nein, Frau Hallsteiner empfängt im Augenblick keine Besucher.«

»Wer sind Sie?«, fragte Stern, zog seinen Ausweis aus der Tasche und hielt ihn der Frau hin.

»Fiona Mühlböck, die Haushälterin«, antwortete sie gefasst. Dass die Kriminalpolizei vor der Tür stand, schien sie nicht zu überraschen.

»Chefinspektor Oskar Stern, das ist meine Kollegin Gruppeninspektorin Mara Grünbrecht. Wir sind vom Landeskriminalamt in Linz und müssen Herrn und Frau Hallsteiner sprechen sowie deren Sohn … äh …«

»Fabian«, half Grünbrecht ihm.

Stern erkannte, dass ihr Gegenüber zögerte. »Es geht um Marion«, schob er deshalb nach, was der Haushälterin nun doch eine Reaktion entlockte. Die Augenbrauen wanderten nach oben, wenn auch nur für einen kurzen Moment, dann trat sie zurück und ließ die Tür aufschwingen, als hätte Stern ein Codewort genannt.

Die Inspektoren betraten eine pompöse Empfangshalle, wie Stern sie in einem Herrenhaus erwartet hätte, nicht aber in einer alten Landvilla, die zugegeben äußerst großzügig gestaltet war. Der Boden war mit schwarzem Marmor ausgelegt, die Wände waren in Weiß und Beige gehalten und die dunklen Möbel mit goldenen Elementen an Ecken und Füßen verziert. Hinter ihnen schloss die Frau die ebenso eindrucksvolle Pforte.

»Wir hab'n es gerade erfahr'n«, flüsterte sie den Beamten zu. Dabei hielt sie beide Arme gegen die Brust gedrückt und senkte den Blick für einen Moment, als spräche sie ein stummes Gebet. »Es war ein großer Schock für uns. Herr Hallsteiner ist sogar die Treppe herunterg'fallen, als er davon g'hört hat. Er hat sich den Kopf verletzt, aber er will net, dass ich einen Arzt oder die Rettung ruf.«

»Das tut uns leid«, sagte Stern.

Die Haushälterin nickte. »Wenn S' mir bitte folgen woll'n.« Sie geleitete die Kriminalbeamten durch den Eingangsbereich, von dem aus mittig eine breite Stiege nach oben führte, wo sich vermutlich die Schlafräume befanden. Das Wohnzimmer war im rechten Flügel der Villa untergebracht, dort saß die Familie beisammen und unterhielt sich. Wahrscheinlich redeten sie über Marions Tod. Als Fiona Mühlböck klopfte, verstummte das Gespräch.

»Ja?«, war eine männliche Stimme zu hören.

Die Haushälterin öffnete die Tür und trat halb ein. »Zwei Polizisten sind da und woll'n Sie sprechen.«

»Sie sollen hereinkommen«, ertönte es von drinnen.

Fiona Mühlböck trat zur Seite und ließ Stern und Grünbrecht passieren.

Das Wohnzimmer entpuppte sich als Wohnsalon. Ein offener Kamin war das Herzstück des riesigen Raumes, davor standen mehrere moderne Ledersofas in einem Halbkreis aneinandergereiht. Heuer war der Mai bereits angenehm warm, weshalb kein Feuer im Kamin brannte. Kostbare Teppiche lagen auf dem Boden und moderne, in unterschiedlichen Techniken gefertigte Gemälde zierten die Wände. So mancher Linzer Galerist würde vor Neid erblassen, sähe er die hier aufgehängte Bandbreite an moderner Kunst.

»Grüß Gott!«, begrüßte Stern die Anwesenden, sofort nahm er die Betroffenheit wahr, die in dem Raum herrschte. »Mein Name ist Oskar Stern, ich bin Chefinspektor am Landeskriminalamt Oberösterreich, das ist meine Kollegin Gruppeninspektorin Mara Grünbrecht …«

»Sie kommen gewiss wegen Marion«, unterbrach der Hausherr Sterns Vorstellung. Er hielt sich ein Tuch an den Kopf, bestimmt wegen des Sturzes. Wahrscheinlich wollte er verhindern, dass sein Hemd und die Ledercouch mit Blut besudelt wurden, weil er sich eine Verletzung zugezogen hatte. »Das ganze Internet ist voll mit diesem Foto, das so ein sensationslüsterner Trottel von Marion gemacht hat, wie sie tot in den Bäumen hängt. Sie müssen umgehend Sorge dafür tragen, dass es verschwindet! Sofort!«, forderte er echauffiert und wollte aufstehen, doch die Bewegung verursachte ihm offensichtlich Schmerzen. Sein Gesicht verzerrte sich und er stöhnte.

»Wir werden unser Bestes tun. Außerdem möchten wir Ihnen unser aufrichtiges Beileid aussprechen«, sagte Stern und trat näher. »Sollen wir einen Arzt rufen?« Er deutete auf Viktor Hallsteiner, der umständlich mit der rechten Hand das Tuch in Position hielt und sich in die Couch zurückfallen ließ. Dadurch konnte Stern nicht sehen, wie schwer die Verletzung war, die er sich bei dem Sturz zugezogen hatte.

»Das mit Marion war ein schrecklicher Unfall, oder? Es kann nur ein Unfall gewesen sein«, sagte der Hausherr und bot den Beamten an, sich zu setzen. Die Frage nach dem Arzt ignorierte er.

Sowohl Fabian als auch seine Mutter und Schwester schwiegen. Sie sahen betroffen aus, wenn auch nicht auf die Weise, die Stern kannte, wenn ein nahestehender Mensch von einem gegangen war. Der Chefinspektor war schon oftmals zu Familien heimgekommen, die einen geliebten Menschen durch eine Gewalttat verloren hatten, hatte die Verzweiflung und Fassungslosigkeit, die Wut und Trauer erlebt. Hier aber war es anders.

»Das wissen wir noch nicht«, erwiderte er.

»Wie meinen Sie das?« Viktor Hallsteiner richtete sich auf, und die Gesichter der übrigen Familienmitglieder schwenkten ebenfalls in Sterns Richtung.

»Wie ich sagte: Wir wissen nicht, ob es tatsächlich ein Unfall war oder nicht. Zum jetzigen Zeitpunkt gehen wir von Mord aus. Die Indizien sprechen dafür.« Gespannt blickte Stern die Anwesenden der Reihe nach an. Die Schwester fing an zu weinen, die Mutter reichte ihr ein Taschentuch. Fabian wurde kreidebleich. Stern konnte erkennen, dass er das Gehörte erst verarbeiten musste.

»Das ist doch ein ausgemachter Schwachsinn!«, erwiderte Viktor Hallsteiner aufgebracht. Er wollte aufstehen, doch sichtlich hinderten ihn seine Kopfschmerzen daran. »Stefanie, bring mir eine Schmerztablette!«, forderte er von seiner Frau.

Stefanie Hallsteiner stand auf und verschwand aus dem Raum. Jetzt war für die Kriminalbeamten klar, wer hier das Kommando führte.

»Herr Hallsteiner«, richtete Stern das Wort an Fabian. »Warum haben Sie Ihre Frau nicht als vermisst gemeldet? Hätten Sie nicht bemerken müssen, dass sie nach Ihrer Hochzeit nicht neben Ihnen im Bett liegt?«

»Nein, hat er nicht«, antwortete Viktor Hallsteiner anstelle seines Sohnes. »Und zwar wegen …«

»Ich rede nicht mit Ihnen, sondern mit Ihrem Sohn«, ließ Stern ihn nicht ausreden. »Wenn Sie sich bitte zurückhalten!«

»Was denken Sie, wen Sie vor sich haben?«, brauste der Vater auf und erhob sich. Wieder verzog er vor Schmerzen das Gesicht, blieb aber stehen.

»Ich weiß, wen ich vor mir habe. Und Sie halten sich jetzt aus der Befragung raus, sonst …«

»Ich werde mich bei Ihrem Vorgesetzten über Sie beschweren!«

»Tun Sie das, aber draußen. Mara, würdest du bitte Herrn Hallsteiner vor die Tür begleiten und einen Arzt rufen? Ich glaube, dass er sich bei dem Sturz eine Gehirnerschütterung zugezogen hat«, sagte Stern und wandte sich Fabian zu. Ein klares Zeichen, dass er nicht beabsichtigte, mit dem Oberhaupt der Familie weiterzureden, solange das sich nicht unter Kontrolle hatte und Sterns Anweisungen Folge leistete.

Die Gruppeninspektorin stellte sich vor Viktor Hallsteiner und sah ihn auffordernd an.

»Das werden Sie bereuen!«, zischte er und schritt Grünbrecht voran. In diesem Augenblick kehrte Stefanie Hallsteiner zurück, in der einen Hand ein Glas Wasser und in der anderen zwei Schmerztabletten.

»Was ist hier los?«, fragte sie verwundert und blickte ihrem entschwindenden Gatten hinterher. Anschließend wandte sie sich Stern zu und hoffte auf Aufklärung.

»Ihr Mann hat sich entschieden, der Befragung nicht beizuwohnen«, erläuterte Stern knapp. Im Eingangsbereich konnte er den Hausherren zetern hören. Wahrscheinlich rief der jetzt den Landespolizeidirektor an und dieser daraufhin Bormann, Sterns Chef. Doch ein paar Minuten blieben Stern noch, bis Bormann versuchen würde, ihn zu erreichen.

»Herr Hallsteiner, bitte beantworten Sie meine Frage«, kam er auf das ursprüngliche Thema zurück. »Warum haben Sie Ihre Frau nicht als vermisst gemeldet? Oder haben Sie etwa gar nicht gewusst, dass sie nicht zu Hause war?«

Fabian Hallsteiner rückte nervös auf dem Sofa hin und her. Er rieb sich die Hände und sah zu Boden. Es war unschwer zu erkennen, dass ihm die Situation stark zusetzte.

»Ich war letzte Nacht ziemlich weggetreten, ich weiß nicht einmal, wie ich nach Hause gekommen bin«, sagte er leise.

»Heißt das, Sie haben auf Ihrer Hochzeit so viel Alkohol getrunken, dass Sie sich an nichts erinnern?«, hakte Stern nach.

»Ich hab nicht alles vergessen, was gestern passiert ist, aber es gibt schon ein paar Lücken. Vor allem, was zum Schluss passiert ist, liegt unter einem dicken Nebel verborgen«, stellte Fabian klar.

»Dann erzählen Sie mir von der Hochzeit, soweit Sie es noch wissen«, forderte Stern den jungen Witwer auf.

»Von der ganzen Hochzeit?« Fabians Stimme klang unsicher.

Stern nickte.

»Ja, wo fange ich da an? Also, wir haben auf der Burg Reichenstein geheiratet, anschließend fand dort die Hochzeitsfeier statt. Es waren viele Gäste da, Verwandte, Bekannte, Freunde, Geschäftspartner meines Vaters. Marion war unglücklich …« Fabian brach ab und schien sich mit Augenkontakt beim Chefinspektor rückversichern zu wollen, ob seine Erzählung dessen Erwartungen entsprach.

»Weshalb war sie unglücklich? Es war doch ihre Hochzeit?«, fragte Stern. War eine Hochzeit nicht der Traum der meisten Frauen? Warum also war Marion an diesem Tag nicht überglücklich gewesen?

Fabian warf einen Blick zu seiner Mutter hinüber, die sich mittlerweile gesetzt hatte, nach wie vor das Glas Wasser und die Tabletten in Händen. Sie nickte ihrem Sohn aufmunternd zu.

»Sie müssen wissen, dass wir nicht aus Liebe geheiratet haben«, erzählte Fabian stockend.

»Weswegen dann?« Stern konnte sich nicht vorstellen, dass es heutzutage für junge Leute noch andere Gründe gab, den Bund der Ehe einzugehen. Die Zeiten der arrangierten Verehelichungen von Kindern waren längst vorüber. Natürlich wusste er, dass es in anderen Kulturen und auf anderen Kontinenten durchaus bis heute üblich war, junge Mädchen mit Männern zu vermählen, aus den unterschiedlichsten Gründen. Oder weil es schlicht und einfach Tradition war. Aber in Österreich dürfte das seiner Meinung nach eigentlich nicht mehr vorkommen.

»Unsere Eltern haben uns verkauft!«, stieß Fabian verächtlich aus. Sein Gesicht verzog sich zu einer leidenden Fratze.

Stern glaubte sich verhört zu haben, doch Stefanie Hallsteiner liefen plötzlich Tränen über die Wangen. Die Worte ihres Sohnes schmerzten sie, das sah Stern deutlich. Der Vorwurf war schwerwiegend, und Stern wollte ihn näher erklärt haben, was für die Mutter bedeutete, den verletzenden Worten des Sohnes weiterhin ausgesetzt sein zu müssen.

»Was heißt verkauft?«, hakte er nach.

»Weil ich Marion geheiratet habe, bekommt ihr Vater einen Haufen Geld von meiner Familie, um seine Firma zu retten. Dadurch steht Marions Vater für immer und ewig in unserer Schuld. So ist es doch, oder, Mutter?« Fabians Lippen bebten, als er sie um Bestätigung bat.

Die Angesprochene schluchzte laut auf. »Ich hab es nicht verhindern können«, gestand sie unter Tränen. »Ich hab Viktor angefleht, es nicht zu tun. Dass er unseren Sohn nicht an diesen Gewürzhändler verkauft wie eine Ladung frischer Senfkörner. Aber er hat nicht auf mich gehört. Er hat gemeint, dass Fabian etwas dafür tun müsse, wenn er irgendwann einmal unser Vermögen erben will. Und Fabians Beitrag ist eben, jemanden zu heiraten, der in Viktors Pläne passt.« Die Mutter ließ erschöpft die Schultern hängen. Das Versagen, dass sie ihren Sohn nicht vor dieser Heirat hatte beschützen können und dies dann auch noch zugeben musste, kostete sie ihre ganze Kraft.

»Was hat Marion zu diesem Plan gesagt?«, wollte Stern wissen.

»Sie war nicht begeistert«, erwiderte Fabian. »Und sie hat mich dafür gehasst.«

»Und ich hasse deswegen meinen Mann. Soll er doch verrecken!« Stefanie Hallsteiner stand auf und schüttete das Wasser in den Topf einer Zimmerpflanze, die Schmerztabletten steckte sie in die Schublade einer Kommode. Das war ihre kleine Revolte, wenngleich sich Stern sicher war, dass sie ihrem Mann wieder gehorchen würde, sobald dieser zur Tür hereinmarschierte.

»Wie war das gestern Abend? An was können Sie sich erinnern und wann haben Sie Marion das letzte Mal gesehen?«, machte Stern mit der Befragung des Bräutigams weiter.

»Nach dem Brautstehlen. Wir haben zusammen getanzt, und Marion war eigentlich nicht so schlecht drauf. Sie hat sogar gemeint, dass das, was ich zu ihr gesagt habe, und zwar, dass die Liebe noch kommen könne, wenn wir erst mal eine Zeitlang verheiratet seien und uns besser kennengelernt hätten, dass sie das ein wenig hoffnungsvoller gestimmt hat. Ich hatte den Eindruck, als wenn sie mich nicht mehr ganz so verabscheuen würde. Aber vielleicht habe ich mich geirrt.« Fabian starrte traurig auf seine Hände.

»Marion hat gestern mit vielen Männern geflirtet«, meldete sich Fabians Schwester Christine zu Wort. »Es war offensichtlich, dass sie nicht mit dir verheiratet sein wollte.« Bislang hatte die junge Frau geschwiegen und dem Gespräch aufmerksam gelauscht. Stern konnte nicht einschätzen, auf welcher Seite sie stand. Auf Marions? Oder auf der ihrer Familie, die ja erst das Leid über Marion gebracht hatte? Stern würde es herausfinden, ebenso, warum Marion und Fabian der Heirat überhaupt zugestimmt hatten.

»Ich hab's gesehen«, antwortete Fabian, den Blick zu Boden gerichtet, als schämte er sich für das Verhalten seiner nun toten Ehefrau.

»Die Leute werden sich über uns das Maul zerreißen«, redete Christine weiter. Sie hatte die Beine angezogen und hielt einen kuscheligen Fell-Polster von der Couch dicht an ihren Bauch.

Stern beobachtete sie und ihm fiel auf, dass sie lächelte. »Und das freut Sie?«

»Das ist voll cool!«, sagte Christine. »Endlich kriegt Papa das, was er verdient. Sonst kuschen immer alle vor ihm. Ich finde es übrigens toll, dass Sie ihn rausgeworfen haben. Sie haben echt Eier, Mann! Aber Sie wissen, was jetzt auf Sie zukommt?«

»Ich kann es mir vorstellen ...«

»Verdoppeln Sie Ihre Vorstellung! Er wird Ihnen den Arsch aufreißen, bis Sie vor ihm in die Knie gehen, genau wie wir.« Christine deutete in die Runde und drückte mit der anderen Hand den Fell-Polster noch fester an sich, als könnte der sie vor den zukünftigen Angriffen des Vaters schützen.

»Das wäre ja noch schöner«, murmelte Stern. »Also, Sie haben Marion das letzte Mal nach dem Brautstehlen beim Tanzen gesehen. Wie spät war es da?«, richtete er die nächste Frage an den jungen Witwer.

»So gegen halb eins, würde ich meinen.« Fabian versuchte sich zu erinnern. »Ich hatte so viel intus, dass ich nicht länger tanzen konnte. Beim Brautstehlen haben wir Schnaps getrunken, immer wieder. Die Wirkung setzte aber erst später ein, und danach … Ich glaub, ich hab auf Marions Kleid gekotzt.«

Christine kicherte. »Ja, das hast du. Und das hat sie wirklich sauer gemacht!«

»Dann weiß ich nichts mehr. Ich hab auch nicht den blassesten Schimmer, wie ich nach Hause gekommen bin.«

»Mit uns«, sagte die Mutter, die sich mittlerweile gefangen hatte. Die Tränen waren versiegt, die Nase geputzt, und das verschmierte Make-up unter den Augen mit einem Taschentuch weggewischt. Sie saß aufrecht auf der Ledercouch und massierte ihre Hände. »Viktor hat dich aufgelesen und von ein paar kräftigen Männern auf die Rücksitzbank seines Wagens verfrachten lassen. Die Reinigung wird deinen Vater eine Stange Geld kosten.«

»Ja, du hast nämlich auch in Papas BMW gekotzt«, sagte Christine mit sichtlicher Genugtuung.

»Wann haben Sie Marion das letzte Mal gesehen?«, wollte Stern von Frau Hallsteiner wissen.

»Ich hab Marion gefragt, ob sie mit uns nach Hause fahren will, aber sie hat gemeint, da mit Fabian heute ohnehin nichts mehr ginge, weil der so viel getrunken habe, könne sie noch bleiben und ein wenig Spaß haben. Ich hab ihr den Spaß gegönnt.« Stefanie Hallsteiner betrachtete den Chefinspektor unsicher. Sie schien sich zu fragen, ob der verstünde, was sie damit ausdrücken wollte. »Ich hatte irgendwie Mitleid mit ihr, obwohl mir nicht gefallen hat, wie sie sich bei der Hochzeit aufgeführt und unsere Familie bloßgestellt hat«, erklärte sie.

»Das hört sich an, als wären Sie selbst nicht glücklich in Ihrer Ehe«, schloss Stern aus ihrer Antwort.

»Ich habe zwei wundervolle Kinder. Das ist mehr, als ich mir jemals zu erträumen gewagt habe.« Sie lächelte Fabian und Christine an. »Doch gegen meinen Mann habe ich keine Chance. Der bekommt immer, was er will. Ohne Rücksicht auf andere. Ohne Rücksicht auf mich.« Ihre Stimme war leise geworden, und während sie das sagte, hatte sie wieder begonnen, ihre Hände zu massieren.

»Und wann haben Sie Marion das letzte Mal gesehen?«, stellte Stern erneut diese Frage, nun an Fabians Schwester gerichtet.

»Als sie mit dem Sänger der Band gevögelt hat«, antwortete Christine.

5. KAPITEL

Die Gruppeninspektoren Hermann Kolanski und Edwin Mirscher fuhren zu den Eltern der Braut. Durch den Umstand, dass Stern und Grünbrecht neben dem Bräutigam auch dessen Eltern befragten, fiel Kolanski und Mirscher nun doch eine der schwierigsten Aufgaben der Mordermittlung zu: den Eltern sagen zu müssen, dass ihr Kind tot war.

»Wenn ich mir denke, dass Mara und ich auch bald heiraten, wird mir ganz flau im Magen«, ließ Mirscher während der Fahrt seinen Kollegen wissen.

»Du bekommst doch nicht etwa kalte Füße?«, fragte Kolanski überrascht.

»Ich? Nein! Im Gegenteil! Ich kann es kaum erwarten, dass Mara meine Frau wird.« Mirscher strahlte bei dem Gedanken, was ihn wie einen kleinen Jungen aussehen ließ. Er fuhr sich mit der Hand mehrmals durch seine Stoppelhaare und lachte. An die kurze Pracht musste er sich erst gewöhnen, genau wie Kolanski, der seinem Kollegen, seit dieser eine neue Frisur hatte, bei jeder passenden Gelegenheit wie einem Lausbuben durch die Haare rubbelte. Die Neckerei würde Kolanski vermissen, wenn Mirscher nicht mehr bei der Mordgruppe, sondern beim Verfassungsschutz und Terrorismusbekämpfung arbeitete. Schon bald sollte der Wechsel vollzogen werden. Wahrscheinlich war dies Mirschers letzter Fall im Team, was Kolanski betrübte. Er mochte den Kollegen, arbeitete gerne mit ihm zusammen. Doch irgendwie vermieden sie es alle, dieses Thema anzusprechen. Es ließ sie sentimental werden, obwohl der eigentliche Grund für Mirschers Wechsel ein durchaus schöner war.

»Wie geht's mit den Hochzeitsvorbereitungen voran?«, wollte Kolanski wissen. »Recht viel Zeit habt ihr ja nicht mehr, der 21. Juni ist bald da.«

»Das Aufgebot ist bestellt, der Priester informiert, und die Familie und die engsten Freunde sind eingeladen.«

»Was? Keine Tante Pepi und kein Onkel Horst?« Kolanski wusste, dass die Gästeliste bei Maras und Edwins Hochzeit ein besonders heikles Thema war. Mirscher wollte eine große Hochzeit – Kolanski vermutete allerdings, dass hinter diesem Wunsch wohl eher Mirschers Mutter steckte –, aber Grünbrecht zog es vor, im kleinen Kreis zu heiraten. Die selbstbewusste Gruppeninspektorin hatte sich durchgesetzt. Kolanski schmunzelte.

»Du weißt ja, wie überzeugend Mara sein kann«, erwiderte Mirscher.

»Und deine Mutter? Was sagt sie dazu?«

»Sie ist nicht begeistert, wie du dir vorstellen kannst. Sie hat gemeint, dass ich das meinen Tanten und Onkeln selber erklären muss. Sie will damit nichts zu tun haben.« Mirscher ahmte die Stimme seiner Mutter nach.

Kolanski lachte.

»Das ist nicht lustig!«, fuhr Mirscher ihn an. »Du kennst Tante Pepi nicht.«

»Nein, da hast du recht. Und so, wie du von ihr sprichst, will ich sie auch nicht kennenlernen«, erwiderte Kolanski immer noch amüsiert.

Nach weiteren zehn Minuten erreichten sie das im Zentrum von Pregarten liegende Haus der Balduins. Die Gruppeninspektoren stiegen aus und sahen sich um. Der Stadtplatz mit der etwa fünf Meter hohen Mariensäule wirkte wie ausgestorben, nur ein paar Jugendliche saßen in dem Grünflächenoval in der Sonne und blickten auf die Displays ihrer Handys, anstatt sich zu unterhalten. Ein mittlerweile gewohntes Bild, nicht nur in dieser Altersgruppe.

»Sind wir hier richtig?«, fragte Kolanski, der die Adresse prüfte. Ein Großteil der Pregartner Bevölkerung befand sich zu dieser Zeit wahrscheinlich in der Stadtpfarrkirche St. Anna zur heiligen Messe. Immerhin war Sonntag, der Tag des Herrn. Wie zur Bestätigung läuteten die Glocken der Kirche.

»Ja, sind wir«, war sich Mirscher nach einem Blick auf sein Smartphone sicher und schritt auf das Stadthaus zu. Auf dem Türschild stand kein Name, dennoch betätigte er die Klingel.

Nach einigen Augenblicken knackte es in der Sprechanlage und eine weibliche Stimme meldete sich. »Ja?«

»Frau Balduin?«

»Wer will das wissen?«

»Gruppeninspektor Edwin Mirscher vom Landeskriminalamt Oberösterreich. Wir müssen Sie sprechen.«

»Ich bin noch im Morgenmantel«, drang es blechern aus der Sprechanlage.

»Es ist dringend!«, ergänzte Mirscher.

Es knackte wieder, dann herrschte Stille.

»Frau Balduin?« Mirscher starrte die Sprechanlage entgeistert an.

»Was hast du erwartet? Dass sie am Sonntag Fremde mit offenen Armen empfängt? Wir könnten ja auch Zeugen Jehovas sein.« Kolanski trat näher und drückte selbst auf die Klingel, deutlich länger als Mirscher. Und gleich ein zweites Mal.

»Ist ja schon gut!«, drang es aus dem Lautsprecher.

»Siehst du, so macht man das.« Kolanski grinste Mirscher an.

»Ich bin mir sicher, dass sie mir auch aufgemacht hätte. Ich hätte halt nur gewartet, bis sie sich etwas Ordentliches angezogen gehabt hätte und …« Mirscher verstummte. Jemand hantierte innen mit einem Schlüssel, und angesichts der Nachricht, die sie der Familie mitteilen mussten, war eine angemessene Haltung angebracht. Mirscher streckte den Rücken durch, Kolanski nahm die Sonnenbrille ab und schob sie in die Brusttasche seines Hemdes. Schließlich ging die Tür auf und eine Frau um die 50 stand vor ihnen. Sie trug einen blauen Morgenmantel, war jedoch schon geschminkt. Die braunen glatten Haare hatte sie mit einer Spange hochgesteckt.

»Gruppeninspektor Edwin Mirscher, das ist mein Kollege Gruppeninspektor Hermann Kolanski. Wir müssen mit Ihnen und Ihrem Mann sprechen, Frau Balduin.« Mirscher hielt ihr seinen Dienstausweis hin, und sie warf einen flüchtigen Blick darauf.

»Um was geht's denn?« Die Frau klammerte mit einer Hand den Morgenmantel vor ihrer Brust zusammen.

»Das sollten wir lieber drinnen bereden«, sagte Kolanski ausweichend. »Dürfen wir reinkommen?«

Die Frau trat nach kurzem Zögern beiseite und ließ die Kriminalbeamten ein. Dann führte sie sie die Treppe nach oben in das Esszimmer, wo ihr Ehemann gerade Kaffee trank und die Sonntagszeitung studierte. Als sie eintraten, sah er hoch und ließ die Zeitung in den Schoß sinken.

»Die Herren sind von der Polizei«, stellte Frau Balduin die Besucher vor.

»Polizei? Sie müss'n unseren Aufzug verzeih'n. Wir sind spät zu Bett g'gangen, weil unsere Tochter gestern g'heiratet hat. Und da heute Sonntag ist, dachten wir, wir könnten ausschlafen. Ich bin Gustav Balduin, meine Frau Anna kennen Sie ja bereits.« Der Hausherr faltete die Zeitung und legte sie beiseite. »Wollen S' einen Kaffee?«

»Nein, danke«, lehnte Kolanski ab.

»Bitte setzen Sie sich«, bot ihnen Anna Balduin einen Stuhl an. »Was ist denn passiert, dass Sie uns unbedingt an einem Sonntag sprechen müssen?«

Auf dem Tisch standen neben zwei Kaffeetassen mehrere Stücke des Hochzeitskuchens, wie Kolanski und Mirscher vermuteten. Diese waren offensichtlich vom Fest übrig geblieben, und die Gäste hatten sie sich mit nach Hause nehmen dürfen, wie es bei Hochzeiten üblich war. Das Vorhandensein des Kuchens machte das Überbringen der Todesnachricht noch schwerer. Mirscher zögerte, deshalb übernahm Kolanski das Reden.

»Wir haben Ihnen leider eine traurige Mitteilung zu machen. Ihre Tochter Marion wurde heute Morgen tot aufgefunden. Unser aufrichtiges Beileid.«

Für einen Augenblick herrschte Schweigen. Offenbar waren die Balduins heute noch nicht im Internet gewesen, sonst hätten sie das Foto ihrer toten Tochter – wie sie mit ausgestreckten Armen wie ein Kreuz in den Bäumen hing – schon gesehen. Oder sie nutzten prinzipiell keine sozialen Medien. Ihre Überraschung schien echt zu sein.

»Sind S' sicher, dass es Marion ist?«, fragte der Vater. Er war kreidebleich und starrte die Beamten ungläubig an.

Die Mutter stand abrupt vom Tisch auf und griff nach ihrem Handy, das auf einer Kommode lag. Sie wischte und tippte und hielt es sich ans Ohr. Bestimmt rief sie Marion an. Die würde jedoch nicht rangehen, wussten die Kriminalbeamten.

»Sie hebt net ab«, sagte die Mutter, während die Gewissheit, dass die Männer die Wahrheit sprachen, in ihr Gehirn vordrang. Sie ließ den Arm mit dem Smartphone sinken, jedwede Energie wich aus ihrem Körper. Sie torkelte und kippte zur Seite.

Mirscher sprang ihr sofort zur Hilfe und fing sie gerade noch auf, bevor ihr Kopf gegen den Schrank prallte. Kolanski half ihm, die Frau auf den Boden zu legen und die Füße hochzulagern. Sanft tätschelte er ihr Gesicht. »Frau Balduin? Hören Sie mich?«

Gustav Balduin saß noch immer auf dem Stuhl und rührte sich nicht. Er bekam vom Ohnmachtsanfall seiner Frau nichts mit. Er starrte auf einen Fleck und murmelte ein paar Worte vor sich hin, die sich wie »Was habe ich nur getan?« anhörten, aber auch etwas ganz anderes hätten heißen können.

»Wir brauchen einen Arzt«, erkannte Mirscher und wählte den Notruf.

Inzwischen erlangte Anna Balduin ihr Bewusstsein wieder. Als sie realisierte, dass alles kein Traum gewesen war und in ihrem Esszimmer tatsächlich zwei Kriminalbeamte waren – der eine über sie gebeugt und der andere telefonierend –, schrie sie sich die Seele aus dem Leib. Es waren die Schreie einer verzweifelten Frau, die den Tod ihres Kindes nicht wahrhaben wollte. Ihn nicht akzeptieren konnte. Lieber selber sterben wollte, als weiterzuleben mit dem Wissen, die eigene Tochter nie mehr in den Arm nehmen zu können. Kolanski wollte sie berühren, doch sie schlug nach ihm, als wäre er schuld am Tod ihres Kindes. Er ließ nicht locker, zog sie an sich, bis sie ihn gewähren ließ. Schreiend und weinend. Wütend und traurig. Eine Weile saßen sie so da, bis endlich in der Ferne die Sirene des Rettungswagens ertönte.

*

»Scheiße!«, raunte Mirscher Kolanski zu, nachdem der Notarzt und das Kriseninterventionsteam gleichzeitig eingetroffen waren und die Versorgung der Balduins übernommen hatten. »Eltern sagen zu müssen, dass ihr Kind tot ist, ist echte Scheiße, das mach ich nie wieder!«

»Das wirst du auch nicht mehr müssen«, erwiderte Kolanski. »Schließlich wechselst du bald ins Landesamt für Verfassungsschutz und darfst Terroristen bekämpfen.«

»Wie kannst du dabei nur so ruhig bleiben?«, fragte Mirscher irritiert.

»Was bringt es mir, wenn ich nicht ruhig bin?«, stellte Kolanski eine Gegenfrage.

»Klugscheißer!«, fauchte Mirscher ihn an.

»Auf alle Fälle können wir die beiden als Täter ausschließen. Niemand reagiert so, wenn er vom Tod des geliebten Menschen gewusst hat«, resümierte Kolanski.

»Außer er ist ein guter Schauspieler«, warf Mirscher ein.

»Dann muss er aber ein sehr guter Schauspieler sein«, antwortete Kolanski und deutete auf den Vater, der wie betäubt auf dem Stuhl saß und regungslos geschehen ließ, was die Sanitäter mit ihm anstellten. Als die Spritze mit dem Beruhigungsmittel in seine Vene eindrang, verzog er nicht einmal das Gesicht.

Während die Mutter im Wohnzimmer auf der Couch lag und dort medizinisch versorgt wurde, setzte sich Kolanski Gustav Balduin gegenüber und fragte: »Herr Balduin, können Sie uns ein paar Fragen beantworten?«

Der Vater richtete den Blick auf den Gruppeninspektor, doch es war, als sähe er durch ihn hindurch. Als nähme er ihn nur am Rande wahr. Dennoch nickte er.

»Was ist gestern auf der Hochzeit passiert, das nicht hätte passieren sollen?« Kolanski wählte seine Worte mit Bedacht.

»Nichts. Alles war so, wie es hat sein soll'n«, antwortete Balduin.

Die Kriminalbeamten wussten nicht, ob sich der Vater das jetzt einredete, um mit der Situation klarzukommen, oder ob es tatsächlich so gewesen war. Die Menschen neigten dazu, die Dinge im Nachhinein schönzufärben, um sich nicht damit auseinandersetzen zu müssen.

»Gab es Streit?«

Gustav Balduin überlegte. »Nein.«

»Wann haben Sie Ihre Tochter das letzte Mal gesehen?«

»Nach Mitternacht, als wir nach Hause g'fahren sind.«

»Wann war das?«

»So um 1 Uhr, vielleicht ein wenig später.«

»Was hat Marion da gerade gemacht?«

»Mich ang'schrien.«

»Sie hat Sie angeschrien?« Die Gruppeninspektoren waren überrascht, dass der Vater dies so offen zugab. Immerhin konnte man daraus ein Motiv ableiten. »Weshalb hat Marion Sie angeschrien?«

Der Vater räusperte sich. Anscheinend wusste er nicht, wie er das, was ihm auf der Zunge lag, sagen sollte. »Weil ich sie mit dem jungen Hallsteiner verheiratet hab und sie das plötzlich für keine so gute Idee mehr g'halten hat«, sagte er dann.

»Sie haben was?«, entfuhr es Mirscher, der inzwischen ebenfalls an den Tisch herangetreten war und sich mit beiden Armen dort abstützte.

»Sie mit ihm verheiratet«, beantwortete Balduin die Frage, als wäre es das Natürlichste, was es gab.

»Wie dürfen wir das verstehen? Haben sich die beiden denn nicht geliebt?« Kolanski war nicht klar, was sie mit Balduins Aussage anfangen sollten. Ob sie dadurch tatsächlich auf ein Motiv schließen konnten oder ob sie den Vater möglicherweise missverstanden.

»Ich hab Schulden. Meine Firma, Balduin Gewürze, läuft net mehr so gut wie früher. Wir hab'n schon lange Marktanteile an die billige Konkurrenz im Ausland verlor'n. Die Produktion in Österreich ist teuer, hochqualitative Rohstoffe sind teuer. Die Leute woll'n zwar Qualität, aber sie woll'n nix dafür bezahlen. Um net Insolvenz anmelden zu müssen, haben Viktor Hallsteiner und ich einen Deal abgeschlossen. Ich bekomm von ihm fünf Millionen Euro, und meine Tochter heiratet dafür seinen nichtsnutzigen Sohn«, erzählte der Vater ohne jegliche Gefühlsregung. Wahrscheinlich wirkte das Beruhigungsmittel schon, oder er war ein Mensch, der prinzipiell nicht offen zeigte, wie es ihm ging. Denn dass der Tod der eigenen Tochter keine Emotionen hervorrief, konnten sich weder Mirscher noch Kolanski vorstellen.

»Wow!«, stieß Mirscher aus. »Kein Wunder, dass sie Sie angeschrien hat.«

»Wieso nichtsnutzigen Sohn? Wie kommen Sie dazu, ihn so zu nennen? Und wieso haben Sie trotzdem Ihre

Tochter mit ihm verheiratet? Erklären Sie mir das«, verlangte Kolanski.

»Sein eigener Vater nennt ihn so. Anscheinend taugt er net zur Arbeit, zumindest zu keiner, wie sie vonnöten wäre, um ein Unternehmen zu führen«, sagte Balduin. »Da ist Härte ang'sagt, dafür braucht man Disziplin und Fleiß und keinen verzogenen reichen Bengel, dem sein Leben lang alles in den Arsch g'schoben worden ist.«

Kolanski musste sich zusammenreißen, um Ruhe zu bewahren. Die Worte des Vaters wühlten ihn auf. Er sah Mirscher an, dass es ihm genauso erging.

»Aber wieso hat Marion Sie erst gestern deswegen angeschrien? Dass Sie Ihre Tochter mit Fabian verheiraten wollten, wissen die beiden sicher schon länger. Ihre Tochter müsste sich demnach bereits viel früher über diesen Deal empört haben, oder irre ich mich da?« Kolanski ließ nicht locker. Entweder tischte ihnen der Mann gerade das allergrößte Märchen auf, das im Mühlviertel je erzählt worden war, um etwas anderes zu vertuschen, oder seine Aussage entsprach tatsächlich der Wahrheit. So eine verrückte Geschichte konnte man sich unmöglich in so kurzer Zeit einfallen lassen.

»Sie hab'n recht«, pflichtete Gustav Balduin Kolanski bei. »Das hat sie auch getan. Aber gestern hat sie mir g'sagt, dass sie mich in nächster Zeit nicht sehen will und über so einiges nachdenken müsse.«

»Sie haben Ihre Tochter verkauft«, fasste Kolanski zusammen. »Wer kann ihr da verdenken, dass sie Sie nicht sehen wollte?«

»Ja, ich hab sie verkauft.« Balduin starrte mit versteinerter Miene aus dem gegenüberliegenden Fenster.

»Haben sich Ihre Tochter und der junge Hallsteiner

vorher überhaupt gekannt? Oder von was reden wir hier?«

»Gekannt ist zu viel g'sagt. Die Hallsteiners wohnen ja in Gutau. Marion und Fabian sind sich ein paarmal begegnet, also waren sie sich net gänzlich fremd.«

»Und?«

»Was und?« Der Blick von Balduin richtete sich auf den Gruppeninspektor.

»Haben sich die beiden zumindest gemocht? Sympathisch gefunden oder dergleichen?«, half er dem Vater auf die Sprünge.

»Ich … ich weiß es net«, gab dieser zu.

»Und es war dir auch egal!«, zischte Anna Balduin. Sie stand plötzlich in der Tür und sah ihren Mann an. Ihr Gesichtsausdruck verriet Abscheu und Wut.

»Es war mir net egal …«

»Lügner!«, schrie sie.

»Aber …«

»Sei still!«

Erst jetzt bemerkten die Ermittler das lange Küchenmesser in Anna Balduins Hand.

»Es ist deine Schuld, dass Marion tot ist!«, rief sie und stürzte sich auf ihren Mann.

6. KAPITEL

Oskar Stern saß auf der bequemen Ledercouch im Wohnsalon der Hallsteiners und starrte die Tochter der Familie an. Christine hatte ihnen gerade mitgeteilt, dass Marion am Tag ihrer Hochzeit Sex gehabt hatte – jedoch nicht mit ihrem frisch angetrauten Ehemann.

»Können Sie das wiederholen?«, bat er so ruhig wie möglich. Denn auch die restlichen Familienmitglieder schienen diese Neuigkeit erst mal verdauen zu müssen, allen voran Fabian Hallsteiner. In dem Wohnsalon war es mucksmäuschenstill. Das Entsetzen darüber schien ähnlich groß zu sein wie über Marions Ableben.

»Ich habe Marion das letzte Mal gesehen, als sie mit dem Sänger der Band gevögelt hat«, wiederholte Christine genüsslich, wohl wissend, welche Lawine sie damit auslöste.

»Das kann nicht sein!«, zischte die Mutter empört.

»So war es aber, Mama«, bekräftigte Christine mit fester Stimme. Ihr Blick und jener der Mutter wanderten zu Fabian hinüber. Beide wollten wissen, wie er darauf reagierte.

»Ich glaube dir«, flüsterte der junge Mann, der jetzt nicht nur zu verkraften hatte, dass er kaum verheiratet schon Witwer war, sondern ebenso, dass seine Ehefrau ihn in dieser kurzen Zeit auch noch betrogen hatte.

»Du glaubst ihr?«, rief die Mutter schrill.

»Sie hat ihn vor mir und unseren ganzen Gästen geküsst, mitten auf der Bühne«, erzählte Fabian. »Und damit nicht genug. Sie ist mit ihm an die Bar gegangen und hat mit ihm getrunken ... Sie wollte ihn. Das war offensichtlich.« Traurigkeit schwang in Fabians Worten mit, und jeder der Anwesenden wusste, dass er sich damit selbst belastete. Indem er zugab, Marion mit dem Sänger beobachtet zu haben, hatte er ein erstklassiges Motiv.

»Alle haben sie begrabscht, sogar dein Vater«, warf Stefanie Hallsteiner wieder etwas ruhiger ein. Es war ihr anzusehen, wie sehr es sie bei der Erinnerung ekelte, dass sogar der eigene Ehemann die Schwiegertochter unsittlich berührt hatte.

»Das hört sich nicht nach einer Hochzeit an, wie ich sie kenne«, sagte Stern. »Ich schlage vor, sie erzählen mir genau, was gestern vorgefallen ist, das nicht hätte vorfallen sollen. Zumindest nicht auf einer Hochzeit.«

»Der Albert war megaeifersüchtig«, sprudelte es aus Christine heraus.

»Christine!«, maßregelte die Mutter die Tochter, weil sie erneut Klatsch und Tratsch verbreitete.

»Es stimmt doch!« Christine lehnte sich nach vorn, damit der Chefinspektor sie besser verstehen und ihre Mutter sie nicht erneut unterbrechen konnte. »Er hat immer wieder zu Marion rübergeschaut, und die hat ständig mit den Männern geflirtet, wahrscheinlich aus Trotz, weil sie Fabian nicht heiraten wollte. Und das hat dem Albert halt nicht gefallen.« Christine kicherte, als unterhielten sie sich über die Intrigen einer Daily Soap.

»Wer ist dieser Albert? Hat er auch einen Familiennamen?«, hakte Stern nach und fragte sich, wo Grünbrecht so lange blieb. Viktor Hallsteiner hatte sich bestimmt längst beruhigt, immerhin hörte er ihn nicht mehr schreien. Vielleicht waren sie mit diesem Albert auf eine Spur gestoßen, da wäre es gut, wenn sie mithören würde, was die Familie zu berichten hatte.

»Albert Freiherr«, beantwortete Christine Sterns Frage.

Fabian und Stefanie Hallsteiner waren hingegen nicht so freizügig mit Informationen. Ihnen wäre es am liebsten, wenn Christine ebenso den Mund hielte. Während sie den Namen preisgegeben hatte, hatten sie sie mit Blicken bedacht, die Stern nicht klar deuten konnte. Aber eines war offensichtlich: Erfreut über Christines Redefreudigkeit waren sie keinesfalls.

»Was haben Sie vorhin damit gemeint, dass Ihr Ehemann Marion begrabscht hat?«, richtete Stern seine nächste Frage an die Mutter.

Die biss sich auf die Lippen. Anscheinend bereute sie es, diese Aussage getätigt zu haben.

»Ich hab gesehen, wie er ihr an den Hintern gegriffen und sie gekniffen hat«, antwortete Christine anstatt ihrer Mutter.

Die sog genervt die Luft ein und giftete ihre Tochter an. »Nichts hast du gesehen! Gar nichts! Das sind nur Spinnereien einer Halbwüchsigen.«

»Wir werden das nachprüfen. Vielleicht hat es ja wer anderer ebenfalls mitbekommen«, sagte Stern.

»Und dann war da noch so einer, ich hab ihn nicht gekannt, aber der hat sich auch an Marion rangemacht. Er hatte wunderschöne Augen, das weiß ich, weil ich mir gedacht habe, dass es doch irgendwie schade ist, dass der auf Marion steht, wo sie jetzt ja eh verheiratet ist. Die beiden sind sogar mal zusammen …«

»Christine!«, rief die Mutter erzürnt. »Nun ist es aber genug! Du bringst die ganze Familie in Verruf!«

»Nein, Mama, das brauche ich gar nicht zu tun. Das macht jeder von uns selber«, spie Christine ihrer Mutter entgegen, stand auf und wollte den Wohnsalon verlassen, aber Stern hielt sie zurück.

»Was sind die beiden zusammen?«, wollte er das Ende der Geschichte hören. Vielleicht war es wichtig.

»Abgehauen«, sagte Christine. »Sie sind zusammen abgehauen.«

Stern ließ die junge Frau los. Die stapfte an der Mutter und ihrem Bruder vorbei und knallte beim Verlassen des Wohnsalons die Tür hinter sich zu.

»Ich muss sagen, die Hochzeit war schon etwas ungewöhnlich«, fasste Stern das Gehörte zusammen.

»Sie sagen es«, seufzte die Mutter, die sich durch die Abwesenheit der Tochter ein wenig zu entspannen schien.

»Kann ich auch gehen?«, fragte Fabian.

»Einen Moment bitte. Sie können sich zwar nicht mehr daran erinnern, wie Sie nach Hause gekommen sind, aber wissen Sie vielleicht noch, wie spät es gewesen ist, als Sie die Burg Reichenstein verlassen haben?«

»Leider nein«, antwortete Fabian.

»Was ist mit Ihnen? Sie haben Fabian ja mit nach Hause genommen. Wie spät war es da?«, fragte Stern die Mutter.

»Brauche ich ein Alibi?«

»Alle, die auf der Hochzeit gewesen sind, brauchen ein Alibi.«

»Wir sind so zwischen 1 Uhr und halb zwei nach Hause gefahren. Um 2 Uhr lag ich im Bett«, sagte Stefanie Hallsteiner.

»Können Sie mir den Namen des Sängers der Band nennen?«

»Nein, den kenne ich nicht. Du, Fabian?«

»Er heißt Goliat«, wusste Fabian Hallsteiner.

»Goliat? Wie der aus der Bibel?« Stern hatte im Laufe seiner Karriere allerlei Künstlernamen gehört, doch ein Goliat war nie darunter gewesen. Er stellte sich diesen Goliat als Hünen vor, mindestens zwei Meter groß und einen Zentner schwer.

»Keine Ahnung.« Fabian zuckte mit den Schultern. »Wenn unsere Familie etwas nicht ist, dann religiös. Vaters Religionen sind Geld und Macht, da ist kein Platz für einen weiteren Gott«, fügte er spöttisch hinzu.

»Na gut, also Goliat. Und wie weiter?«

»Das weiß ich nicht. Aber die Band heißt Canticum Lupi.«

»Wir brauchen unbedingt eine Gästeliste von der Hochzeit«, verlangte Stern.

Die Mutter erhob sich, ging zu einem Schrank, öffnete eine Schublade und zog ein mehrseitiges Dokument aus einer Klarsichtfolie heraus. Damit kehrte sie zurück und reichte es Stern mit den Worten, dass sie hoffe, dass er die Liste vertraulich behandle. »Darunter sind Geschäftspartner meines Mannes, hochrangige Persönlichkeiten aus Gesellschaft und Wirtschaft. Wenn die …«

»Ich kann Ihnen nichts versprechen, Frau Hallsteiner. Das ist eine Mordermittlung, und wenn uns die Herrschaften verdächtig erscheinen oder uns behilflich sein können, den Mord aufzuklären, müssen wir sie befragen«, stellte Stern klar.

»Ich bitte Sie ja nur, diskret vorzugehen.«

»Das tun wir immer. Gut, das war's vorerst. Ich bin mir allerdings sicher, dass wir noch Fragen an Sie haben werden, also halten Sie sich zu unserer Verfügung. Ich finde alleine hinaus. Auf Wiedersehen.« Stern erhob sich und verließ den Wohnsalon. Er schritt den Flur des rechten Flügels entlang, über den sie die Haushälterin zuvor hereingeführt hatte. Plötzlich vernahm er laute Stimmen. Es waren jene von Mara Grünbrecht und Viktor Hallsteiner. Wie es sich anhörte, stritten die beiden.

»Fassen Sie mich nicht an!«, rief Viktor Hallsteiner in einem der vorderen Zimmer. Jemand erwiderte etwas in monotonem Tonfall, versuchte beruhigend auf den Hausherrn einzureden. Stern kam näher und ließ die angelehnte Tür aufschwingen, hinter der er Grünbrecht und Hallsteiner vermutete. Noch eine weitere Person war anwesend: ein Mann in Jeans und weißem Poloshirt. Nach seinem Streben zu urteilen war er Arzt und wollte sich die Wunde auf Viktor Hallsteiners Haupt ansehen, wogegen Hallsteiner heftig protestierte.

»Was ist hier los?«, wollte Stern wissen und betrat den Raum, der vollgestopft war mit Regalen und Ordner. An der Wand gegenüber dem Schreibtisch stand eine Couch, auf der sich Viktor Hallsteiner halb sitzend, halb liegend gegen den Arzt zur Wehr setzte.

»Er will sich nicht von Dr. Mostner untersuchen lassen«, erklärte Grünbrecht ihrem Chef. »Dabei hab ich den Arzt extra herbestellt.«

»Wenn Herr Hallsteiner nicht will, dann lasst ihn. Ist schließlich sein Schädel«, erwiderte Stern.

»Er gehört in ein Krankenhaus. Ich bin mir sicher, dass er neben der Platzwunde an seinem Kopf, die übrigens genäht werden muss, auch eine Gehirnerschütterung hat. Wie schwer die ist, müssen die Kollegen feststellen. Auf alle Fälle braucht er Ruhe«, sagte der Mediziner.

Grünbrecht trat an ihren Chef heran und flüsterte ihm zu: »Ich bin mir sicher, dass die Verletzung nicht von dem Sturz im Haus herrührt. Sie hat längst aufgehört zu bluten. Vielleicht passt seine DNA ja zu jener, die wir bei dem Mauervorsprung oben in der Hochburg gefunden haben, und vielleicht befinden sich in der Wunde Verunreinigungen, die wir dem Tatort zuordnen können.«

»Gut gemacht«, erwiderte Stern genauso leise, wandte sich von seiner Kollegin ab und diesem Dr. Mostner und Viktor Hallsteiner zu. »Herr Hallsteiner, wir lassen Sie ins Freistädter Krankenhaus bringen. Die sollen sich Ihren Kopf mal genauer ansehen.«

»Aber Sie können doch nicht ...«

»Natürlich kann ich. Ich bin von der Polizei«, unterbrach Stern den Hausherrn und holte sein Handy heraus, um einen Krankenwagen zu rufen. Außerdem teilte er den Ärzten im Spital mit, dass sie die Materialien, die bei der Säuberung der Wunde anfallen würden, ins Landeskriminalamt zu seinen Handen schicken sollten. Viktor Hallsteiner war jetzt nicht mehr nur der Schwiegervater der Toten, der ihr an den Hintern gegriffen hatte, sondern außerdem ein Verdächtiger.

»Ich verabschiede mich.« Dr. Mostner klappte seine Arzttasche zu und ging zur Tür.

»Danke trotzdem, dass Sie gekommen sind«, sagte Grünbrecht, bevor der Arzt das Haus verließ.

»Herr Hallsteiner, erzählen Sie mir vom gestrigen Abend. Bis der Rettungswagen kommt, haben wir noch ein wenig Zeit«, forderte Stern den Hausherren auf, der nun niedergestreckt auf der Couch lag. Anscheinend hatte er den Widerstand aufgegeben.

Hallsteiner seufzte. »Es war ein Desaster. Ich war froh, als die Feier vorüber war.«

»Können Sie uns das näher erklären?«

»Die Hochzeit hätte ein Triumph sein können, wo sich alles, was Rang und Namen hat, die Hände schüttelt. Stattdessen war sie ein Rachefeldzug unserer Kinder, die beweisen wollten, dass sie sich nicht länger etwas von den Eltern sagen lassen.«

»Die Ehe war arrangiert, was haben Sie erwartet?«

»Diese Frau zu heiraten war ein Glücksfall für unseren Sohn!«, brauste Hallsteiner auf und hielt sich sogleich den schmerzenden Kopf.

»Warum sollte es ein Glücksfall für Fabian sein, wo er sie doch gar nicht geliebt hat?«, hakte Stern nach.

»Liebe wird überbewertet. Sie kommt und geht, danach ist nichts mehr.«

»Ist das bei Ihnen und Ihrer Frau der Fall?«

Viktor Hallsteiner schwieg.

»Weshalb hätte Fabian diese Ehe denn glücklich machen sollen?«, wiederholte Stern seine Frage.

»Marion war eine gute Partie. Wenn wir das Unternehmen ihres Vaters saniert hätten, hätte es bald wieder Gewinne abgeworfen. Wir hätten expandieren können, ein Gewürzimperium erschaffen, das die ganze Welt beliefert. Amerika! China! Australien! Nichts wäre unerreichbar gewesen! Wir hätten eine eigene Marke kreiert. Ich hatte schon Pläne …« Hallsteiners Gesicht leuchtete, als er davon erzählte. Das war seine Welt, in der er sich auskannte, in der er lebte und für die er bereit war, alles zu geben. Auch seinen Sohn, indem er ihn in eine Ehe zwang.

»Haben Fabian und Marion diese Pläne geteilt?«

Hallsteiners Miene verfinsterte sich. »Dafür waren sie zu jung und zu unreif, hatten nur das Ausgehen im Sinn, mit Freunden abhängen und so etwas. Aber eines Tages hätten sie es verstanden.«

»Herr Hallsteiner, wann sind Sie, Ihr Sohn und Ihre Frau von der Hochzeit nach Hause gefahren?«, fragte Stern, obwohl er die Antwort schon von der Ehefrau gehört hatte. Er wollte wissen, ob sich die Aussagen deckten.

»Ich glaube, es war so gegen 1 Uhr, ich hab nicht darauf geachtet. Ich wusste ja nicht, dass ich danach gefragt werde.«

»Als Sie Marion das letzte Mal gesehen haben, was hat sie da gemacht?«

»Sie hat mir zu verstehen gegeben, dass ich sie in Ruhe lassen soll.« Hallsteiner starrte an die Decke des Arbeitszimmers.

»Weshalb sollten Sie sie in Ruhe lassen?«, hakte Stern nach, obwohl er auch das wusste. Christine und Stefanie Hallsteiner hatten erzählt, dass er Marion unsittlich berührt habe. Mit ziemlicher Sicherheit war das der Grund für die Zurückweisung gewesen. Wenn die Presse Wind davon bekäme, dass der mächtige Viktor Hallsteiner – Großgrundbesitzer, Sägewerkinhaber, Bauunternehmer und Spielhallenbetreiber – seine Schwiegertochter belästigt hatte, gäbe das sensationelle Schlagzeilen. Somit hatte er ebenso ein Motiv, Marion zum Schweigen zu bringen, desgleichen seine Ehefrau, die sich mehr um das Ansehen der Familie Sorgen zu machen schien und weniger um das Wohlergehen ihres Sohnes.

»Das geht Sie nichts an«, erwiderte Hallsteiner.

»Ihre Schwiegertochter ist ermordet worden, da geht mich alles etwas an«, konterte Stern.

»Das nicht!« Hallsteiner versuchte, sich aufzurichten. »Ich bin Jurist …«

»Schon gut, bleiben Sie liegen. Der Arzt hat gesagt, Sie brauchen Ruhe.«

Im selben Augenblick fuhr ein Rettungswagen die Einfahrt hoch. Fiona Mühlböck, die Haushälterin, öffnete die Tür und ließ die Sanitäter ein. Damit war die Vernehmung vorerst vorüber. Im Augenblick war ohnehin alles gesagt, was Stern hatte wissen wollen. Sollten die Hallsteiners ein dunkles Geheimnis mit sich herumtragen, würden sie es ihm nicht auf dem Silbertablett servieren, das war ihm klar. Da musste er mit Fakten kommen und sie festnageln.

Mit einer Trage schafften die Sanitäter Viktor Hallsteiner aus der Villa. Mara Grünbrecht hatte ihm vorher noch das Handtuch abgenommen, das er sich die ganze Zeit über an den Kopf gepresst hatte, und steckte es in eine Plastiktüte. Darauf befanden sich genügend Spuren, um die DNA mit jener auf dem Mauerwerk der Burg abzugleichen.

»Was jetzt?«, fragte die Gruppeninspektorin, als sie die Villa verlassen hatten und bei Sterns Wagen anlangten.

»Jetzt suchen wir diesen Goliat«, antwortete Stern und setzte seine Kollegin in Kenntnis, dass es sich dabei um den Sänger der Band handelte und warum sie ihn aufsuchen mussten.

»Goliat? Was ist das für ein seltsamer Künstlername?«, meinte Grünbrecht.

»Irgendwie passend zur gestrigen Veranstaltung, finde ich. Das war ein wenig wie Sodom und Gomorra, so scheint es mir, nach allem, was wir gehört haben.« Stern stützte sich auf das Dach des Audis und betrachtete seine Kollegin. Eine Strähne hatte sich aus ihrem Zopf gelöst und hing ihr ins Gesicht, mit der Hand streifte sie diese hinters Ohr. Ansonsten sah Grünbrecht wie aus dem Ei gepellt aus. Mit Jeans und der grauen Lederjacke, welche die gleiche Farbe hatte wie ihre Sneakers, könnte sie glatt Werbung für ein Modelabel machen. Sie war attraktiv, und Stern verstand durchaus, dass sich Mirscher in sie verliebt hatte. »Ich hoffe, bei deiner und Edwins Hochzeit läuft alles wie am Schnürchen und nicht so wie bei der von Marion und dem jungen Hallsteiner.«

»Das hoffe ich auch«, erwiderte Grünbrecht, nicht ahnend, dass die Ereignisse bereits ihren dunklen Schatten vorauswarfen und nichts so sein würde, wie sie sich das vorstellte.

Gar nichts.

7. KAPITEL

Anna Balduin stürzte mit dem Messer in der Hand auf ihren Mann zu. Der saß wie erstarrt am Küchentisch und rührte sich nicht. Beinahe schien es, als freute er sich darauf, dass ihm seine Frau die Klinge ins Herz triebe und seiner Schuld dadurch ein Ende setzte. Gustav Balduin schloss die Augen, um das Unausweichliche nicht mitansehen zu müssen.

»Frau Balduin!«, rief Kolanski. Er wollte die Frau erreichen und ihr das Messer abnehmen, doch der mit Kaffee und Kuchen gedeckte Tisch stand zwischen ihnen. Er würde wertvolle Zeit verlieren, wenn er ihn umrundete. Also hechtete er über den Tisch und riss Gustav Balduin vom Stuhl, zog ihn mit sich und prallte mit ihm auf den Boden.

Gleichzeitig schlug Mirscher Anna Balduin die Waffe aus der Hand, die daraufhin in hohem Bogen und sich mehrmals drehend durch die Luft flog. Neben Kolanskis Kopf blieb sie mit der Spitze voran im Holzboden stecken. Daneben landeten der Hochzeitskuchen und das gute Sonntagsgeschirr. Klirrend zerbrach es in tausend Scherben, und der Kuchen verformte sich zu einer unansehnlichen Pampe mit Zuckerguss.

»Scheiße!«, fluchte Kolanski und starrte den schwingenden Schaft des Messers an.

Indessen wollte sich die Frau weiter auf ihren Mann stürzen und schrie fortwährend, dass er schuld am Tod ihrer Tochter sei. Dass er sie in den Tod getrieben habe und damit nun auch für ihr eigenes Unglück verantwortlich zeichne. Dass er ein verdammter Idiot sei, war nur eine der unzähligen Beschimpfungen, die sie ihm an den Kopf warf. Aber besser diese als das Messer, fand Mirscher. Er hatte alle Hände voll zu tun, dass sie sich nicht von ihm losriss.

»Jetzt atmen Sie erst mal durch«, sagte er zu der aufgebrachten Frau. Offensichtlich wirkte das Beruhigungsmittel, das ihr der Notarzt verabreicht hatte, noch nicht, wenn sie derart ausrastete. Sie weinte, schrie und zitterte am ganzen Körper. Der Notarzt und ein Mitarbeiter des Kriseninterventionsteams eilten herbei und führten sie zurück in das Zimmer nebenan. Sanft redeten sie dort auf die Frau ein.

»Ihnen ist hoffentlich klar, dass Sie uns eben ein Motiv geliefert haben, weshalb Sie Ihre Tochter umgebracht haben könnten?«, fragte Kolanski Gustav Balduin, der sich aufrichtete und wieder auf den Stuhl setzte. »Ich stelle mir das so vor, wie es abgelaufen ist: Marion hat Sie angeschrien und Ihnen mitgeteilt, dass Sie in Ihnen keinen Vater mehr sieht, weil Sie sie wie ein Stück Vieh verkauft haben, und das wollten Sie nicht hinnehmen. Sie wollten ihr Ihre Sichtweise darlegen, aber Marion hat nicht zugehört. Sie hat Sie von sich gestoßen, es kam zu einem Handgemenge und Ihre Tochter stürzte die Ruine hinab in die Bäume, wo wir sie gefunden haben«, fabulierte Kolanski einen möglichen Tathergang.

Gustav Balduin starrte ihn an, als hätte er ihm gerade mitgeteilt, wann der nächste Bus zum Mond führe und dass er ihn nehmen solle. »Sie hätt'n sie net aufhalten soll'n«, sagte er mit monotoner Stimme.

»Wie bitte?« Kolanski verstand nicht, was er meinte.

»Sie hätt'n sie net aufhalten soll'n«, wiederholte Balduin.

»Wen? Marion?«

»Meine Frau. Wenn Sie sie net aufg'halten hätt'n, wär ich jetzt tot und alles wär vorüber.«

»Herr Balduin, haben Sie gehört, was ich gesagt habe?«, fragte Kolanski.

Balduin nickte und wiederholte: »Sie hätt'n sie net aufhalten soll'n.«

»Er hat einen Schock. Den können wir heute nicht vernehmen, und seine Ehefrau erst recht nicht«, erkannte Mirscher. Nachdem er Balduin gefragt hatte, ob sie sich in der Wohnung umsehen dürften, und dieser zugestimmt hatte, teilte er dem Notarzt mit, dass auch der Ehemann einer weiteren medizinischen Behandlung bedurfte.

»Hoffentlich bringen die sich nicht gegenseitig um, wenn sie alleine sind«, erwiderte Kolanski, dem klar war, dass Mirscher recht hatte.

»Dafür werden die schon sorgen.« Mirscher deutete auf die Leute vom Kriseninterventionsteam, die wie immer ausgezeichnete Arbeit leisteten.

»Ich schlage vor, wir werfen einen Blick in Marions Zimmer, bevor wir gehen. Vielleicht finden wir ja etwas, das uns Aufschluss gibt, was bei der Hochzeit gestern los war«, sagte Kolanski.

»Hat Marion denn überhaupt noch hier gewohnt?«

»Wenn der Vater sie zur Hochzeit mit diesem Hallsteiner gezwungen hat, kann ich mir vorstellen, dass er ihr generell keine Freiheiten gelassen und ebenso über ihr Leben bestimmt hat«, meinte Kolanski.

»Und das alles wegen dem Erbe?«

»Menschen tun die verrücktesten Dinge wegen dem lieben Geld.«

»Ich wünsche Marion, dass sie eine eigene Wohnung hatte«, warf Mirscher ein.

»Das werden wir gleich herausfinden.«

Kolanski trat aus dem Esszimmer in den Flur, Mirscher folgte ihm. Rechts war die Küche, links ein Arbeitsraum, alles war großzügig angelegt und mit hoher Raumhöhe ausgestattet, wie es bei alten Stadthäusern oftmals der Fall war. Neben dem Stiegenaufgang führte eine weitere Treppe ins zweite Obergeschoss hinauf, dort waren bestimmt die Schlafräume untergebracht. Die Kriminalbeamten erklommen die Stufen nach oben. Vom Flur aus gingen fünf Türen ab. Hinter einer befand sich das Schlafzimmer der Eltern, hinter zwei weiteren ein Bad und eine Toilette. Blieben noch zwei übrig.

Aus einem der Räume drangen Geräusche, Schreie, Schüsse. Kolanski deutete mit dem Kopf in die entsprechende Richtung. Mirscher nickte. Dann drückte er die Klinke und gab der Tür einen Stoß. Diese schwang auf und eröffnete den Kriminalbeamten den Blick auf einen jungen Mann, der auf dem Bett lag, vor sich einen Laptop haltend. Wahrscheinlich sah er sich gerade ein Video auf YouTube oder einen Film auf Netflix an. Noch hatte er die Beamten nicht bemerkt. Erst als Kolanski eintrat, fuhr der junge Mann erschrocken hoch.

»Hey, was mach'n Sie da?« Eilends klappte er den Laptop zu und richtete sich auf. Die Geräusche verstummten.

»Sind Sie Marions Bruder?«, fragte Kolanski.

»Ja, ich bin David … Und wer sind Sie?« Misstrauen stand dem Mann ins Gesicht geschrieben. Es war zweifelsohne eine außergewöhnliche Situation, dass plötzlich zwei Fremde neben seinem Bett standen. »Ist etwas passiert?«

Offenbar hatte er nichts von dem mitbekommen, was in der letzten Stunde einen Stock tiefer vorgefallen war. Das Herumgeballer, laute Krachen und die aufgeregten Stimmen im Film waren der Grund dafür.

»Ja, es ist etwas passiert«, seufzte Kolanski. »Es tut uns leid, Ihnen mitteilen zu müssen, dass Ihre Schwester heute Nacht gestorben ist.«

»Marion?« Davids Augen weiteten sich. Unglaube war darin zu lesen. Er sank zurück auf das Bett und musste die Nachricht erst begreifen.

»Ja. Unser aufrichtiges Beileid.«

»Aber …« David verstummte und schüttelte den Kopf. Dann atmete er tief durch und fragte: »Wissen es meine Eltern schon?«

Kolanski nickte. »Wir haben es ihnen gerade mitgeteilt.«

»Scheiße!«, fluchte David und fuhr sich mit beiden Händen durch die Haare.

»Ein Notarzt und ein Kriseninterventionsteam kümmern sich um sie. Aber das ist leider nicht alles. Ihre Mutter hat versucht, Ihren Vater umzubringen. Sie gibt ihm die Schuld an Marions Tod.«

»Meine Mutter?«

»Tut uns ebenfalls leid.«

»Wie ist Marion denn …?« David wagte es nicht, den Satz zu Ende zu bringen.

»Sie ist von der Burgmauer der Ruine Reichenstein in die Tiefe gestürzt. Von ganz oben.«

»Sie hat sich um'bracht?« Verzweiflung lag in der Stimme des Mannes. Anscheinend wusste auch er, dass Marion nicht freiwillig vor den Traualtar getreten war.

»Wohl eher nicht«, sagte Mirscher. »Wir gehen davon aus, dass sie gestoßen wurde.«

»Von wem?« Der junge Mann sprang auf und ballte die Hände zu Fäusten, als müsste er gleich in den Ring steigen.

»Das wissen wir nicht.«

»Ich kann es net glauben …« Davids Fäuste lösten sich und seine Augen füllten sich mit Tränen. Es war ihm anzusehen, dass er dagegen anzukämpfen versuchte.

»Sie waren bestimmt auch auf der Hochzeitsfeier?«, wollte Mirscher wissen.

»Natürlich.« David wischte sich unauffällig mit dem Handrücken über die Wangen.

»Wie war es …? Ich meine, wie haben Sie die Hochzeit empfunden? Wir haben gehört, dass Marion mit Fabian Hallsteiner quasi zwangsverheiratet wurde.«

David brauchte nicht lange zu überlegen. »Es war schrecklich! Irgendwann hätte es vielleicht klappen können, die Sache zwischen den beiden, aber nur, wenn sie ihrer Ehe eine Chance g'geben hätt'n. Fabian ist kein schlechter Typ, net so wie sein Vater …« David brach hab und presste die Lippen aufeinander. Er hatte Mühe, seine Emotionen unter Kontrolle zu halten. Seine Kiefer bewegten sich wie ein Mahlwerk hin und her, und seine ganze Körperhaltung signalisierte Wut und Schmerz. »Entschuldigen S' mich, ich muss zu meinen Eltern.« Beinahe fluchtartig verließ er das Zimmer und stolperte hinaus in den Flur.

»Eine Frage hab ich noch!« Mirscher hob die Hand und hielt Marions Bruder auf. Der Gruppeninspektor machte ein paar Schritte in seine Richtung.

»Ja?« Misstrauisch schien David darauf zu warten, zu erfahren, was Mirscher von ihm wollte.

»Hat Marion auch noch hier gewohnt?«

»Hat sie. Letzte Tür links. Ein paar Sachen hat sie schon zu den Hallsteiners geschafft, dort hätten sie und Fabian eine kleine Wohnung beziehen sollen. Den Rest wollte sie diese Woche holen.«

»Darf ich fragen, warum Sie und Ihre Schwester noch zu Hause bei den Eltern wohnen, ich meine, Sie sind doch bereits, ich schätze mal, Mitte 20?«

David blickte zu Boden, als müsste er überlegen, was er antwortete. Als er wieder aufsah, hatte sich sein Gesichtsausdruck verändert. »Weil wir Balduins sind und tun, was unser Vater sagt.«

»Sonst was?«, hakte Mirscher nach.

»Sonst enterbt er uns.«

Als die Beamten nichts mehr sagten, wandte sich David ab und ging hinunter zu seinen Eltern.

»Komischer Typ«, tat Mirscher seine Meinung über Marions Bruder kund.

»Wie würdest du reagieren, wenn plötzlich zwei fremde Männer in deinem Zuhause auftauchen und dir mitteilen, dass jemand, der dir nahestand, ermordet wurde?«, frage Kolanski mehr rhetorisch, als dass er darauf eine Antwort haben wollte.

»Hast wahrscheinlich recht.«

Die Gruppeninspektoren betraten Marions Zimmer. Gestrichen in einem sanften Beige und mit weißen Möbeln eingerichtet wirkte der Raum ordentlich und sauber. Nichts deutete auf eine Revolte gegen die Eltern hin. Vielleicht lag es aber auch daran, dass ein Teil ihrer Sachen bereits in ihrem neuen Heim auf Marion wartete. Nur ein neben dem Bett sitzender Teddybär ließ erahnen, dass hier eine junge Frau gewohnt hatte, ebenso ein

Foto an der Wand, das Marion am Strand zeigte, wie sie gerade pitschnass aus dem Meer lief.

»Ich frage mich, wer das aufgenommen hat? Mit ihrem Ehemann wird sie ja wohl noch nicht auf Urlaub gewesen sein, nach allem, was wir bis jetzt gehört haben. Und ihre Eltern schätze ich ehrlich gesagt nicht so ein, als wenn sie mit ihren erwachsenen Kindern ans Meer fahren würden«, sagte Kolanski und streifte sich Plastikhandschuhe über. Dann nahm er das Bild aus dem Rahmen und tütete es ein. Vielleicht waren darauf Fingerabdrücke von demjenigen, der die Aufnahme gemacht hatte, sollte er sie Marion geschenkt haben.

»Die Frage sollte wohl eher lauten, warum sie das Foto nicht mitgenommen hat. Alle anderen sind nämlich weg.« Mirscher deutete auf die hellen Flächen an der Wand, wo einst etwas gehangen haben musste.

»Sieh mal, wie glücklich sie da ist. Bestimmt strahlt sie deshalb so in die Kamera, weil dahinter ein für sie besonderer Mensch steht.«

»Möglicherweise hatte sie einen heimlichen Freund«, erwiderte Mirscher. »Für manche ist das ganz normal, dass sie nicht nur einen Partner, sondern zwei oder gleich mehrere haben.«

»Und derjenige hatte etwas gegen ihre Heirat und hat sie umgebracht? Nein, das glaube ich nicht.«

»Nachforschen schadet bekanntlich nicht«, blieb Mirscher hartnäckig und klappte den Laptop auf, der sich auf dem Schreibtisch befand. »Mist! Passwortgeschützt.«

»Wir nehmen ihn trotzdem mit. Die Kollegen von der Technik werden das schon hinkriegen.«

Kolanski durchsuchte den Schminktisch, der schräg in der Ecke stand. Darauf waren mehrere Nagellacke, Lippenstifte und Parfums nebeneinander aufgereiht. Eine Lade war vollgestopft mit Haargummis und -bändern, eine andere mit Deodorants und Make-up. In einer weiteren fand er ein Päckchen, von dem die Schleife heruntergezogen war. Es sah wie eine Schachtel von einem Juwelier aus. Er nahm sie heraus und klappte den Deckel hoch. »Nicht schlecht!«

Auch Mirscher warf einen Blick hinein. »Wow! Das Collier ist bestimmt ein Vermögen wert.«

»Hier ist eine Karte.« Kolanski griff danach und drehte sie um. »›In Erinnerung an die schöne Zeit‹«, las er laut vor. »Sie ist nicht unterzeichnet.«

»Und sie stammt sicher nicht vom jetzigen Ehemann, diesem Hallsteiner Burschen. Die beiden hatten noch keine schöne Zeit zusammen, die hätte ihnen erst bevorgestanden. Oder auch nicht, wer weiß schon so genau, wie sich die Ehe entwickelt hätte«, sagte Mirscher zynisch.

»Ein Verflossener, der sich verabschiedet hat?«

»Würdest du dich von deiner Ex auf so kostspielige Weise verabschieden?«, stellte Mirscher eine berechtigte Gegenfrage.

»Nein, das könnte ich mir gar nicht leisten«, sagte Kolanski und lachte. Der Gruppeninspektor war ein eingefleischter Single, und seine Liebschaften dauerten gerade mal ein paar Nächte an. Die Anzahl der Damen war durch diese Lebensweise über die Jahre auf eine beträchtliche Summe angewachsen. Noch viel höher allerdings wäre der Geldbetrag, den er für den Schmuck seiner Verflossenen aufbringen müsste, würde er jeder ein derartiges Abschiedsgeschenk wie dieses Collier überreichen.

»Eben, ich auch nicht.«

»Was uns wieder zurückbringt zu einem heimlichen Freund, der gleichzeitig reich ist und, wenn ich dich richtig verstehe, nicht die Finger von Marion lassen wollte.«

»Keine Ahnung, das war nur so eine Vermutung.«

»Dann vermute ich jetzt mal, dass dieser Liebhaber es nicht ertragen konnte, dass seine Flamme einen anderen geheiratet hat und er sie deshalb aus Eifersucht die Ruine hinabgestoßen hat. Und ihr zuvor dieses Collier, das bestimmt mehr gekostet hat, als wir beide zusammen in einem Jahr verdienen, schenkt? Das ist doch Humbug!« Kolanski ließ den Deckel der Schmuckschachtel geräuschvoll zuklappen und steckte sie in einen Plastikbeutel. »Die Spurensicherung soll prüfen, ob darauf Fingerabdrücke oder DNA-Spuren sind. Vielleicht wissen wir dann, von wem sie es geschenkt bekommen hat.«

»Sieh mal hier, die Antibabypille. Demnach war sie sexuell aktiv«, wies Mirscher seinen Kollegen darauf hin, was er gefunden hatte.

»Na hör mal, das war eine junge Frau! Natürlich war sie sexuell aktiv. Heutzutage fängt man doch schon mit 16 damit an«, erwiderte Kolanski.

»Sind deine Freundinnen etwa so jung?«, zog Mirscher ihn auf.

Kolanski grinste. »Das möchtest du gerne wissen, was?«

»Hast du denn überhaupt eine neue Flamme?«, bohrte Mirscher nach, der Kolanskis Einstellung in diesen Dingen kannte.

»Das geht dich gar nichts an«, erwiderte der Kollege. »Wissen wir, was Marion beruflich gemacht hat?«

»Soviel ich weiß, hat sie in Linz Betriebswirtschaft studiert und im elterlichen Betrieb, diesen Balduin Gewürzen, mitgearbeitet.«

»Haben wir ihr Handy?«

»Nein, weder am Tatort gefunden noch sehe ich es hier irgendwo. Zumindest bis jetzt nicht.« Mirscher kramte in den Schreibtischladen, aber auch darin befand sich Marions Smartphone nicht. Anschließend nahm er sich ihre Handtasche vor. Außer einer Geldbörse mit 45 Euro, mehreren Kosmetikartikeln und einem Etui mit Rabattkarten bei diversen Firmen fand er darin nichts. Nichts, was ihnen wertvolle Informationen über Marion geliefert hätte, nur dass sie gerne shoppen gegangen war. Doch das liebten bekanntlich die meisten jungen Frauen.

»Die Handtasche und ihre Pille sind hier. Ich schließe daraus, dass sie sich die Sachen heute holen wollte«, sagte Kolanski.

»Das ist zumindest naheliegend. Vielleicht hat sie sie auch absichtlich dagelassen, um einen Grund zu haben, so bald wie möglich wieder nach Hause fahren zu können«, spekulierte Mirscher.

»Okay, das war es vorerst. Ich schlage vor, wir kommen später wieder, wenn die Eltern vernehmungsfähig sind. In diesem Zustand kriegen wir nichts Vernünftiges aus ihnen heraus. Oder sie gehen sich erneut an die Gurgel, da will ich nicht noch einmal dabei sein. Hoffentlich schafft es ihr Sohn, sie unter Kontrolle zu halten.«

»Er hat ja Hilfe vom Kriseninterventionsteam. Die unterstützen ihn und geben ihm wertvolle Tipps, wie er mit der Situation umgehen muss.«

»Armer Kerl!« Kolanski empfand Mitleid mit Marions Bruder. Dennoch durften sie als Kriminalbeamte von der Mordgruppe des Landeskriminalamtes die Angelegenheit nicht zu nah an sich heranlassen. Das war wichtig, um objektiv zu bleiben.

»Das kannst du laut sagen. Der ganze Fall ist eine Tragödie.« Mirscher seufzte und erklärte die Suche für beendet.

Die Gruppeninspektoren verließen Marions Zimmer und gingen die Treppen hinunter ins Erdgeschoss. Vor dem Pregartner Stadthaus der Balduins äußerte Mirscher seine Meinung zum aktuellen Stand der Ermittlungen. »Der Vater hat zwar ein Motiv, aber ich glaube nicht, dass er es gewesen ist, der Marion von der Ruine gestoßen hat, so wie der über ihren Tod schockiert war.«

»Das Gleiche gilt für die Mutter«, sagte Kolanski. »Auch wenn wir bei ihr kein eindeutiges Motiv haben, weil uns noch viele Fakten fehlen. Aber dass sie in der Lage wäre, jemanden zu töten, davon zeugt die Messerattacke auf ihren Ehemann.«

»Und dann ist da noch der mysteriöse Schmuckschenker, der ein Vermögen ausgibt, um bei Marion die Erinnerung an eine schöne Zeit wachzuhalten, was ich zugegeben seltsam finde«, schloss Mirscher den Kreis der möglichen Verdächtigen. »Meinst du, ich soll Mara auch so ein Collier zur Hochzeit schenken?«

»Wenn du so viel Kohle hast.«

»Vielleicht etwas Kleineres?«

»Ja, vielleicht etwas viel Kleineres.« Kolanski grinste und fuhr dem Kollegen durch die kurzen Haare.

Anstatt sich darüber aufzuregen, schien Mirscher ernsthaft über ein Geschenk für Mara nachzudenken.

»Wir sollten Stern anrufen und herausfinden, was er und Mara in der Zwischenzeit in Erfahrung gebracht haben«, schlug Kolanski vor und wählte sogleich die Nummer ihres Vorgesetzten.

8. KAPITEL

Sterns Handy klingelte. Er saß mit Mara Grünbrecht in seinem Wagen und aktivierte die Freisprecheinrichtung. Die Gruppeninspektorin versuchte gerade herauszufinden, wie dieser Goliat mit bürgerlichem Namen hieß und wo sie ihn und die übrigen Bandmitglieder antreffen könnten. Dazu surfte sie im Internet und schaute sich die Homepage der Mittelalterrockband an.

»Stern!«, meldete er sich.

»Hermann hier. Chef, wir waren gerade bei den Balduins und haben ihnen die Nachricht vom Tod ihrer Tochter überbracht. Die Eltern sind nicht vernehmungsfähig, sie haben einen Schock erlitten«, berichtete Kolanski.

»Schlimmer noch«, meldete sich Mirscher zu Wort und erzählte, wie Anna Balduin mit einem Messer auf ihren Ehemann losgegangen war.

Anscheinend hatten die Kollegen ihr Handy ebenso auf Lautsprecher geschaltet. Zwar stand Stern der modernen Technik eher skeptisch gegenüber, dieser Funktion konnte er aber durchaus etwas abgewinnen. Sie ersparte ihnen oftmals lange Erklärungen oder Besprechungen auf der Dienststelle in Linz, wenngleich sie ohne auch nicht gänzlich auskamen.

»Wir haben Ähnliches erlebt«, berichtete Stern, was im Haus der Hallsteiners vorgefallen war. Dass die Ehe arrangiert war, deckte sich mit den Aussagen der Balduins. Lediglich wer Schuld an dieser Misere trug, sahen die Familien unterschiedlich. Die jeweiligen Väter wurden dafür verantwortlich gemacht, was Stern dem Umstand zuschrieb, dass sich die beiden einen finanziellen Vorteil von dieser Ehe erhofft und den Deal eingefädelt hatten. »Wir fahren gerade zu diesem Goliat. Das ist der Sänger der Band, die auf der Hochzeitsfeier gespielt hat. Angeblich hatte Marion gestern Abend mit ihm Geschlechtsverkehr.«

»Auf der Hochzeitsfeier?«, fragte Kolanski nach.

»Ja«, bestätigte Stern.

»Na, wenn das nicht für Furore gesorgt hat«, erwiderte Mirscher.

»Das werden wir herausfinden.«

»Wen sollen wir uns als Nächsten vornehmen?«, drang wieder Kolanskis Stimme aus dem Lautsprecher.

»Ich würde entweder den Zubräutigam oder die Zubraut befragen. Die müssen an so einem Tag den Brautleuten zur Seite stehen und jederzeit zur Verfügung sein, wenn sich an diesen Bräuchen in den letzten 35 Jahren nichts geändert hat«, erwiderte der Chefinspektor. Solange war es nämlich her, dass er seine Frau Franziska geehelicht hatte. Mittlerweile war er jedoch nicht nur geschieden, sondern er hatte seine Ex-Frau nach einem tragischen Autounfall sogar beerdigen müssen.

»Nein, daran hat sich nichts geändert«, sagte Grünbrecht. Sie kannte sich mittlerweile aufgrund ihrer eigenen Planung mit Hochzeiten und deren Gepflogenheiten ganz gut aus.

»Dann nehmen wir die Zubraut«, beschloss Kolanski. »Wie heißt die Dame?«

Stern holte die Gästeliste, die sie von Stefanie Hallsteiner bekommen hatten, aus seiner Jacketttasche und reichte sie Grünbrecht am Beifahrersitz.

Die Gruppeninspektorin suchte nach dem entsprechenden Eintrag. Gott sei Dank war die Liste vollständig und beinhaltete alle Personen, die gestern anwesend gewesen waren, ebenso die Namen der Brautleute und jene der Familien. Wahrscheinlich hatte die Liste dazu gedient, das Essen und die Sitzplätze zu organisieren. Gleich unter dem Brautpaar fand sie die Zubraut und den Zubräutigam.

»Leona Sipacher«, las Grünbrecht laut vor.

»Adresse?«

»Keine. Die müsst ihr euch von den Kollegen auf der Dienststelle besorgen. Oder ihr googelt die Dame«, erwiderte Grünbrecht und gab Stern die Liste zurück.

»Echt jetzt?«, kam es wenig begeistert aus dem Lautsprecher.

»Ja, das funktioniert tatsächlich«, sagte die Gruppeninspektorin. Sie hatte kurz davor den bürgerlichen Namen des Sängers von Canticum Lupi im Internet in Erfahrung gebracht und hielt Stern ihr Smartphone hin. »Oliver Stantner« stand dort unter dem Foto eines jungen Mannes mit rot gefärbten Haaren, die auf einer Seite wegrasiert und dafür auf der anderen umso länger waren, geschrieben.

»Bis später, Leute«, verabschiedete sich Stern von den Kollegen und beendete das Telefonat. »Haben wir wenigstens eine Adresse?«

»Ja, haben wir«, sagte Grünbrecht und lachte. »Er wohnt in Linz in der Raimundstraße.«

»Na, dann statten wir diesem tollen Hengst mal einen Besuch ab.«

*

50 Minuten später bog Sterns Audi in die Raimundstraße ein. Er parkte den Wagen an der Straße, stieg aus und ging gemeinsam mit Grünbrecht die wenigen Meter zu dem Stadthaus, in dem insgesamt zehn Parteien wohnten. In einer der Wohnungen lebte Oliver Stantner, sie lag im ersten Stock. Stern drückte auf die Klingel.

»Da bin ich jetzt aber echt gespannt, was der uns erzählen wird«, sagte Grünbrecht und gähnte herzhaft. Während der Fahrt hierher wäre sie beinahe eingeschlafen. Stern hatte wie üblich den Verkehr blockiert, weil er viel zu langsam unterwegs gewesen war. Weil sein Fuß sich sanft wie eine Feder auf das Gaspedal gesenkt hatte. Doch ihr Angebot, dass sie den Wagen lenken könnte, hatte er dankend abgelehnt. »Wenn sich das herumspricht, dass er tatsächlich die Braut gevögelt hat, spielt der auf keiner Hochzeit mehr. So einen will niemand bei seiner Vermählung dabeihaben«, brachte Grünbrecht zum Ausdruck, was sie von dem Mann hielt.

»Du hast doch nicht etwa Vorurteile?«, frage Stern seine Kollegin, mit der er seit dem letzten Fall, den Friedhofsmorden in St. Oswald bei Freistadt, per du war, was immer noch ungewohnt für ihn war. Grünbrecht hingegen schien sich schon daran gewöhnt zu haben.

»Vorurteile? Ich glaube nicht, dass ich Vorurteile habe. Aber welcher Mann – außer der Ehemann – verführt die Braut auf deren Hochzeit?«

»Wer sagt denn, dass er sie verführt hat? Vielleicht ist es ja andersrum gewesen und sie hat ihm den Kopf verdreht?« Stern betätigte ein zweites Mal die Klingel, weil sich niemand meldete.

»Na und? Das ist noch lange kein Grund, gleich Nägel mit Köpfen zu machen«, antwortete Grünbrecht gereizt.

»Wenn eine Frau es darauf anlegt, wickelt sie jeden Mann um den Finger. Und zeig mir einen Kerl, der dann Nein sagt.« Stern glaubte, seine Geschlechtsgenossen zu kennen.

»Könnte dich eine Frau denn um den Finger wickeln?«, fragte Grünbrecht keck.

»Mich natürlich nicht«, meinte Stern, war sich allerdings nicht ganz sicher. Schließlich lebte er schon einige Jahre allein. Da wollte er keine Garantie abgeben, wie er reagieren würde, wenn eine Frau ihn in ihr Bett lockte.

»Ja?«, meldete sich eine verschlafene Stimme aus der Gegensprechanlage. Offenbar hatten sie Stantner gerade aufgeweckt.

»Herr Stantner?«

»Ja.«

»Wir sind von der Kriminalpolizei und müssen mit Ihnen sprechen. Machen Sie bitte die Tür auf«, sagte Stern.

»Weshalb wollen Sie mit mir reden?«

»Das würden wir Ihnen lieber drinnen mitteilen«, säuselte Grünbrecht in die Anlage. Wenn Stern recht hatte, würde dieser Goliat einer Frau eher öffnen als einem Chefinspektor vom Landeskriminalamt Oberösterreich.

Ein Summen ertönte, Grünbrecht drückte gegen die Tür und betrat vor Stern das Wohnhaus. »Wenn der so leicht um den Finger zu wickeln ist, dann sollte besser ich die Befragung übernehmen«, sprach sie aus, was Stern dachte.

»Gute Idee«, erwiderte der Chefinspektor, der es mochte, wenn seine Mitarbeiter die Initiative ergriffen. Vor allem bei Grünbrecht. Schließlich wollte er, dass sie, wenn er einmal in den Ruhestand trat, seine Nachfolgerin wurde. Sie würde Kolanski und dem Neuen vom

LKA Wien eine gute Vorgesetzte sein, bestimmt würde sie den Job besser erledigen, als er ihn je gemacht hatte. Und eine gute Ermittlerin war sie obendrein.

Oliver Stantner wartete in der Wohnungstür auf sie. Seine rot gefärbten Haare standen kreuz und quer. Ob das so gewollt war, vermochte Stern nicht zu sagen. Bei der heutigen Mode war ja alles möglich. Unter den Augen hatte Stantner dunkle Ringe, die nicht nur von einer langen Nacht stammten, sondern ebenso von Schminke, die unzureichend vor dem Zubettgehen entfernt worden war. Er trug eine lange Pyjamahose und bedeckte seinen Oberkörper mit einem legeren T-Shirt.

»Mein Name ist Oskar Stern, ich bin Chefinspektor am Landeskriminalamt Oberösterreich. Das ist Gruppeninspektorin Mara Grünbrecht«, stellte Stern sich und seine Kollegin vor, als Stantner sie einließ.

»Ist etwas passiert?«, fragte der Sänger verschlafen.

»Hatten Sie gestern einen Auftritt bei einer Hochzeit im Mühlviertel?«, wollte Grünbrecht von ihm bestätigt haben.

»Ja, auf der Burgruine Reichenstein. Hat sich jemand beschwert, dass wir zu laut waren?« Stantner ging den Inspektoren voran in eine kleine Wohnküche, räumte ein paar Klamotten von den Plastikstühlen und bot ihnen Platz an. Nach der prunkvollen Villa der Hallsteiners wirkte seine etwa 60 Quadratmeter große Wohnung wie der Schauraum eines schwedischen Möbelherstellers. Anscheinend verdiente man als heimischer Musiker nicht so viel. »Wollen Sie Kaffee? Ich brauch jetzt unbedingt welchen.«

»Ja, bitte«, erwiderte Stern. »Schwarz und ohne Zucker.«

»Nein, danke«, lehnte Grünbrecht ab.

Stantner warf ihr einen Blick zu, der ihre gesamte Erscheinung erfasste, stellte die Kaffeemaschine an und holte zwei Tassen und ein Glas aus einem Regal.

»Nein, niemand hat sich beschwert, zumindest wissen wir nichts davon«, beantwortete Stern erst jetzt Stantners Frage und sah sich in der Wohnung um, die einem typischen Männerhaushalt entsprach. Weder stand überflüssige Deko herum noch hingen Bilder oder Vorhänge an den Wänden. Die Einrichtung wirkte nüchtern und rational, nur die Platten- und CD-Sammlung in einem der Regale platzte aus allen Nähten. Kein Wunder, immerhin verdiente ihr Gegenüber seinen Lebensunterhalt mit Musik, da war klar, dass Stantner sich informierte, was die Konkurrenz so machte.

»Weshalb sind Sie dann hier? Wenn ich falsch geparkt habe, kommt doch nicht die Kripo, oder?« Stantner stellte für sich und Stern eine Tasse Kaffee auf den Tisch und für Grünbrecht ein Glas Wasser.

»Die Braut, auf deren Hochzeit Sie gestern gespielt haben, wurde heute Morgen tot aufgefunden«, offenbarte Grünbrecht den Grund ihres Kommens.

»Mein Gott!«, stieß Stantner aus und stellte die Kaffeetasse, aus der er gerade hatte trinken wollen, zurück auf den Tisch. »Was ist passiert?«

»Wann haben Sie sich von Marion Balduin verabschiedet?«, ignorierte Grünbrecht erneut Stantners Frage.

»So zwischen halb zwei und 2 Uhr. Da haben wir aufgehört zu spielen.« Stantner nahm nun doch einen Schluck Kaffee und stülpte anschließend die untere Lippe über die obere.

»Und wann haben Sie sie vorher gesehen?«, tastete sich Grünbrecht langsam heran.

Stantner lachte. »Was soll ich sagen? Den Abend über und die halbe Nacht. Ich stand schließlich auf der Bühne und hatte von dort eine ziemlich gute Sicht.«

»Haben Sie etwas Ungewöhnliches beobachtet?«

»Nichts, was mir jetzt einfiele.«

»Aber jemand hat Sie beobachtet«, setzte Grünbrecht dem Geplänkel ein Ende.

»Ja? Ich hoffe, diesem Jemand hat gefallen, was er gesehen hat«, erwiderte Stantner lächelnd. »Ich tippe auf eine Frau.« Er war ganz klar ein Draufgänger und würde keine Kost verschmähen.

»Ich würde nicht darauf wetten, dass Ihr Tun Gefallen fand«, antwortete Grünbrecht.

»Oh, das tut mir leid. Ich gelobe Besserung«, sagte Stantner selbstbewusst und nahm einen weiteren Schluck Kaffee. Noch schien er zu denken, dass ihn die Sache nichts anginge und dies eine reine Routinebefragung wäre, doch das würde sich bald ändern.

»Sie wurden dabei beobachtet, wie Sie die Braut gevögelt haben«, sagte Grünbrecht endlich, was sie von der Schwester des Bräutigams erfahren hatten. »Und nun ist Marion tot!«

Das Lächeln verschwand aus dem Gesicht des Sängers und wich einem ungläubigen Staunen. Anscheinend begriff er erst jetzt, was das bedeutete. »Und nun denken Sie, dass sie deshalb …?«

»Sagen Sie uns, was wir denken sollen«, mischte sich Stern in die Befragung ein.

»Sie wollte es! Sie wollte mit mir schlafen!«, brachte Stantner zu seiner Verteidigung vor. Er raufte sich seine strubbeligen Haare und schien nach Argumenten zu suchen. Anscheinend fielen ihm keine ein.

»Wir können Marion ja leider nicht mehr fragen, ob sie es wirklich wollte, wie Sie behaupten. Sie wurde ermordet. Von der Ruine in die Tiefe gestoßen«, legte Grünbrecht nach.

Stantner sah hilflos zwischen den Kriminalbeamten hin und her. »Ich war das nicht. Ich schwöre es!«

»Erzählen Sie uns, wie es abgelaufen ist zwischen Ihnen und der Braut«, forderte Grünbrecht ihn auf.

Für einen Moment zögerte Stantner, entschied sich dann aber, alles zu berichten. »Sie hat mich schon von Anfang an angemacht. Einmal hat sie mich von der Bühne zu sich heruntergezogen und geküsst, vor ihren ganzen Gästen. Es war ihr Nervenkitzel, ihr Kick. Sie wollte Aufsehen erregen. Sich und den anderen beweisen, wer sie ist. So hatte ich zumindest den Eindruck. Und später, in einer Spielpause, hat sie mir an der Bar zu verstehen gegeben, dass sie mit mir schlafen will. Mein Gott, sie war eine schöne Frau, wie hätte ich da Nein sagen sollen?«

Stern fühlte sich in Stantners Aussage bestätigt, was das Wesen des männlichen Geschlechts anbelangte. Dass kaum ein Mann in der Lage war, abzulehnen, wenn eine Frau ihn verführen wollte. Sein Blick traf den von Grünbrecht, und auch die Gruppeninspektorin dachte wohl an ihr zuvor geführtes Gespräch. Stantner hatte in der Tat Nägel mit Köpfen gemacht.

»Wann ist das passiert? Ich meine, wann hatten Sie Sex mit ihr?«, fragte Grünbrecht.

»In einer Spielpause. Ich glaube, das war so um Mitternacht. Sie hat mich in die Kapelle gezogen und dort ging es direkt zur Sache.«

»In der Kapelle, wo Marion und ihr Ehemann sich Stunden zuvor das Ja-Wort gegeben haben? Da haben

Sie es mit ihr getrieben?« Grünbrecht war fassungslos. Und angeekelt, das sah Stern ihr an.

»Es … es tut mir ja schrecklich leid, aber was hätte ich denn tun sollen?« Stantner klang verzweifelt. Von der Arroganz von vorhin war nichts mehr vorhanden.

»Nein sagen?« Grünbrecht ärgerte sich über den Mann und stand abrupt vom Tisch auf. »Dann wäre sie vielleicht noch am Leben.«

»Sie glauben doch nicht etwa …«

»Wenn Sie sie nicht ermordet haben, hat es vielleicht jemand getan, dem nicht gefallen hat, was Sie mit ihr in der Kapelle getrieben haben«, spann Stern den Faden weiter.

Oliver Stantner sah unglücklich drein, erwiderte allerdings nichts.

»Wie sind Sie eigentlich zu diesem Engagement gekommen? Wer hat Sie beauftragt, auf der Hochzeit zu spielen?«, wollte Grünbrecht wissen.

»Marion hat mich angerufen …«

»Heißt das, Sie haben sich schon länger gekannt?«

»Wir haben gemeinsam in Linz Betriebswirtschaft studiert«, antwortete Stantner.

»Hatten Sie da auch was mit ihr? Ich meine, ein Techtelmechtel?« Grünbrecht stützte sich mit beiden Händen am Tisch ab und fixierte Stantner, als wollte sie ihm bis in die Seele schauen. Diese Einschüchterung schien Wirkung zu zeigen, denn Stantner gab kleinlaut zu, dass es so gewesen sei.

»Also haben Sie nicht widerstehen können und sich einen Nachschlag geholt, sozusagen der letzte Nachtisch, weil Marion in ein so vornehmes Haus eingeheiratet hat und für Sie dadurch unerreichbar gewesen war.

Ein Abschiedsfick! So war es doch, oder?«, brachte es Grünbrecht auf den Punkt.

»So ähnlich«, pflichtete der Sänger der Gruppeninspektorin bei.

»Und weil Sie nicht genug von ihr bekommen haben und nicht wollten, dass ihr Gspusi ein Ende hat, gerieten Sie in einen Streit mit Marion und haben sie die Burgmauer hinuntergestoßen«, redete Grünbrecht weiter und hieb mit der Hand auf den Tisch, sodass die Tassen klirrten. Das Wasser in dem Glas schwappte über.

»Nein! So war das nicht!«, rief Stantner aufgebracht.

»Wie war es dann?«, fragte Grünbrecht ruhig.

»Ich … ich weiß es nicht! Als ich gegangen bin, war sie am Leben. Ich schwöre es Ihnen!«

»Wer war zu dieser Zeit noch dort?«, hakte Stern nach.

»Keine Ahnung! Ich hab die Leute nicht gekannt.«

»Haben Sie den Bräutigam vor Ihrem Aufbruch gesehen?«

Stantner überlegte. »Nein, ich glaube nicht. Der hat zuvor auf Marions Kleid gekotzt, darüber war Marion echt sauer. Ein paar Männer haben ihn weggebracht. Ich denke, der hat sich die Birne weggeschossen, weil Marion auf dem Fest mit allen Männern geflirtet hat, nur mit ihm nicht.«

Stern seufzte. Stantners Aussage deckte sich mit jener der Familie Hallsteiner, was einerseits gut war, da sich ein roter Faden durch den Fall zu ziehen begann, andererseits hatte jeder der Hallsteiners ein Motiv, ausgenommen die Tochter Christine. Sie schien als Einzige ehrlich und auskunftsfreudig zu sein.

»Wo finden wir die anderen Bandmitglieder?«, fragte Grünbrecht.

»Um diese Zeit sind die bestimmt noch zu Hause. Wir wollten uns erst später treffen und mit dem Abbau der Anlage beginnen«, antwortete Stantner mit Blick auf die Uhr.

»Name, Adresse – bitte für uns aufschreiben.«

Der Sänger notierte die geforderten Informationen auf einem Blatt Papier und reichte es den Inspektoren.

»Halten Sie sich zu unserer Verfügung, Herr Stantner«, sagte Stern, als sie sich zum Gehen bereitmachten. »Ach ja, eine letzte Frage ...« Stern wandte sich noch einmal um.

»Ja? Was denn?«

»Wieso nennt sicher einer wie Sie eigentlich Goliat? Sie sind kaum größer als ich und wiegen knapp die Hälfte von mir.« Stern deutete auf seine üppige Leibesfülle.

»Keine Ahnung.« Stantner zuckte mit den Schultern. »Es klingt halt cool.«

Stern war sich sicher, dass wenn er den Sänger zu Beginn der Vernehmung danach gefragt hätte, dass dieser einen lockeren Spruch auf Lager gehabt hätte, welcher die Namensgebung möglichst lässig erklärt hätte. So aber zog es der Mann vor, lieber nicht weiter aufzufallen, nachdem ihm der Sex mit der Frischvermählten soeben als Motiv für den Mord zur Last gelegt worden war.

9. KAPITEL

Mirscher und Kolanski fuhren in Pregarten auf der Tragweiner Straße Richtung Mittelfeld, wo Leona Sipacher, die Zubraut von Marion Balduin, nahe dem Friedhof wohnte. Die Gegend war ein ruhiges Wohngebiet und bestimmt attraktiv für Familien mit Kindern. Sie bogen rechts ab und parkten vor einem gelben Einfamilienhaus mit weißen Faschen um Ecken und Fenster und dunklen Läden.

»Ich hoffe, jetzt erfahren wir etwas mehr, was sich gestern auf der Hochzeit zugetragen hat und wie die letzten Stunden von Marion Balduin ausgesehen haben. Diese Eheschließung schlägt mir langsam auf den Magen«, sagte Mirscher und warf die Autotür hinter sich zu.

»Als Zubraut müsste Leona Sipacher eigentlich wissen, was passiert ist«, stellte Kolanski fest.

»Dann lass uns hören, was sie zu sagen hat.«

Die Beamten klingelten. Beidseitig des Eingangs waren in weißen marmorähnlichen Trögen rote und gelbe Begonien gepflanzt, die bereits eifrig blühten. Ein Keramikschild mit der Aufschrift »Herzlich willkommen« zierte die Tür. Augenblicke später ging selbige auf und eine Frau Mitte 50 stand vor ihnen.

»Leona Sipacher?«, fragte Mirscher verwirrt, weil er sich die Zubraut der Toten viel jünger vorgestellt hatte.

»Nein, ich bin ihre Mutter. Leona hat sich hingelegt«, stellte die Frau richtig.

»Können Sie Leona bitte für uns wecken? Wir hätten ein paar wichtige Fragen wegen der gestrigen Hochzeit, die wir ihr stellen müssen«, sagte Kolanski.

»Sind S' von der Polizei?« Die Mutter der Zubraut rührte sich nicht vom Fleck.

Kolanski bestätigte die Vermutung der Frau und stellte sich und Mirscher vor. Dann hielt er ihr seinen Ausweis hin, der ihn als Gruppeninspektor der Mordgruppe des Landeskriminalamtes Oberösterreich auswies.

»Von der Kripo! Meine Güte, was ist denn passiert?«

»Dürfen wir reinkommen?« Beim Überbringen von Todesnachrichten war es besser, sich in den gewohnten Räumlichkeiten der Betroffenen aufzuhalten als zwischen Tür und Angel.

»Sicher, folgen S' mir!« Die Frau trat beiseite und ließ die Männer eintreten. Dann bat sie die Kriminalbeamten, im Esszimmer zu warten. Sie wollte inzwischen Leona wecken, damit sie die Nachricht, die sie ihnen mitzuteilen hatten, gemeinsam hörten. Derweilen sahen sich Kolanski und Mirscher ein wenig im Haus um.

»Schön haben die es hier«, sagte Mirscher. Er trat ans Fenster, schob den Vorhang beiseite und blickte hinaus in den Garten, in dem Rosen und Stauden in den unterschiedlichsten Farben blühten. »Mara und ich wollen auch einmal so ein Häuschen auf dem Land haben.«

»Willst du deine Linzer Wohnung wirklich aufgeben?«, hakte Kolanski nach, der bislang gedacht hatte, dass sein Kollege ein Stadtmensch sei.

»Ich glaube schon. Ein Haus im Grünen ist doch viel besser als eine Wohnung in der Stadt, wo du nur einen kleinen Balkon hast. Vor allem für die Kinder, die im Garten spielen können. Außerdem kennt in so einer Gegend jeder jeden. Bei uns im Haus weiß ich nicht einmal, wer einen Stock über mir wohnt.«

»Hätte nicht gedacht, das mal aus deinem Mund zu hören«, erwiderte Kolanski beeindruckt.

»Ich auch nicht«, gab Mirscher zu. »Aber mit der richtigen Frau an deiner Seite ändern sich gewisse Dinge halt.«

Draußen im Flur waren Geräusche zu hören, jemand kam die Treppe herunter, irgendwo wurde eine Tür geschlossen. Dann stand die Mutter wieder vor den Kriminalbeamten und bot ihnen Kaffee an. Kolanski und Mirscher nahmen dankend an und setzten sich in eine gemütliche Sitzecke, die mit einem blau-gelb geblümten Stoff überzogen war. Seitlich der Fenster hingen Vorhänge mit demselben Muster, und sogar der Teppich war farblich perfekt darauf abgestimmt.

»Leona ist gleich da. Sie zieht sich nur rasch etwas an. Sie war gestern die Zubraut bei der Hallsteiner Hochzeit, müssen S' wiss'n, und hat sich jetzt am Nachmittag für ein paar Stünderln niederg'legt. Sie und Marion hab'n einmal zusammen im Betrieb von Marions Vater g'arbeitet. Seither sind die beiden befreundet«, erzählte die Mutter bereitwillig, ohne zu ahnen, dass die Inspektoren jedes Wort interessiert aufsogen.

Wenig später ging die Tür ein weiteres Mal auf und eine Frau Mitte 30 trat ein. Das musste Leona sein, Marions Zubraut. Erneut waren die Ermittler überrascht, sie hatten mit jemandem in Marions Alter gerechnet. Schon alleine deswegen, weil Leona noch immer bei der Mutter zu wohnen schien. Sie hatte ihre braunen Haare mit einem dicken Gummi zu einem lockeren Knoten hochgebunden und trug Jogginghose und T-Shirt, machte aber nicht den Eindruck, als hätte sie gestern zu viel getrunken.

»Leona Sipacher?«, fragte Mirscher, da es Kolanski anscheinend die Sprache verschlagen hatte.

»Ja.« Die wachsamen grünen Augen der Frau wechselten zwischen den Kriminalbeamten hin und her.

»Mein Name ist Edwin Mirscher …«

»Kolanski. Hermann Kolanski«, sagte dieser in James-Bond-Manier und streckte Leona Sipacher die Hand entgegen.

Derweilen stellte die Mutter den Kaffee auf den Tisch, dazu einen Teller mit Kuchen.

»Ist etwas passiert?«, fragte Leona, während Kolanski ihre Hand viel zu lange schüttelte.

Mirscher sah zu seinem Kollegen hinüber, der nicht den Anschein machte, als wollte er auf die Frage antworten. Er starrte Leona Sipacher wie ein sabbernder Bernhardiner an, das fand zumindest Mirscher, der deshalb das Überbringen der Todesnachricht übernahm. »Es tut uns leid, Ihnen mitteilen zu müssen, dass Marion Balduin letzte Nacht ermordet wurde.«

Aus Leona Sipachers Gesicht wich schlagartig jegliche Farbe. Ihre Augen weiteten sich und sie atmete tief ein. Dann machte sie kehrt und rannte aus dem Zimmer. Auf der Toilette übergab sie sich, das konnten die Inspektoren über den Flur hinweg deutlich hören.

»Scheiße, wie ich das hasse«, flüsterte Mirscher, während die Mutter nach ihrer Tochter sah, ob alles in Ordnung war. Aber natürlich war das nicht der Fall. Minuten später kehrten beide zurück, Leona sichtlich von der Nachricht gezeichnet, die Mutter eher gefasst.

»Frau Sipacher, können Sie uns ein paar Fragen beantworten?«, fragte Kolanski, als ihnen die geschockte Frau wieder gegenübersaß. Es war unschwer zu erkennen, dass er sie attraktiv fand, sogar jetzt, wo sie verweinte Augen und gerade eben gekotzt hatte.

Leona nickte und nahm einen Schluck Wasser aus dem Glas, das ihr die Mutter reichte.

»Sie waren die Zubraut von Marion. Wann haben Sie die Hochzeit verlassen?«, fragte Kolanski sanft, was Mirscher wunderte, da der Kollege ansonsten nicht so rücksichtsvoll vorging.

»So um 2 Uhr, denk ich. Vielleicht war's auch ein bisserl später.« Leona putzte sich lautlos die Nase.

»War zu jener Zeit noch jemand anderes da?«

»Nein, nur Marion und ich, und ein paar Leute vom Catering, die hinter der Bar ausg'schenkt hab'n. Marion wollt, dass ich nach Hause fahr. Sie selbst hat bleiben woll'n, weil sie sich angeblich mit jemandem verabredet hat. Hätt ich g'wusst ...« Leona verstummte und brach erneut in Tränen aus.

»Sie trifft keine Schuld«, sagte Kolanski und griff nach Leonas Hand. »Aber ist es doch ungewöhnlich, dass die Braut als Letzte das Hochzeitsfest verlässt, oder? Ist es normalerweise nicht andersrum, dass die Brautleute vor den Gästen gehen?«

»Sie hab'n völlig recht«, bestätigte die Zubraut, nachdem sie sich wieder gefangen hatte. »Bei dieser Hochzeit war allerdings nix normal. Das war eine Inszenierung, wenn S' mich frag'n.« Leona entzog Kolanski die Hand, nahm sich ein frisches Taschentuch und wischte sich damit die Tränen aus dem Gesicht.

»Wie meinen Sie das?« Mirscher wollte das näher erklärt haben.

»Marions Vater hat sie mit diesem Hallsteiner verheiratet, ist das zu fassen? So etwas war vielleicht vor 150 Jahren bei uns üblich, dass man sich den Mann net selber hat aussuchen dürfen, aber heutzutage?« Die Empörung darüber stand Leona Sipacher ins Gesicht geschrieben.

»Du hast dir deinen Mann selber ausg'sucht und das hat auch nix g'bracht«, warf die Mutter ungerührt ein.

»Mama!«, rief Leona. »Das ist doch etwas ganz anderes.«

»Das Ergebnis ist das gleiche«, antwortete die Mutter, während sie die Teller mit frischem Kuchen auffüllte, obwohl niemand einen Bissen gegessen hatte. »Du warst net glücklich mit diesem Hallodri. Wo ist da der Unterschied? Also, ich seh keinen.«

»Der Unterschied ist der, dass ich eine Wahl hatte und Marion net«, beharrte Leona Sipacher.

»Und?« Die Mutter betrachtete ihre Tochter fragend.

»Lass es gut sein, Mama.« Leona wirkte erschöpft. Anscheinend hatte sie dieses Gespräch mit ihrer Mutter bereits mehrmals geführt.

»Wieso hat Marion da überhaupt mitgespielt?«, wollte Kolanski wissen.

»Weil die Firma ihres Vaters sonst den Bach runter'gangen wär und alle den Job verloren hätt'n. Dieser Viktor Hallsteiner hat dem Gustav Balduin fünf Millionen Euro versprochen, wenn Marion Fabian heiratet. Ich hab ihr davon abg'raten, aber sie wollt net hören. Sie hat g'sagt, dass sie sich schon noch nehmen würd, was ihr zustünd, und dass sich dann alles in Wohlgefallen auflösen würd.«

»Wie hat sie das gemeint?«

Leona zuckte mit den Schultern. »Keine Ahnung. Manchmal hat sie echt kryptisch daherg'redet.«

»Wissen Sie, mit wem sie sich so früh am Morgen treffen wollte?«

Leona schüttelte den Kopf. »Nein, das hat sie mir leider net verraten. Und ich hab auch net g'fragt. Mittlerweile kenn ich sie gut genug, um zu wissen, wann sie mir etwas erzähl'n will und wann net … ich meine natürlich: wollte.« Tränen traten wieder in Leonas Augen, als sie ihren Fehler, über Marion in der Gegenwart zu sprechen, bemerkte.

»Waren Sie mit Marion eng befreundet?«

»Wir war'n Arbeitskolleginnen und hab'n uns wirklich gut verstanden. Seit ein paar Monaten arbeite ich aber net mehr bei den Balduin Gewürzen, doch wir sind weiterhin in Kontakt g'blieben. Sie hat mir g'holfen, die Scheidung durchzustehen, und den ganzen Mist, der danach so passiert ist. Ich verdank ihr einiges.«

»Sie sind also geschieden?«, hakte Kolanski nach, obwohl es für den Fall nicht relevant war.

»Ja, der Mistkerl hat mich betrogen, andauernd, und ich hab's net mitbekommen, bis ich ihn eines Tages mit einer anderen in unserem Ehebett erwischt hab«, sagte Leona verbittert. »Marion würd jetzt sag'n, dass er mir einen Gefallen g'tan hat. Sie hat den Paul nämlich nie leiden können.«

»Und der Paul hat die Marion net leiden können«, warf die Mutter ein.

»Seit wann sind Sie geschieden?«, fragte Kolanski.

»Seit drei Jahr'n.«

»Gut … äh, natürlich nicht gut, dass Sie geschieden sind, sondern dass wir hier bald durch sind«, stotterte Kolanski herum, was Leona trotz der Tränen ein Lächeln ins Gesicht zauberte.

»Was wollen S' noch wissen?«, fragte sie ihn. Und zwar nur ihn. Mirscher fühlte sich wie das fünfte Rad am Wagen. Dennoch wollte er erfahren, wie sein Kollege reagierte, und sah – genau wie Leona – den Gruppeninspektor interessiert an. Offensichtlich lag etwas in der Luft.

»Äh … ist Ihnen gestern jemand aufgefallen, der sich seltsam verhalten hat? Vielleicht eine Person, die nicht zu den Gästen gehört hat, oder gab es Streit?«, fiel Kolanski gerade noch rechtzeitig ein, bevor das Schweigen peinlich geworden wäre.

»Doch, da war was, zwar net gestern, vielleicht hat es ja trotzdem eine Bedeutung. Ich glaub, dass Marion eine Affäre mit einem verheirateten Mann g'habt hat. Sie war in dieser Angelegenheit sehr verschwiegen und wollt mir net erzähl'n, wer es g'wesen ist. Sie hat daraus ein Mordsgeheimnis g'macht.«

»Möglicherweise wissen Marions Eltern von ihm?«, hakte Mirscher nach.

»Bestimmt net! Marion hätt sich vorher ins Knie g'schossen, bevor sie ihnen davon erzählt hätt. Die Balduins sind vom alten Schlag, da g'hört es sich net, eine Affäre zu hab'n. Und ihr Vater ist wirklich streng. Er ist zwar ein guter Chef, aber seine Tochter musste doppelt so hart arbeiten wie alle anderen.«

»Was ist mit Marions Bruder? Könnte der Kenntnis über die Identität des Mannes haben?« Mirscher ließ nicht locker. Schließlich könnte dies eine erste heiße Spur sein.

Leona schüttelte den Kopf. »David ist nett, und bestimmt hat er Marion geliebt, doch für ihn war sie immer die Schwester, die nur Unsinn im Kopf g'habt hat. Die sich beweisen wollt bei allem, was sie g'macht hat.

Ich bin mir sicher, dass Marion solche Dinge net mit ihm besprochen hat. Sie hat es ja net einmal mir anvertraut.«

»Danke, Sie haben uns sehr geholfen«, sagte Kolanski und lächelte Leona an. Sie erwiderte seinen freundlichen Blick, und für einen Augenblick herrschte Stille. Diese wurde bald unangenehm, deshalb hieb Mirscher seinem Kollegen in die Seite und sagte: »Na dann ...« Er hoffte, dass Kolanski dadurch aus dem Flirtmodus herausfand.

»Wir gehen jetzt«, sagte Kolanski, der den Wink verstanden hatte und aufstand, aber neben dem Tisch stehen blieb.

»Ja, wir gehen jetzt«, wiederholte Mirscher und schritt an ihm vorbei Richtung Tür. »Wir finden den Weg hinaus allein, gell, Hermann?« Als der nichts erwiderte, fügte er an. »Hermann, kommst du?«

Kolanski folgte Mirscher den Flur entlang hinaus auf die Straße. Dort drehte sich Mirscher zu ihm um und sah ihm ins Gesicht.

»Was war das denn eben?«, fragte er.

»Was?«

»Du hast gesabbert wie ein verliebter Köter!«

»Du spinnst ja!«, fuhr Kolanski ihn an.

»Ich hab mir das nicht eingebildet, ich hab's gesehen. Stand ja gleich neben dir.«

»Gar nichts hast du gesehen«, wehrte Kolanski ab.

»Wenn du meinst.« Mirscher ging zum Wagen und stieg ein.

Kolanski setzte sich auf den Beifahrersitz. Er starrte durch die Windschutzscheibe, ohne etwas zu sagen.

»Mensch, Alter, dich hat's ja gehörig erwischt!« Mirscher grinste.

»Fahr endlich los!«, fauchte Kolanski ihn an.

»Hätte nicht gedacht, dass ich das mal erleben darf.« Mirscher ließ sich nicht einschüchtern und lachte. »Sonst sind es immer die Frauen, die sich in dich verknallen, und jetzt ist es mal umgekehrt.«

»Halt endlich die Klappe!«

»Das muss gefeiert werden!«

Kolanski verdrehte die Augen, sagte jedoch nichts mehr. Er blickte im Rückspiegel zurück auf das gelbe Haus, das langsam kleiner wurde. Er konnte es nicht genau sagen, aber er glaubte, dass in einem der Fenster eine Gestalt zu erkennen war, die ihnen hinterhersah. Doch eines wusste er mit Bestimmtheit: Morgen würde das ganze Landeskriminalamt Oberösterreich darüber Kenntnis haben, was eben abgelaufen war, noch bevor er sich selbst darüber im Klaren war, was da drinnen tatsächlich passiert war. Dafür würde Mirscher, das alte Tratschweib, schon sorgen.

Im selben Moment gaben sein und Mirschers Handy Signale von sich. Er wischte über das Display. Eine WhatsApp war eingegangen, sie war von Stern.

»Morgen um 9 Uhr Dienstbesprechung im LKA«, stand da geschrieben.

»Machen wir Feierabend«, sagte Kolanski mit Verweis auf die Uhr. Die Sonne schickte sich an, hinter der Pregartner Skyline zu versinken und alles in einen goldenen Schimmer zu tauchen.

10. KAPITEL

Als Stern nach Hause kam, schaltete er als Erstes den Fernseher ein. Es liefen gerade Nachrichten im ORF, die wollte er nicht verpassen. Natürlich wurde auch über den Mord sowie die ungewöhnliche Auffindungsposition und die Erscheinung der Leiche berichtet, aber man verzichtete aus Pietätsgründen darauf, das Foto von Marion Balduin zu zeigen, wie sie mit dem Brautkleid und den weit von sich gestreckten Armen wie ein Kreuz in dem Geäst des Baumes hing, das in den sozialen Netzwerken für unzählige Klicks sorgte.

Von den Kollegen der Technik wusste er, dass sie den ganzen Tag über versucht hatten, das Foto aus dem Internet zu entfernen, was so gut wie unmöglich zu sein schien. Sobald eine Kopie irgendwo gelöscht wurde, tauchten andernorts fünf neue auf.

Stern ging, als der Bericht über den Mord geendet hatte, in die Küche und öffnete den Kühlschrank. Er verspürte Hunger, hatte aber keine Lust zu kochen. Ein Stück Hartkäse und Speck mussten reichen, mehr war nicht drin. Es war allerhöchste Zeit, dass er seine Lebensmittelvorräte auffüllte. Ein wenig Obst und Gemüse sollte er auch einkaufen, nahm er sich vor.

Außerdem neigte sich das Katzenfutter dem Ende zu. Stern hätte sich nie träumen lassen, dass er einmal eine

Katze als Haustier hatte. Die alte Streunerin hatte eines Tages den Weg durchs offene Küchenfenster in seine Wohnung in der Linzer Herrenstraße gefunden und hier ihre Jungen zur Welt gebracht. Seither lebte sie bei ihm, obwohl Stern jeden Tag das Fenster offenstehen ließ, damit sie ihres Weges ziehen konnte. Doch wie es schien, wollte die Katze bei ihm bleiben.

Hungrig schob er den Käse und den Speck auf einen Teller, schnitt dazu zwei Scheiben von einem Brotlaib ab, den er in einem Leinensack aufbewahrte, und setzte sich damit vor den Fernseher. Bevor er zu essen begann, zog er das Handy aus der Tasche und legte es auf den Tisch. Irgendetwas fehlte. Irgendetwas hielt ihn davon ab, mit dem Essen zu beginnen. Er stand auf und ging wieder zum Kühlschrank. Zwei Flaschen Freistädter Bier befanden sich noch darin, nach einer griff er und kehrte damit zurück, ließ sich auf die Couch fallen und starrte auf den Fernseher.

Nein, das Bier war es nicht gewesen, was ihm gefehlt hatte. Es musste etwas anderes sein, denn nach wie vor fühlte er sich, als wäre er nicht vollständig …

Wo steckte eigentlich Miro?

War die alte Streunerin etwa abgehauen?

Er blickte zum Küchenfenster hinüber, es stand wie üblich einen Spalt offen. Ein seltsames Gefühl überfiel ihn. Er hatte sich so sehr an die Katze gewöhnt, dass er es beinahe schade fände, wenn sie ihre Freiheit nun doch genießen wollte …

Ob sie für immer gegangen war?

Das würde er erst wissen, wenn sie über Nacht nicht heimkäme. Enttäuscht griff er nach dem Handy und schaltete den Ton ein, denn er hatte es zuvor bei der Vernehmung auf lautlos gestellt. Dann kontrollierte er die Anrufliste: drei entgangene Anrufe. Alle stammten von seiner Tochter Barbara.

Hoffentlich war seinen Enkelkindern nichts passiert!

Sofort wählte er Barbaras Nummer. Gleich nach dem ersten Mal Läuten ging sie ran.

»Papa! Melanie ist weg!«, rief seine Tochter am anderen Ende der Leitung. Er konnte hören, wie verzweifelt sie war.

»Was heißt, sie ist weg? Und seit wann ist sie das? Und wo ist Tobias?« Tausend Fragen schossen Stern durch den Kopf. Melanie war 13 Jahre alt und steckte mitten in der Pubertät. In dieser Lebensphase fielen Mädchen so allerlei Dinge ein, die in einem Erwachsenen die Alarmglocken schellen ließen. Vor allem in einem Chefinspektor vom Landeskriminalamt.

»Ich weiß nicht, seit wann sie weg ist, Papa! Ich wollte nach ihr schauen und da war sie nicht in ihrem Zimmer. Und Tobias ist bei mir. Du musst was machen, Papa!« Barbaras Verzweiflung zerriss Stern das Herz.

»Jetzt beruhige dich erst mal. Atme tief durch und dann beantwortest du meine Fragen. Wann hast du sie das letzte Mal gesehen?«, fragte Stern mit ruhiger Stimme, obwohl es in seinem Inneren brodelte. Zu oft hatte er miterleben müssen, dass vermeintlich junge Ausreißer Opfer von Gewaltverbrechen geworden waren.

»Ich glaube, das war beim Abendessen. Wir haben uns gestritten, weil sie nicht wie versprochen aufgeräumt hat. Dann ist sie wütend geworden und davongelaufen, dabei hat sie die Tür hinter sich zu geknallt. Anschließend hat sie in ihrem Zimmer die Musik auf Disco-Lautstärke aufgedreht, nur um mich zu ärgern. Aber ich dachte, ich lasse sie mal, damit sie sich wieder beruhigt. Und jetzt, als ich zu ihr wollte, war sie nicht da!« Stern hörte, dass seine Tochter weinte.

»Ich komme zu euch und wir überlegen gemeinsam, wo sie sein könnte. Vielleicht ist sie zu einer Freundin …«

»Ich hab schon all ihre Freundinnen angerufen. Bei denen ist sie nicht«, unterbrach Barbara ihren Vater.

»Okay, ich bin in einer Viertelstunde bei euch.« Stern stellte seinen unangetasteten Teller zur Seite und schaltete den Fernseher aus.

Ein seltsamer Zufall, dachte er, zuerst verschwand Miro und jetzt seine Enkelin.

Er wollte sich nur rasch ein frisches Hemd anziehen, da es heute ein ziemlich schweißtreibender Tag gewesen war. Als er vor seinem Schlafzimmer anlangte, fand er die Tür verschlossen vor.

Auch das war seltsam.

Seit die Katze bei ihm eingezogen war, ließ er sie stets einen Spalt offen. Miro liebte es, tagsüber in der Mulde seines Bettes zu schlafen, und damit sie dann trotzdem auf das Katzenklo und zu ihrem Futternapf gelangen konnte, was sich beides in anderen Räumen befand, blieb die Tür eben offen.

Stern ließ sie langsam aufschwingen und staunte nicht schlecht. Sowohl Miro als auch Melanie lagen in seinem Bett und schliefen. Barbara hatte einen Schlüssel für seine Wohnung, den musste sich die 13-Jährige geschnappt haben. Anschließend war sie wohl mit der Straßenbahn hierhergefahren. Er wollte umgehend Barbara anrufen und ihr sagen, dass Melanie bei ihm war, damit sie sich nicht länger Sorgen machte, und trat hinaus in den Flur.

»Opa?«, hörte er Melanies verschlafene Stimme.

»Ja, Kleines?« Stern kam zurück. »Was machst du hier?«

»Ach, nichts«, winkte Melanie ab und rollte sich zur Seite.

»Los, sag's mir! Was ist los?« Stern hob die Jeansjacke seiner Enkelin vom Boden auf und hängte sie über einen Stuhl. Dann schob er ihre Sneakers beiseite und setzte sich auf die Bettkante. Mit einer Hand streichelte er Miro, die umgehend zu schnurren anfing.

»Ich und Mama haben gestritten«, murmelte seine Enkelin in das Kopfkissen hinein. »Wieder einmal.«

»Ihr habt doch schon so oft gestritten und noch nie bist du deswegen zu mir gekommen«, erwiderte Stern.

»Dieses Mal war es anders.« Melanie richtete sich auf, zog die Beine an und umklammerte sie mit den Armen. Dann legte sie den Kopf auf die Knie.

»Was war anders?«, hakte Stern behutsam nach. Er durfte nicht zu forsch auftreten, sonst würde ihm Melanie nichts mehr erzählen.

Sie schien zu überlegen, was sie von dem, was vorgefallen war, ihrem Großvater anvertrauen wollte. »Keine Ahnung. Es war halt anders ... irgendwie. Ich weiß auch nicht.«

»Hat deine Mutter etwas gesagt, das dich zu diesem Schluss veranlasst hat?«, blieb Stern hartnäckig.

»Nein, eigentlich nicht.« Melanie zuckte mit den Schultern.

»Hast du etwas gesagt, das du sonst nicht sagst, wenn ihr beiden euch streitet?«

»Nein, auch nicht.«

»Was war es dann?«

»Ich weiß es nicht. Ich wollte halt einfach nicht mehr mit ihr streiten, das ist alles.« Erschöpft ließ sich Sterns

Enkelin zurück ins Bett fallen, was Miro hochschreckte. Über die Störung verärgert sah die Katze sich um.

»Das ist doch gut, wenn du nicht mit deiner Mutter streiten willst«, erwiderte Stern.

»Aber sie verlangt immer, dass ich mein Zimmer aufräumen soll«, maulte die 13-Jährige. »Es ist mein Zimmer! Und da kann ich tun und lassen, was ich will!«

»Das kannst du ja auch …«

»Ja, doch nur, wenn ich aufräume!«, fauchte Melanie, dass Miro die Ohren anlegte.

Die Katze erhob sich aufgrund der pubertären Turbulenzen, sprang von Sterns Bett und verließ das Schlafzimmer. Wahrscheinlich prüfte sie nun, ob Stern inzwischen ihren Napf mit frischem Futter gefüllt hatte. Das hatte er natürlich nicht. Schließlich hatte er gedacht, dass sie durchs Küchenfenster abgehauen wäre.

»Das stimmt doch gar nicht …«

»Doch, Opa! Du kennst Mama nicht!«, beharrte Melanie darauf, dass sie recht hatte.

»Natürlich kenne ich deine Mutter, sie ist meine Tochter, hast du das etwa vergessen?« Stern lachte.

»Nein, hab ich nicht. Und das ist nicht amüsant!«, rief Melanie angriffslustig.

»Nein, das ist es in der Tat nicht«, entgegnete Stern entschieden. Die Hormone der 13-Jährigen tanzten im Augenblick einen schnellen Tango, und er hatte keine Lust, die Wutanfälle seiner Enkelin kommentarlos hinzunehmen. »Und schrei mich bitte nicht an! Ich kann nichts dafür, dass ihr beide euch ständig streitet.«

Melanie sah ihren Großvater erschrocken an, und er wusste nicht, ob sie gleich zu weinen begänne. Er wollte gerade sagen, dass alles gut sei, sie natürlich ein Recht darauf habe, wütend zu sein, und er das auch aushalte, da entschuldigte sie sich bei ihm. »Tut mir leid, Opa. Ich hab dich nicht anschreien wollen.«

»Schon gut.« Stern drückte sie an sich und gab ihr einen Kuss auf die Stirn. »Willst du Miro etwas zum Fressen geben? Ich glaube, sie hat Hunger.« Wie auf Kommando war Protestmiauen aus der Küche zu hören. Stern stellte sich vor, wie die Katze vor dem leeren Napf hockte und auf diesen aus Katzensicht ungeheuerlichen Umstand aufmerksam machte.

»Ja!« Melanie löste sich aus der Umarmung des Großvaters und sprang aus dem Bett. In der Küche füllte sie das Katzenfutter aus dem Schälchen in Miros Napf. Die alte Streunerin schnurrte und umgarnte dabei Melanies Beine.

»Wir müssen deine Mutter anrufen und ihr sagen, dass du hier bist. Sie macht sich bestimmt große Sorgen.« Stern griff nach dem Handy, das noch immer auf dem Couchtisch lag.

Seine Enkelin wirkte ziemlich unglücklich. »Kann ich nicht bei dir wohnen, Opa?«

»Bei mir musst du aber auch aufräumen, junge Dame«, erwiderte Stern halb amüsiert, halb erschrocken. Er konnte sich beim besten Willen nicht vorstellen, eine pubertierende 13-Jährige in seiner Wohnung zu beheimaten, für sie zu sorgen und für sie da zu sein, wann immer sie ihn brauchte. Dafür war er eindeutig zu alt.

»Menno!«, maulte Melanie.

»Hör mal, deine Mutter meint es nur gut mit dir. Dass Ordnung die halbe Miete ist, hat schon meine Mutter zu mir gesagt. Und wenn du darauf achtest, dass dein Zimmer nicht wie ein Schweinestall aussieht, dann wird sich deine Mutter auch einkriegen, das verspreche ich dir«, versuchte Stern, seine Enkelin ein wenig versöhnlicher zu stimmen. Denn natürlich musste Melanie rebellieren und mit dem Kopf durch die Wand. Das gehörte zum Erwachsenwerden nun mal dazu.

»Redest du mit Mama, wenn sie mich holen kommt?«, fragte Melanie nun wieder ganz das kleine Mädchen.

»Natürlich mach ich das«, erwiderte Stern und zwinkerte ihr zu. Dann wählte er die Nummer seiner Tochter.

»Papa?« Barbara war sofort am anderen Ende der Leitung. Anscheinend hatte sie das Handy nicht aus der Hand gelegt.

»Mach dir keine Sorgen, Melanie ist bei mir«, sagte Stern sogleich.

»Gott sein Dank!« Die Erleichterung war Barbara anzuhören. Doch sofort meldete sich ihr mütterlicher Instinkt. »Aber warum ist sie bei dir?« Sie fragte sich bestimmt, was es für ein Umstand sein könnte, den ihre Tochter nicht mit ihr besprechen wollte, sondern lieber mit dem Großvater.

»Ihr habt euch ja wegen der Unordnung in Melanies Zimmer gestritten«, begann Stern zu erzählen.

»Ja, das haben wir«, erwiderte Barbara.

»Und Melanie wollte deswegen nicht mehr streiten, sie wollte aber auch nicht just in diesem Augenblick ihr Zimmer aufräumen. Ich denke, ihr solltet in Ruhe darüber reden und irgendeinen Kompromiss aushandeln. Auf neutralem Boden. Hier bei mir.«

Eine Weile war es still in der Leitung. »Das ist eine gute Idee, Papa. Ich wecke nur rasch Tobias, anschließend kommen wir zu euch.«

»Tobi schläft schon?« Stern blickte auf die Uhr. Es war

bereits halb neun Uhr abends. Morgen war Schule, das wusste er, und der Zehnjährige brauchte seinen Schlaf.

»Weißt du was? Ich bringe Melanie nach Hause, dann kann Tobi weiterschlafen. Und ich bleibe so lange, bis ihr einen Deal ausgehandelt habt. Ist das okay?«

»Danke, Papa.«

»Bis gleich.« Stern beendete das Telefonat mit Barbara und sah seine Enkelin an. Sie streichelte gerade Miro, die die zusätzlichen Liebesbekundungen sichtlich genoss. Aus der alten Streunerin war binnen weniger Monate eine richtige Hauskatze geworden, die lieber faul in Sterns Bett lag, als draußen auf den Linzer Straßen oder in den umliegenden Kellern der alten Stadthäuser Mäusen hinterherzujagen.

»Komm! Wir fahren mit der Straßenbahn«, sagte Stern und schlüpfte in seine sündhaft teuren Kalbslederschuhe und die dünne Frühlingsjacke. Melanie zog ihre Jeansjacke und Sneakers an.

Während sie die Herrenstraße entlangschlenderten und dann weiter die Promenade hinunter bis zur Landstraße gingen, sagte keiner ein Wort. Erst als sie die Haltestelle erreichten, brach Stern das Schweigen.

»Hast du schon einen Freund?«, wollte er wissen.

»Opa!«, rief Melanie entrüstet. »So etwas fragt man nicht!«

»Okay, dann erzähle mir, was sich alles bei dir tut.«

Die 13-Jährige blickte gelangweilt. »Nichts. Bei mir tut sich gar nichts«, sagte sie, vermied es aber, den Großvater anzusehen.

»Aha. Nichts also. Das ist ja jede Menge«, erwiderte Stern, weil er wusste, wie mühsam es war, einem Teenager Informationen aus der Nase zu ziehen. Das kannte er von Vernehmungen von straffällig gewordenen Jugendlichen.

Die sagten nichts, wenn sie es nicht wollten. Schon gar nicht im Beisein eines Erziehungsberechtigten.

»Opa, du musst nicht so tun, als würde dich mein Leben interessieren«, giftete Melanie ihn an.

Da war sie wieder, die Pubertät! Sie sprach aus dem Mund seiner Enkelin zu ihm. Laut, deutlich und gehässig.

»Ich tu nicht bloß so, Melanie, mich interessiert tatsächlich, was du machst, wie es dir geht und was du später werden willst. Wohin dich dein Weg einmal führen wird. Das ist mein Recht als dein Großvater.«

Die Straßenbahn fuhr heran, blieb stehen und Stern und seine Enkelin stiegen ein. Um diese Uhrzeit war es leicht, einen Platz zu bekommen.

»Du bist doch auf Facebook, oder?«, fragte er.

»Nee, nicht mehr«, antwortete Melanie.

»Nicht mehr? Weshalb?«

»Facebook ist voll uncool, da sind nur alte Leute«, erklärte Melanie.

»Und was ist dann cool?«

»TikTok oder Instagram.«

»Warst du da heute schon?«

»Jepp.«

»Und gab's da etwas Interessantes?«

»Jepp.«

»Etwas über einen Mord im Mühlviertel?«

»Jepp.«

Stern seufzte. Dieses Gespräch entwickelte sich nicht gerade so, wie er es sich erhofft hatte. Dennoch bemühte er sich weiterhin um Gelassenheit. »Und welche Informationen gab's da über den Mord?«, fragte er geduldig.

»Keine Ahnung. Ich hab mir nur das Foto vom ›Mühlviertler Kreuz‹ angeschaut. Ist echt gruselig, dass die die tote Frau so nennen. Ich finde, sie sieht trotz allem wunderschön aus, beinahe wie ein Engel.« Melanie sah ihren Großvater an. »Arbeitest du etwa an dem Fall?«

»Ja.«

»Und?«

»Was und?«

»Erzähl, was da gelaufen ist, warum diese Frau tot in den Bäumen gehangen hat und warum sie jetzt das ›Mühlviertler Kreuz‹ genannt wird?«

Anscheinend hatte Stern Melanies Neugierde geweckt. Plötzlich redete die 13-Jährige wieder in ganzen Sätzen. Das war gut. Weniger gut hingegen war das Thema, über das sie sich unterhielten, auch wenn er selbst es gewesen war, der darauf zu sprechen gekommen war. Aber er hatte lediglich wissen wollen, wie weit sich die Kunde über den Mord schon verbreitet hatte.

»Wir wissen noch nicht, warum sie die Burg hinabgefallen ist, aber dass sie das ›Mühlviertler Kreuz‹ genannt wird, ist auf ihre Erscheinung zurückzuführen. Alles andere finden wir auch noch heraus. Wir sind schließlich die Kriminalpolizei.«

Gott sei Dank erreichte die Straßenbahn gerade die Haltestelle, an der sie aussteigen mussten. Dadurch konnte es Stern vermeiden, näher auf den Fall und ihre Ermittlungsergebnisse einzugehen. Sie verließen die Bim und legten die letzten paar hundert Meter zu Fuß zurück bis zu dem Stadthaus, in dem Sterns Tochter samt Schwiegersohn und Enkelkindern wohnte. Als Melanie die Tür aufschloss und sie die Wohnung betraten, bemühten sie sich leise zu sein, damit sie Tobias nicht weckten.

Im Wohnzimmer wartete Barbara auf sie. Sie sprang auf und eilte ihrer Tochter mit ausgebreiteten Armen entgegen. Diese Geste ließ bei Melanie alle Dämme brechen. Heulend warf sie sich in die Arme ihrer Mutter, die sie wiegte und fest an sich drückte.

Stern war von dem Anblick gerührt und hätte gerne etwas gesagt, aber er wusste, dass dieser Moment wichtig für die beiden war. Deshalb ging er in die Küche und nahm zwei Rotweingläser aus dem Regal. Die füllte er mit einem Zweigelt, den er im Vorratsschrank fand. Für Melanie richtete er ein Glas Wasser her und stellte alles auf den Tisch im Wohnzimmer. Dort lagen sich Mutter und Tochter in den Armen und weinten im Duett.

»Es ist alles geklärt«, sagte Barbara dann, als sich Melanie aus ihrer Umarmung löste.

»Was? So schnell?« Stern war überrascht. Wenn er daran dachte, wie kompliziert das Gespräch mit seiner Enkelin vorhin bei der Herfahrt gewesen war, fragte er sich, wie sich die beiden jetzt so schnell ausgesprochen haben konnten.

»Ja«, schniefte Melanie ein letztes Mal. »Mama wird in Zukunft wegen meiner Unordnung weniger meckern, und ich räume zumindest einmal in der Woche mein Zimmer auf.«

Mutter und Tochter sahen Stern erwartungsvoll an. Wahrscheinlich wollten sie wissen, was er von ihrer Übereinkunft hielt.

»Das ist gut«, sagte er. »Darauf stoßen wir an!« Er reichte Barbara das Glas mit dem Rotwein und Melanie jenes mit dem Wasser.

»Was? Ihr trinkt Wein und ich bekomme bloß das?« Melanie starrte die Gläser der Reihe nach an.

Stern hielt inne und überlegte, ob er es wagen konnte, seiner Enkelin ein Glas Rotwein zu geben. Sie war 13, also noch viel zu jung für Alkohol. Andererseits wollte er den eben abgeschlossenen Deal nicht wegen eines Schluckes Wein platzen lassen. Auch in Barbaras Gesicht konnte er Unsicherheit erkennen.

»Das war nur ein Scherz!«, lachte Melanie. »Ihr solltet euch sehen, wie doof ihr aus der Wäsche guckt!«

Stern war erleichtert, dass Melanie doch keinen Wein trinken wollte, obwohl er sich nicht sicher war, ob ihre Forderung zu Beginn nicht trotzdem ernst gemeint gewesen war. Als Melanie aber erkannt hatte, dass sowohl die Mutter als auch der Großvater darüber nicht erfreut gewesen waren, hatte sie kurzerhand den Spieß umgedreht und machte sich nun über sie lustig. Das brachte Stern ins Grübeln. Was, wenn Marion Balduin ähnlich gehandelt hatte? Wenn sie jemandem etwas vorgegaukelt hatte, dieser jemand ausgerastet war und sie daraufhin die Burgmauer hinabgestoßen hatte? Weil er sie durchschaut hatte …

»Papa?« Barbaras Stimme durchbrach Sterns Gedanken. Für einen Augenblick war er abgelenkt gewesen.

»Ja?« Stern sah seine Tochter und seine Enkelin an. Beide hielten ihm ihre Gläser hin und warteten darauf, dass er mit seinem dagegenstieß.

»Oh! Entschuldigt bitte!« Er prostete ihnen zu und sagte: »Auf den Deal!«

»Und darauf, dass wir in Zukunft mehr miteinander reden und weniger streiten«, sagte Barbara zu ihrer Tochter.

»Ich hab euch lieb!«, rundete Melanie den glücklichen Abend mit ihrem Bekenntnis ab.

»Ich euch auch«, erwiderte Stern und nahm genüsslich einen Schluck Rotwein.

11. KAPITEL

Um 7 Uhr läutete Sterns Wecker. Er drehte sich zur Seite und stellte das lärmende Gerät ab. Neben ihm lag Miro zusammengerollt auf der leeren Seite des Doppelbettes. Für 9 Uhr hatte er die Dienstbesprechung angesetzt, da blieb ihm genügend Zeit, Miro zu füttern, sich selbst zwei Tassen Kaffee zu gönnen und nebenbei die heutigen Schlagzeilen zu überfliegen. Er wälzte sich aus dem Bett und Miro blickte ihn vorwurfsvoll an.

»Du kannst eh liegen bleiben, du faules Vieh«, brummte er und schlüpfte in Hose und Hemd. Seit er Miros Junge vermittelt hatte – drei an der Zahl waren es gewesen –, herrschte in seiner Wohnung wieder Ruhe. Und Ordnung. Die von den Kätzchen ermordete Zimmerpflanze hatte er zwar nicht ersetzt, dafür wucherte ein Büschel Katzengras auf der Fensterbank wie Unkraut.

Als er seinen Kaffee schlürfte, dachte er an den gestrigen Abend und nahm sich vor, Barbara später anzurufen. Er wollte wissen, ob auch heute noch Frieden zwischen Mutter und Tochter herrschte und sich alle Beteiligten an die Abmachung hielten.

Eine Stunde später verließ er die Wohnung und fuhr mit seinem Audi A6 ins Landeskriminalamt in der Nietzschestraße.

»Guten Morgen«, begrüßte er die Kollegen beim Betreten der Dienststelle. Im Großraumbüro hefteten Grünbrecht, Mirscher und Kolanski gerade Informationen den Fall betreffend an eine eigens dafür angeschaffte Magnetwand.

»Guten Morgen!«, kam es dreifach zurück. Ein viertes Mal hallte es vom Flur herein. Dominik Weber, der Gerichtsmediziner, war auf dem Weg zu ihnen, in der Hand wie üblich eine braune Mappe, in der die Ergebnisse der Obduktion waren. Weber kannte Sterns Abneigung jeglichem Elektronischen gegenüber, eine E-Mail brauchte er ihm gar nicht erst zu schicken. Deshalb druckte er alles fein säuberlich auf umweltfreundlichem Papier aus und überreichte es dem Inspektor persönlich. Im Gegenzug erfuhr er den neuesten Tratsch und Klatsch von der Dienststelle.

»Weber! Schon so früh auf den Beinen?«, sagte Stern. »Hast du etwa den Bericht über die Obduktion fertig? Man könnte meinen, du hättest gestern am Sonntag Besseres zu tun gehabt, als Leute aufzuschneiden.«

»Das mache ich nur für dich«, konterte Weber und grinste. »Und damit du so schnell wie möglich wieder mit mir wandern gehen kannst.«

»So schnell ist der Fall sicher nicht gelöst, dass wir beide bald wandern gehen könnten«, erwiderte Stern zurückhaltend. Dieser Schinderei wollte er sich nicht noch einmal aussetzen. Zumindest nicht freiwillig. »Willst du einen Kaffee?«

»Aber geh! Die Latsche, die aus eurem Automaten kommt, das ist doch kein Kaffee. Die taugt höchstens zum Blumenspritzen«, sagte Weber wenig begeistert über dieses Angebot. Immerhin war sein Espresso, den er in der Gerichtsmedizin mit seiner teuren privat angeschafften Maschine zubereitete, legendär und im ganzen Landeskriminalamt beliebt. Sogar Bormann, der Dienststellenleiter, fand sich regelmäßig bei Weber ein und erbat sich eine Tasse.

»Ein Foto von Marion Balduin, wie sie in ihrem Brautkleid tot in den Bäumen hängt, hat auf Facebook mittlerweile über 800.000 Likes erhalten. Schräg, was?«, erzählte Mirscher, der gleich nach seinem Eintreffen in der Dienststelle heute Morgen begonnen hatte, die sozialen Netzwerke nach Informationen und Hinweisen zu durchforsten. »Ich glaube, die Leute haben nicht realisiert, dass das kein gestelltes Foto ist, sondern eines von einem Mordopfer. In den Kommentaren stehen Dinge wie ›geile Aufnahme‹, ›I believe, I can fly‹ oder ›Superpose, wie habt ihr das so gruselig hingekriegt?‹.«

»Haben die Kollegen von der Technik das noch immer nicht eliminieren können?«, fragte Stern unwirsch.

»Nein, die sind chancenlos. Das Foto verteilt sich im Internet, so schnell kann man gar nicht reagieren. Schlimmer ist nur das Grippevirus im Winter oder das Coronavirus«, erwiderte Mirscher.

Die Erwähnung der Viren rief Weber auf den Plan. »Das Grippevirus spielt keine große Rolle mehr, sobald der Frühling da ist, und das Coronavirus haben wir mit Maßnahmen und der Impfung in den Griff bekommen, aber der Scheiß im Internet bleibt für immer und ewig. Jeder kann sich das Foto speichern, und irgendwann taucht es wieder auf, ob du das willst oder nicht.«

»Wie die Viren. Die werden wir auch nicht los.« Mirscher grinste.

»Da ist was dran«, gab Weber zu. »Übrigens: Die Braut hatte 1,6 Promille Alkohol im Blut. Ich möchte zu gerne wissen, was das für eine Hochzeit gewesen ist.«

»Die hat sich betäubt, sag ich euch. Nach allem, was wir bis jetzt wissen, dürfte sie sich nicht auf die Hochzeitsnacht gefreut haben«, mutmaßte Grünbrecht.

»Nicht so wie bei uns«, flüsterte Mirscher ihr zu, jedoch so laut, dass die Umstehenden es hörten. Kolanski verdrehte die Augen, grinste aber, und Weber stieß einen heiseren Aufschrei aus, der signalisierte, dass er so etwas nicht schon am Morgen hören wolle.

»Woran ist Marion denn nun gestorben?«, lenkte Stern die Aufmerksamkeit auf den Mordfall zurück.

»Sie hat sich wie vermutet das Genick gebrochen«, antwortete Weber, der beobachtete, wie Mirscher und Grünbrecht sich anhimmelten. Dabei zog er die Stirn in Falten.

»Beim Aufprall im Baum?«, hakte Stern nach.

»Wenn sie mit dem Kopf auf einem Ast aufgeschlagen ist, dann kann das so gewesen sein«, blieb Weber vage.

»Das hört sich nach ›Aber‹ an.«

»Sie kann sich genauso gut das Genick gebrochen haben, wenn sie auf einen Stein, auf die Mauer, die Treppe hinab oder sonst wohin gefallen ist. So genau lässt sich das nicht sagen. Ich habe in ihrer Kopfwunde sowohl feine Gesteinsrückstände als auch Flechten gefunden, die am Stamm jenes Baumes wachsen, in dem sie gelandet ist. Also ja, es gibt ein ›Aber‹.«

»Demnach müssen wir den genauen Tathergang klären, um zu erfahren, wo und wie sie sich das Genick gebrochen hat«, fasste Stern zusammen.

»So ist es«, bestätigte Weber.

»Todeszeitpunkt?«

»Zwischen 23 und 3 Uhr«, wiederholte der Gerichtsmediziner seine Annahme, die er bereits am Tatort getroffen hatte.

Kolanski schrieb die Fakten auf die Tafel, und zwar unter Marion Balduins Namen.

»Sonst noch etwas?« Stern setzte sich auf die Kante von Grünbrechts Schreibtisch und blockierte damit deren freie Sicht auf ihren Verlobten.

»Ich konnte keine Abwehrspuren feststellen. Sie hat sich anscheinend nicht gewehrt«, verlautete Weber.

»Hatte sie Geschlechtsverkehr?«

»Ja. Und das Labor sagt, dass auf dem Brautkleid die DNA von mindestens 23 unterschiedlichen Personen vorhanden ist. Die auszuwerten wird dauern. Außerdem hat sich jemand auf das Kleid übergeben …«

»Das war der Bräutigam«, unterbrach Stern den Gerichtsmediziner. »Fabian Hallsteiner hat das bei der Vernehmung bereits zugegeben.«

»Das ist noch nicht alles«, redete Weber weiter. »Auf dem Brautkleid sind außerdem Spuren von Gin, Wein, Schnaps, Tonic, Sperma, Schokolade und Lippenstift, und zwar nicht der von der Braut. Das habe ich überprüft, es ist ein ganz anderer Farbton. Durch den Schweiß und die Hautpartikel, die wir gefunden haben, wissen wir, dass die Braut begrabscht wurde. Die meisten Spuren befinden sich im Gesäßbereich.«

»Das ist ja ekelig«, stieß Grünbrecht angewidert aus.

»Das war keine normale Hochzeit«, wiederholte Stern, was er sich schon ein paarmal gedacht hatte. Nun aber war es amtlich, mit Beweisen unterlegt.

»Von wem das Sperma stammt, darüber können wir wahrscheinlich Auskunft geben, wenn nicht noch jemand im Spiel gewesen ist«, begann Grünbrecht zu erzählen, was sie am Vortag herausgefunden hatten. »Dieser Goliat, der Sänger der Band Canticum Lupi, hat zugegeben, dass er mit Marion in einer Pause einen Quickie in der Kapelle gehabt hat.«

»Ich glaube es nicht!«, sagte Weber ungläubig lachend. »Das wird ja immer krasser!«

»Ist das Sperma in der Vagina dasselbe wie auf dem Kleid?«, fragte Stern nach.

»Daran arbeiten wir derzeit«, erwiderte Weber. »Sobald die Analyse fertig ist, erfahrt ihr es.«

Ein uniformierter Kollege kam herein und legte ein Paket auf den Tisch. Nachdem er ihnen mitgeteilt hatte, dass dieses eben für sie abgegeben worden war, verschwand er wieder.

»Von wem ist das?«, fragte der Chefinspektor, da Kolanski den Karton bereits öffnete.

»Vom Freistädter Krankenhaus«, erwiderte der Kollege.

»Da ist bestimmt das Zeug von der Versorgung von Viktor Hallsteiners Kopfwunde drin. Das muss ganz schnell ins Labor. Mal sehen, was wir finden«, sagte Stern.

Kolanski stopfte die Plastikbeutel mit den Beweismaterialien zurück in die Schachtel. Nur den Bericht, der dabeigelegen hatte, behielt er. Dann rief er den Kollegen zurück, der das Päckchen gebracht hatte, und wies ihn an, selbiges ins Labor zu schaffen.

»Was steht dort?«, fragte Stern und deutete auf das Schreiben in Kolanskis Hand. Der reichte es Weber, der die medizinischen Fachbegriffe für sie ins Allgemeinverständliche übersetzte.

»Dass die Ärzte die Wunde gereinigt und genäht haben und dass Viktor Hallsteiner eine Gehirnerschütterung hat«, las der Gerichtsmediziner laut vor.

»Sonst noch etwas?«, hakte Stern nach.

»Du meinst ein Dankesschreiben von Dr. Kurz, weil du ihm mal wieder einen Kunden rangeschafft hast? Leider nein, da muss ich dich enttäuschen.« Weber lachte und legte die Kopie des Befundes auf den Tisch.

Diesen Dr. Kurz kannte Stern von früheren Fällen, die ihn und seine Kollegen ins Freistädter Krankenhaus geführt hatten. Zu Beginn hatte er den Mediziner nicht ausstehen können, und auch umgekehrt war das so gewesen, aber nach und nach hatten die beiden ein Verständnis füreinander entwickelt. Mittlerweile mochte Stern den Arzt sogar.

»Okay. Also, was haben wir?«, fragte er in die Runde. Er wollte die Ereignisse und Ergebnisse der Befragungen zusammenführen, damit alle auf den gleichen Wissensstand kamen.

»Marion Balduin, unser Mordopfer, lebte noch zu Hause bei den Eltern. Ich würde meinen, dass der Vater sehr dominant ist, da er sie gezwungen hat, eine Ehe einzugehen, die für seine Firma von großem Vorteil ist. Ohne diese Ehe hätte er Konkurs anmelden müssen«, begann Kolanski mit dem Austausch von Informationen.

»Kann er der Mörder sein?«, fragte Stern.

»Das glaube ich nicht«, erwiderte Mirscher. »Er war total geschockt, als er gehört hat, dass Marion tot ist. Ich glaube, es wäre ihm lieber gewesen, wenn wir seine Frau nicht davon abgehalten hätten, dass sie ihn tötet, als sie mit dem Küchenmesser auf ihn losgegangen ist.«

»Kann das nur Theater gewesen sein? Ich meine, könnte es sein, dass die beiden euch etwas vorgespielt haben, um von sich abzulenken?«

»Möglich, aber unwahrscheinlich.« Kolanski und Mirscher waren sich darin einig.

»Was ist mit der Mutter?«

»Die wollte, wie gesagt, ihren Mann umbringen, weil sie ihm die Schuld am Tod von Marion gibt. Bei ihr gilt dasselbe: Ich glaube nicht, dass sie Marion getötet hat«, sagte Kolanski. »Wir haben in Marions Zimmer dieses Foto gefunden.« Der Gruppeninspektor zog das angesprochene Bild aus seiner Jackentasche und legte es mitsamt dem Plastikbeutel, in dem es steckte, auf den Schreibtisch. Es zeigte Marion am Strand. »Mit ihren Eltern ist sie wohl nicht im Urlaub gewesen, also hat vermutlich ein Freund oder eine Freundin diese Aufnahme gemacht. Da scheint sie noch glücklich gewesen zu sein. Es ist das einzige Bild, das sie zurückgelassen hat. Alle anderen dürfte sie in ihr neues Heim mitgenommen haben.«

»Mh ...«, brummte Stern und schaute sich das Foto an. »Fragt die Eltern, wer das aufgenommen haben könnte.«

»Außerdem haben wir das hier entdeckt.« Kolanski legte neben das Bild einen Plastikbeutel mit dem Schmuckkästchen, streifte sich Handschuhe über und zog die Schatulle heraus. Er öffnete sie, nahm die Karte und drehte sie so, dass die handschriftliche Notiz nach oben zeigte.

»In Erinnerung an die schöne Zeit«, las Grünbrecht vor.

»Sie ist leider nicht unterzeichnet«, wies Kolanski darauf hin.

»Irgendjemandem muss Marion viel bedeutet haben. Solchen Schmuck verschenkt man nicht einfach so«, warf Mirscher ein und blickte verstohlen zu Grünbrecht hinüber. Die war aber ganz auf das teure Collier und die Karte konzentriert.

»Ich schicke beides ins Labor und lasse es auf Fingerabdrücke und DNA-Spuren untersuchen«, sagte Kolanski und tütete alles wieder in den Plastikbeutel ein. »Dann wissen wir hoffentlich, wer der noble Schenker ist. Vielleicht ist er es ja gewesen, der mit ihr in den Urlaub gefahren ist und dieses Foto gemacht hat.«

»Okay. Was haben wir noch?«, wollte Stern wissen.

»Wir haben mit der Zubraut Leona Sipacher gesprochen …«

»Du hast mehr mit ihr geflirtet als gesprochen«, unterbrach Mirscher den Kollegen.

Der warf ihm einen finsteren Blick zu und redete weiter. »Sie hat Marion zuletzt morgens so gegen zwei, halb drei gesehen. Laut ihrer Aussage wollte Marion sich noch allein mit jemandem treffen. Wer das allerdings gewesen ist, wusste Leona Sipacher nicht.«

»Und sie glaubt, dass Marion eine Affäre mit einem verheirateten Mann hatte. Aber auch hier kennt sie keinen Namen. Jedoch würde diese Vermutung zu dem Collier und der Karte passen, auf der sich der Schenker quasi indirekt für eine schöne gemeinsame Zeit bedankt«, ergänzte Mirscher.

»Vielleicht hat sie sich gestern Nacht mit ihm getroffen, sozusagen als Abschied, oder weil sie noch etwas mit ihm bereden wollte.« Stern grübelte über das Gehörte nach und Grünbrecht schrieb ein Fragezeichen und »verheirateter Liebhaber« auf die Tafel. Es war möglich, dass dieser geheimnisvolle Mann der Täter war, nach dem sie suchten.

»Was habt ihr bei den Hallsteiners herausgefunden?«, wollte Kolanski wissen.

»Da kannst du gleich die ganze Familie auf die Tafel schreiben. Alle sind verdächtig, bis auf die Tochter Christine«, sagte Stern nicht gerade erfreut. »Der Ehemann, also dieser Fabian Hallsteiner, war, als Marion von ihrer Zubraut das letzte Mal gesehen wurde, nicht mehr auf der Burg. Auch er hatte zu viel getrunken und wurde von seinem Vater so gegen 1 Uhr nach Hause gebracht. Das bestätigen sowohl die Mutter als auch die Schwester.«

»Vielleicht hat er nur gespielt, dass er so betrunken war«, warf Mirscher ein, »und ist dann zur Burg zurückgefahren, um Marion zu ermorden, weil sie ihn auf der Hochzeit wie einen Loser hat dastehen lassen. Sie hat angeblich mit jedem männlichen Wesen auf der Hochzeit geflirtet – und auch noch Sex gehabt. Das lässt niemanden kalt.«

»Sie hat mit allen Männern geflirtet, nur nicht mit ihm«, präzisierte Kolanski Mirschers Aussage.

»Seine Schwester hätte es sicher erwähnt, wenn sie davon etwas mitbekommen hätte. Sie hatte Freude daran, die Familie schlecht dastehen zu lassen, am meisten den Vater«, erzählte Stern, wie er die Befragung erlebt hatte.

»Den haben wir übrigens ins Krankenhaus bringen lassen, weil er sich angeblich bei einem Treppensturz eine Platzwunde am Kopf zugezogen hat, als er von Marions Tod erfahren hat. Das hat uns zumindest die Haushälterin der Familie, Fiona Mühlböck, gesagt«, ergänzte Grünbrecht.

»Und du glaubst nicht daran?«, hakte Kolanski nach, da er den Zweifel in Grünbrechts Stimme hörte.

»Die Wunde hätte viel stärker bluten müssen, wenn er erst gestürzt wäre, als er von Marions Tod erfahren hat. Ich hatte den Eindruck, dass er vor uns zu verbergen versucht hat, dass die Wunde eben nicht mehr blutet, weil er sie sich schon viel früher zugezogen hat. Auf der Burg vielleicht. Deshalb hat er sich ständig ein Tuch auf den Kopf gedrückt, damit wir das nicht mitbekommen.«

Grünbrecht ging vor der Magnettafel hin und her, während sie ihren Verdacht den Kollegen erläuterte.

»Das war auch der Grund, warum ich im Krankenhaus angerufen und darum gebeten hab, dass sie uns alle Materialien von der Wundversorgung schicken, damit das Labor feststellen kann, ob sich daran Spuren von Gestein, Gras oder Erde befinden. Außerdem können wir nun einen DNA-Abgleich mit dem Blut machen, das wir auf der Hochburg an dem Mauerfragment gefunden haben«, erklärte Stern. »Und ich will noch einmal mit ihm reden, da er bei der Befragung nur teilweise anwesend war.«

»Wieso das denn?« Mirscher sah Stern neugierig an.

»Dieser Viktor Hallsteiner ist ein absolutes Alphatier. Er wollte seinen Sohn nicht reden lassen, da hab ich ihn des Raumes verwiesen«, erwiderte Stern.

»Das wird dem Alten nicht gefallen haben«, vermutete Weber, der bis jetzt den Vernehmungsberichten gefolgt war, ohne etwas zu sagen.

»Das hat es nicht«, bestätigte Grünbrecht mit sichtlicher Genugtuung. »Er war ziemlich wütend.«

»Ja, das war er.« Stern seufzte und dachte, dass sein Vorgehen möglicherweise ein Nachspiel haben würde. Männer wie Viktor Hallsteiner ließen eine derartige Behandlung nicht auf sich beruhen. Wahrscheinlich würde er den Landespolizeidirektor kontaktieren und sich über Stern beschweren. Doch noch hatte er nichts gehört und wollte darüber jetzt auch nicht nachdenken, also fuhr er fort: »Nun zur Mutter des Bräutigams: Der traue ich einen Mord zu. Sie hatte bei der Befragung nur das Ansehen der Familie im Sinn, und wenn Marion dem geschadet hat, wäre sie durchaus in der Lage, etwas dagegen zu unternehmen.« Stern erinnerte sich an den Gesichtsausdruck der Frau. Hart und verschlossen war er gewesen. Sie hatte ungerührt den Gefühlen des eigenen Sohnes gegenüber gewirkt. »Und dann ist da noch ein mysteriöser Fremder, der Marion während der Hochzeitsfeier den Hof gemacht haben soll. Christine Hallsteiner hat ihn mit Marion gesehen, ihn aber nicht gekannt.«

Grünbrecht schrieb ein weiteres Fragezeichen auf die Tafel, welches als Platzhalter für den ominösen Fremden diente.

»Ich habe eine Gästeliste von Frau Hallsteiner bekommen.« Stern zog besagtes Blatt Papier aus der Tasche seines Jacketts. »Wir müssen herausfinden, wer dieser mysteriöse Fremde ist, und die Namen mit den Familien der Braut und des Bräutigams durchgehen.« Stern hegte jedoch Zweifel, dass sie dabei rasch zu einem Ergebnis gelangen würden. Niemand kannte auf einer derart großen Hochzeit – immerhin waren an die 400 Gäste geladen gewesen – alle Anwesenden, schon gar nicht die Verwandten und Freunde der jeweils angeheirateten Familie. Es würde bestimmt Tage dauern, bis sie die Liste durchgearbeitet hatten.

»Ich hab eine bessere Idee«, sagte Grünbrecht. »Auf fast jeder Hochzeit macht doch ein Fotograf Bilder von der Trauung und dem geselligen Abend. Das war bei dieser kostspieligen Hochzeit bestimmt auch der Fall. Wir gehen gemeinsam mit Christine Hallsteiner die Bilder durch, und sie soll uns den Fremden zeigen, der mit Marion geflirtet hat«, spann Grünbrecht den Gedanken weiter. »Dann haben wir schon mal ein Gesicht und können das Foto herumzeigen oder es durch unsere Datenbank laufen lassen.«

»Und ihr beide«, Stern deutete auf Kolanski und Mirscher, »ihr redet mit dem Zubräutigam. Ich will wissen, was er als rechte Hand des Bräutigams alles gesehen und für nicht gut befunden hat.«

12. KAPITEL

Grünbrecht hatte binnen kürzester Zeit herausgefunden, wer den Auftrag, die Hallsteiner Hochzeit in Bildern festzuhalten, bekommen hatte. Gemeinsam mit Stern organisierte sie sich von dem Freistädter Hochzeitsfotografen die elektronischen Zugangsdaten zu den Fotos, die dieser von der Trauung und der anschließenden Feier gemacht hatte. Insgesamt waren auf einem Server an die 3.000 Bilder gespeichert, die darauf warteten, von den Kriminalbeamten gesichtet zu werden.

»3.000 Fotos! Wer zum Teufel macht 3.000 Fotos? Die schaut sich ohnehin nie jemand an«, maulte Stern, als sie anschließend zur Villa der Hallsteiners unterwegs waren.

»Das ist heutzutage ganz normal«, entgegnete Grünbrecht ungeduldig, weil Stern die Straße von Freistadt nach Gutau in einem Tempo entlangzuckelte, als wären sie auf einer Besichtigungsfahrt mit anschließendem Kaffeekränzchen. »Seit die digitale Fotografie Einzug gehalten und jede Kamera einen riesigen Datenspeicher hat, achtet niemand mehr darauf, was er fotografiert.«

»Das heißt aber nicht, dass heute alles besser ist als früher.« Stern fühlte sich genötigt, das anzumerken.

»Das hab ich auch nicht gesagt«, erwiderte Grünbrecht.

»Und? Wie wird es bei euch werden, wenn du und Edwin heiratet?«, wechselte Stern das Thema, weil er merkte, dass Grünbrecht schlechte Laune hatte. Das schien jedes Mal dann der Fall zu sein, wenn er hinterm Steuer saß.

»Wir heiraten lediglich im kleinen Rahmen, demnach genügt es, wenn du oder jemand anderer ein paar Fotos von uns und der Hochzeitsfeier schießt«, sagte Grünbrecht und sah seitlich aus dem Fenster.

»Definiere kleinen Rahmen«, wollte es Stern genauer wissen.

»Edwins Eltern, seine Schwester und ihr Mann mit den Kindern, du, Kolanski und einige Freunde.« Grünbrecht sagte dies, als ginge es ums Unkrautjäten.

»Was ist mit deiner Familie?«

»Wie du weißt, bin ich ein Einzelkind, und meine Mutter ist schon seit sechs Jahren tot.«

»Und dein Vater? Was ist mit ihm?« Stern blickte neugierig zu seiner Kollegin hinüber.

Die zögerte einen Moment, bevor sie antwortete: »Der kann nicht kommen.«

»Kann er nicht, oder will er nicht?«

Grünbrecht wandte sich ihm zu. »Ich hab ihn nicht eingeladen.«

Stern war überrascht. »Weshalb nicht?«

»Das ist eine lange Geschichte.« Die Gruppeninspektorin seufzte und sah wieder aus dem Fenster.

»Ich habe Zeit«, erwiderte Stern und verringerte das Tempo noch mehr.

»Ich will nicht darüber reden …«

»Es würde dir vielleicht guttun.«

»Guttun würde mir, wenn du schneller fahren könntest«, konterte Grünbrecht schärfer als beabsichtigt.

Stern warf ihr einen prüfenden Blick zu, bohrte aber

nicht weiter nach, da er merkte, dass dieses Thema äußerst heikel für die Gruppeninspektorin war. Er lenkte den Wagen die restliche Strecke schweigend, jedoch nicht viel schneller als vorhin. Nachdem er den Audi vor der Villa abgestellt und mit Grünbrecht die Einfahrt hochgegangen war, drückte er auf die Klingel, die wieder mit dem klassischen Musikstück von Beethoven aufwartete. Die Haushälterin – heute in einem dunkelblauen Kleid – öffnete kurz darauf die Tür.

»Grüß Gott, wir möchten mit Viktor Hallsteiner und seiner Tochter sprechen«, tat Stern ihr Anliegen kund.

»Treten S' ein«, forderte die Frau sie auf, und als sie in der großzügigen Eingangshalle standen, fügte sie hinzu. »Der Herr Hallsteiner ist g'rade aus dem Krankenhaus entlassen word'n … Also eigentlich ist er net entlassen word'n, er hat gegen Revers das Spital verlassen. Ich nehm an, das war keine sehr schöne Zeit für ihn, bestimmt auch net fürs Personal.« Die Frau kicherte, und alle wussten, was sie meinte. Dann ging sie den Kriminalbeamten voraus in Richtung Wohnsalon, aus dem laute Stimmen drangen. Stern war gespannt, was sich hinter der Tür abspielte. Als selbige aufging, verstummten Viktor Hallsteiner und seine Ehefrau Stefanie. An ihren angespannten Gesichtern erkannten die Kriminalbeamten, dass sie mitten in einen Streit geplatzt waren.

»Kommen wir ungelegen?«, fragte Stern, obwohl es ihm eigentlich egal war, ob es dem Hausherrn in den Kram passte, dass sie erneut hier waren.

Hallsteiner winkte ab und deutete, dass sie auf dem Ledersofa Platz nehmen sollten.

»Wie wir erfahren haben, haben Sie das Krankenhaus vorzeitig verlassen«, eröffnete Stern das Gespräch.

»Die Ärzte dort sind lauter Stümper!«, regte sich Hallsteiner auf. »Zuerst lassen sie einen auf den Gängen ewig warten, und dann pfuschen sie an dir herum, als machten sie das Ganze zum ersten Mal! Wenn die Naht nicht rückstandslos verheilt«, Hallsteiner deutete auf seinen einbandagierten Kopf, »verklage ich das Krankenhaus, darauf können Sie Gift nehmen!«

»Die Wunde musste also genäht werden«, wiederholte Grünbrecht, damit klar war, dass sie im Recht gewesen war, als sie den Arzt gerufen hatte, und Viktor Hallsteiner im Unrecht.

»Und Sie haben eine Gehirnerschütterung«, ergänzte Stern, was er aus den Unterlagen des Krankenhauses wusste, die er mitsamt den Wundsäuberungsrückständen erhalten hatte.

»Papperlapapp!«, tat Hallsteiner seinen Zustand ab. »Eine Kopfwehtablette und schon ist alles wieder gut. Ich wäre nicht so weit gekommen, wenn ich mich bei jedem Zipperlein gleich niedergelegt hätte. Stefanie, bring mir eine Schmerztablette!«

Die Frau tat, als hörte sie die an sie gerichtete Forderung nicht, sondern richtete den Blick auf Stern. Dem fiel auf, dass sich in dieser Angelegenheit etwas geändert hatte. Dass die Ehefrau nicht mehr sofort sprang, wenn ihr Mann es von ihr verlangte.

»Es ist Ihre Gesundheit, mit der Sie spielen. Mich interessiert, was Sie uns über die Hochzeit erzählen können und wann Sie Marion das letzte Mal gesehen haben. Da Sie letztens bei der Befragung nicht dabei waren, sind diese Fragen noch offen.« Stern betrachtete Viktor Hallsteiner eindringlich. Dass ihm der Mann nicht sympathisch war, konnte er nur schlecht verbergen. »Wir wissen bereits, dass diese Hochzeit alles andere als normal gewesen ist. Also versuchen Sie gar nicht erst, sie so darzustellen«, fügte er an, damit sie nicht wertvolle Zeit vergeudeten.

Hallsteiner atmete tief durch und schien zu überlegen, wie er sich rechtfertigen sollte. »In meiner Position muss man manchmal zu ungewöhnlichen Maßnahmen greifen.«

Seine Frau schnaubte, erhob sich und richtete das Wort an Stern. »Brauchen Sie mich, oder kann ich gehen?«

»Sie können gehen«, erwiderte Stern.

»Aber …« Viktor Hallsteiner versuchte, seine Ehefrau aufzuhalten.

»Ich habe die Schnauze voll von dir!«, fauchte sie ihn an. »Wie ich überhaupt von allem die Schnauze voll habe, was dich anbelangt!« Mit diesen Worten entschwand sie aus dem Wohnsalon und knallte die Tür hinter sich zu.

Stern warf Grünbrecht einen vielsagenden Blick zu, der so viel bedeutete, dass sie selbst bald in den Hafen der Ehe einlaufen würde und die Gefahr durchaus bestand, dass eines Tages ebenso bei ihr und Mirscher der Haussegen mal schief hinge.

»Ich wollte das Geschäftliche mit dem Privaten verbinden, was meistens auch funktioniert. Dieses Mal anscheinend aber nicht«, stieß Hallsteiner nun doch ein wenig niedergeschlagen aus.

»Was heißt das genau?«, hakte Stern nach.

»Ich habe mehrere Geschäftspartner zur Hochzeit eingeladen. So ein Event auf einer alten Burg ist schließlich etwas Besonderes, und ich dachte, ich spendiere ein paar wichtigen Leuten einen tollen Abend und eine Übernachtung in unserer Gegend. Was ist denn schon dabei?« Hallsteiner spielte die Angelegenheit herunter und schien auf Verständnis bei den Kriminalbeamten zu hoffen.

»Ihre Familie hätte an diesem Tag die wichtigsten Leute für Sie sein sollen! Ihr Sohn, Ihre Frau und Ihre Schwiegertochter! Meinetwegen noch die Verwandten«, fuhr Grünbrecht ihn giftig an, wodurch Stern an das Gespräch bei ihrer Herfahrt erinnert wurde. Stern fragte sich, ob das Verhältnis zu ihrem Vater die Ursache sein könnte, warum sie jetzt so emotional reagierte?

»Dass es ein Fehler gewesen ist, weiß ich jetzt selbst«, brummte Hallsteiner.

»Wie lange sind Sie auf der Hochzeit geblieben?«, fragte Stern, damit sich die Gemüter beruhigen konnten.

»Ich bin mit meiner Frau und meinem Sohn nach Hause, das war so gegen 1 Uhr, vielleicht war es auch halb zwei«, antwortete Hallsteiner.

»Was hat Marion zu dieser Zeit gemacht?«

»Getanzt. Ja, sie hat getanzt«, erinnerte sich Hallsteiner.

»Haben Sie etwas von einem mysteriösen Fremden mitbekommen, der sich mehrmals mit Marion unterhalten hat, vielleicht sogar mit ihr geflirtet hat?«

Hallsteiner schien zu überlegen, schüttelte aber den Kopf. »Nein, nicht dass ich wüsste. Vielleicht hat meine Frau …«

Im selben Augenblick fiel irgendwo eine Tür ins Schloss. Stern sah aus dem Fenster und entdeckte Stefanie Hallsteiner, wie sie mehrere Gepäckstücke in einen schwarzen Porsche Cayenne lud, den Kofferraum zuwarf und einstieg. Kurz darauf heulte der Motor auf.

Jetzt reagierte auch Viktor Hallsteiner. Sein Kopf fuhr herum, sein Blick richtete sich durchs Fenster nach draußen.

Räder quietschten und das schwarze Geschoss jagte die Einfahrt hinunter zur Straße. Stefanie Hallsteiner verließ, wie es schien, nicht nur das Anwesen, sondern ebenso ihren Mann.

»Nein! Nicht den Porsche!« Viktor Hallsteiner eilte hinüber zum Fenster. Die roten Rücklichter leuchteten vor der Straßeneinmündung auf, dann war der Porsche weg. »Dieses Miststück!«

Grünbrecht verkniff sich ein Grinsen. Einem Mann das motorisierte Spielzeug wegzunehmen war wie einem hungrigen Löwen die Beute zu stehlen. Viktor Hallsteiner würde das bestimmt nicht auf sich sitzen lassen.

»Zurück zu dem mysteriösen Mann, der auf der Hochzeit war, den aber niemand gekannt haben will«, kam Stern auf den Grund ihrer Anwesenheit zurück.

»Ich weiß nichts davon, das sagte ich Ihnen doch schon!«, schnauzte Hallsteiner ihn an und zückte das Handy. Er wischte darauf herum. Wie es aussah, betrachtete er das Gespräch als beendet.

»Herr Hallsteiner …«

»Ja, ja.« Hallsteiner wandte sich von den Kriminalbeamten ab, das Smartphone an sein Ohr gedrückt.

»Wir möchten jetzt mit Ihrer Tochter sprechen. Ist sie da?«

Der Hausherr wedelte mit der freien Hand herum, was wahrscheinlich bedeutete, dass Stern und Grünbrecht gehen durften. Dann verlangte er umgehend mit einem Anwalt namens Dr. Frankmair verbunden zu werden.

»Den möchte ich nicht zum Feind haben«, sagte Grünbrecht draußen im Flur stehend. Die Kriminalbeamten hörten Hallsteiner durch die geschlossene Tür brüllen.

»Gerade noch haben sie eine Hochzeit ausgerichtet, und wie es scheint, steht ihnen demnächst eine Scheidung ins Haus«, kommentierte Stern die Lage ungerührt. Aus irgendeinem Grund hatte er mit den Menschen, die hier lebten, kein Mitleid. Auch wenn er bislang keine Beweise hatte, wer Marion ermordet hatte, so verfestigte sich das Gefühl, dass die Hallsteiners zumindest eine Mitschuld an der Tragödie trugen.

Stern sah sich in der Villa um. Irgendwo musste Christines Zimmer sein. Aber das Gebäude war riesig, und Stern fragte sich für einen Augenblick, wer das alles sauber machte. Er selbst war mit seiner kleinen Wohnung in der Linzer Herrenstraße schon überfordert. Wie musste es da erst sein, wenn man mehrere hundert Quadratmeter in Ordnung zu halten hatte? Und als hätte dieser Jemand seine Frage gehört, trat Fiona Mühlböck, die Haushälterin, aus einem der vorderen Räume und steuerte auf sie zu.

»Ist Ihr Gespräch beendet?«, wollte sie wissen, da sie den Hausherrn durch die Wände zetern hörte.

»Das nehme ich an«, erwiderte Stern und fragte, ob so ein lautstarker Streit zwischen den Eheleuten öfter vorkomme.

»Manchmal«, antwortete die Haushälterin.

»Und Frau Hallsteiner fährt dann jedes Mal weg?«

»Nein. Das ist das erste Mal.«

»Interessant.« Stern ließ sich das Gehörte durch den Kopf gehen.

»Noch was ist interessant.« Die Frau in dem dunkelblauen Kleid trat näher, damit sie nicht so laut reden musste, wenn sie Klatsch und Tratsch verbreitete. »Frau Hallsteiner hat eine Affäre.« Nach dieser Offenbarung blickte sie die Kriminalbeamten erwartungsvoll an.

»Woher wissen Sie das?«, fragte der Chefinspektor.

»Ich hab Frau Hallsteiner mit einem Mann g'sehen, der weitaus jünger ist als sie. Ziemlich gutaussehend. Es war schon dunkel, und Herr Hallsteiner war an diesem Tag net da, also dachte sie wohl, es würd keiner mitbekommen. Ich bin an dem Abend aber später als üblich nach Hause, weil ich die Küchenkasterln sauber g'macht hab, und da hab ich dann beobachtet, wie sie sich geküsst hab'n.«

»Wer weiß noch davon?«

»Keine Ahnung. Ich hab bis jetzt mit niemandem darüber g'sprochen, geht mich ja nix an. Oder nein, das stimmt net ganz! Der Gerda hab ich es erzählt, aber die behält es für sich, genau wie ich«, war sich Fiona Mühlböck sicher.

»Gut, danke. Wir müssten noch mit Christine reden. Ist sie hier?«, fragte Stern.

»Sie ist in ihrem Zimmer. Soll ich sie für Sie holen?«

»Das wäre nett. Danke!« Stern lächelte die Dame an, die daraufhin verschwand.

»Von wegen, die behält es für sich. Ich bin mir sicher, dass die das im ganzen Ort herumtratschen«, sagte Grünbrecht.

»Das ist das Gute daran. Deshalb haben ja auch wir davon erfahren«, erwiderte Stern.

Nach wenigen Minuten kehrte die Haushälterin mit Christine im Schlepptau zurück. Die junge Frau trug eine zerrissene Jeans und ein T-Shirt, welches eine Schulter freiließ und völlig schief an ihr hing. Stern unterdrückte das Bedürfnis, es gerade ziehen zu wollen und hoffte, dass seine Enkelin niemals so etwas anziehen würde.

Christine war umgehend guter Laune, als sie das Zetern des Vaters vernahm. »Was haben Sie angestellt, das ihn so aufgebracht hat? Das muss ich unbedingt wissen, falls ich es mal brauche«, sagte sie mit breitem Grinsen.

»Das waren leider nicht wir, sondern Ihre Mutter«, stellte Stern richtig. Er schmückte sich nur ungern mit fremden Federn.

»Mama? Was hat sie gemacht?« Christine sah überrascht aus.

»Sie hat ihre Koffer gepackt und ist mit dem Porsche abgehauen«, erklärte ihr Grünbrecht.

»Meine Mutter?«, fragte Christine ungläubig.

»Ihre Mutter«, bestätigte Stern.

»Wow! Mama hat mehr Eier in der Hose als so mancher Kerl, das muss ich ihr lassen.«

»Wie meinen Sie das?«, fragte Stern.

»Sie kennen Papa nicht. Wenn der wütend ist, so wie jetzt gerade, geht man ihm besser aus dem Weg«, erwiderte Christine.

»Trauen Sie ihm einen Mord zu?«

»Ich traue ihm alles zu.«

Das war eine klare Aussage, fand Stern. Doch nun galt es den mysteriösen Fremden zu identifizieren.

»Frau Hallsteiner, würden Sie sich mit uns ein paar Fotos ansehen, um den Mann zu finden, von dem Sie uns erzählt haben und der mit Marion auf der Hochzeit geflirtet haben soll?«, bat Stern die junge Frau.

»Aber sicher! Am besten gehen wir in die Küche, dort haben wir Ruhe, vor allem vor Papa. Der kommt dort so gut wie nie hin, als wäre Küchenarbeit eine ansteckende Krankheit. Ich mach uns derweilen Kaffee«, sagte Christine und ging den Kriminalbeamten voraus.

»Für mich bitte Tee, wenn es möglich ist«, bat Grünbrecht.

»Natürlich. Was wollen Sie: Grüntee? Kamille? Früchte?«

»Bitte Grüntee.«

»Okidoki!«

»Danke!«

»Und wir bräuchten noch einen Computer oder einen Laptop mit Internetzugang«, ergänzte Grünbrecht.

»Kein Problem!« Christine war sichtlich gut drauf. Für Stern war sie das einzige vernünftige Mitglied der Hallsteiner Familie.

»Wie geht es Ihrem Bruder?«, wollte Stern wissen.

»Nicht so gut. Er verlässt die Wohnräume, die Papa für ihn und Marion im Westflügel hat einrichten lassen, so gut wie gar nicht.«

»Hat er Marion vielleicht geliebt, obwohl es eine arrangierte Ehe gewesen ist?«

»Wer weiß das schon? Ich denke, dass nicht einmal Fabian Ihnen diese Frage beantworten kann«, sagte Christine und zuckte mit den Schultern.

Mittlerweile hatten sie die Küche erreicht, die mit weißen Hochglanzschränken und Nirosta-Geräten ziemlich nobel ausgestattet war. Auf der rechten Seite befand sich eine Sitzgruppe aus schwarzem Leder, auf die setzten sich die Inspektoren und warteten, bis Christine Kaffee und Tee zubereitet hatte.

»Ich hole nur rasch meinen Laptop«, sagte sie, nachdem sie die Tassen auf den Tisch gestellt hatte, und war weg.

»Diese Küche hat bestimmt mehr gekostet als meine ganze Wohnung.« Grünbrecht betrachtete neidvoll die blankpolierten Schränke mit der indirekten Beleuchtung. Die langen Chromgriffe veredelten das Mobiliar zusätzlich.

»Alles nur Fassade«, warf Stern ein und schlürfte seinen Kaffee. Der schmeckte nämlich auch nicht besser als bei ihm zu Hause, redete er sich ein.

»Ein bisserl etwas von dieser Fassade würde ich schon haben wollen«, meinte hingegen die Gruppeninspektorin und holte den Teebeutel nach drei Minuten Ziehzeit aus der Tasse.

»Man muss zufrieden sein mit dem, was man hat«, gab Stern ihr einen gutgemeinten Ratschlag.

»Bist du denn zufrieden?«, fragte Grünbrecht ihn völlig überraschend.

Stern dachte darüber nach und kam zu dem Schluss, dass er sich durchaus als innerlich ausgeglichen bezeichnete, mit den Gegebenheiten im Einklang befand und sich keine Veränderung der Umstände wünschte. »Ja, meistens bin ich das.«

Bevor Grünbrecht nachhaken konnte, kehrte Christine mit dem Laptop zurück. Sie platzierte ihn in der Mitte des Tisches, sodass jeder das Display im Blickfeld hatte. Grünbrecht öffnete den Browser, rief die Adresse des Servers auf, auf dem der Fotograf die Bilder gespeichert hatte, gab Benutzer und Passwort ein und wartete auf den Zugriff. Ein paar Mausklicks später war das erste Foto von der Hochzeit auf dem Bildschirm zu sehen.

»Also, wir suchen den Mann …«

»… der mit Marion geflirtet hat, ich weiß. Das haben Sie vorhin schon gesagt«, unterbrach Christine den Chefinspektor genervt.

Es kam Stern vor, als redete er mit seiner Enkelin, die dazu noch die Augen verdreht hätte, und ihm fiel ein, dass er Barbara ja eigentlich hatte anrufen wollen. Er nahm sich vor, das bald nachzuholen.

Christine klickte ein Foto nach dem anderen an, während Stern seinen Kaffee trank und Grünbrecht ihren Tee. Nach einer gefühlten Ewigkeit und tausend Bilder später, erreichten sie endlich den geselligen Teil der Hochzeit. Die Menschen auf den Fotos unterhielten sich, aßen, tanzten oder posierten für den Fotografen.

»Halt!«, rief Stern und deutete auf eine Aufnahme. Darauf war zu sehen, wie Marion den Sänger der Band Canticum Lupi, der auf der Bühne stand, zu sich herunter zog und ihn küsste.

»Ach ja, den Typen hatte ich beinahe vergessen«, erinnerte sich Grünbrecht an die Vernehmung von diesem Goliat und daran, wie er ihnen gebeichtet hatte, dass er mit der Braut geschlafen hatte. »Das ist nicht der, den wir suchen.«

»Das ist auch nicht der, den ich meine«, erwiderte Christine und klickte weiter.

Nach weiteren 500 Bildern schmerzten Sterns Augen vom starren Schauen. Er blinzelte mehrmals, um seine Netzhaut zu befeuchten.

»Das ist er!«, rief Christine und schreckte Stern dadurch auf, der nach wie vor angestrengt auf den Bildschirm glotzte. Christine deutete auf einen groß gewachsenen jungen Mann, etwa in Fabians Alter. Er trug einen dunkelblauen Anzug und ein weißes Hemd. Die oberen Knöpfe waren leger geöffnet, eine Krawatte fehlte. Seine dunklen Haare waren lockig und etwas länger. Die Hände in den Hosentaschen vergraben beobachtete er Marion, die auf dem Bild mit einem ihrer Onkel tanzte, wie Christine sie wissen ließ. Da das Bild aus der Ferne aufgenommen war, war sein Gesicht nicht gut zu erkennen.

»Und Sie wissen nicht, wer das ist?«, hakte Stern noch einmal nach.

»Nein, sagte ich doch schon«, antwortete Christine.

»Wir werden Ihren Vater dazu befragen. Da er einige von seinen Geschäftspartnern zur Hochzeit eingeladen hat, ist dieser Mann vielleicht einer von ihnen.«

»Mein Vater hat keine so schnuckeligen Geschäftspartner«, war sich Christine sicher. »Die sind normalerweise alt und hässlich.«

»Christine!«, hallte es durch die Villa.

»Oh, wenn der König ruft, haben die Untertanen zu erscheinen«, sagte Christine gelangweilt, machte jedoch keine Anstalten, sich zu erheben.

»Christine!«

Die junge Frau nahm genüsslich einen Schluck Kaffee, lehnte sich zurück, zog die Beine hoch und sah die Kriminalbeamten an, als wartete sie darauf, ob sie noch etwas von ihr wissen wollten. Als dem nicht so war, sagte sie erklärend: »Ich hab keinen Bock darauf, bin ja kein Hund.«

Dann fiel irgendwo im Haus ein Schuss.

13. KAPITEL

Kolanski und Mirscher trafen den Zubräutigam Albert Freiherr in dessen Wohnung nicht an. Die freundliche Nachbarin versicherte den Kriminalbeamten aber, dass er zur Burg Reichenstein gefahren sei, weil dort eine Mahnwache für die Verstorbene abgehalten werde. Auf die Frage, woher sie das wisse, antwortete sie, dass ihr Albert dies erzählt habe und sie nicht lauschen würde. Auf gar keinen Fall spioniere sie ihre Nachbarn aus, auch wenn das manche behaupteten. Kolanski erwiderte darauf nichts und bedankte sich höflich für die Auskunft. Anschließend fuhren er und Mirscher zur Burgruine.

Dort sahen sich die Kriminalbeamten mit einer für diesen Ort ungewöhnlichen Situation konfrontiert: Es gab keinen einzigen freien Parkplatz. Das Gelände rund um die Burg war mit Autos vollgestellt, und selbst am Fahrbahnrand der Aisttal Bezirksstraße reihten sich die Wagen zu einer schier endlos erscheinenden Schlange.

»Was ist denn hier los?«, knurrte Mirscher, der es besser fand, wenn er direkt vor der Haustür sein Dienstauto abstellen konnte.

»Marion war offenbar sehr beliebt«, schloss Kolanski aus der Menge der Besucher.

»Und wo sollen wir jetzt parken?« Mirscher war sichtlich gereizt.

»Am Ende der Straße«, sagte Kolanski, der es sportlich nahm.

»Nichts da! Ich stelle mich mit Blaulicht direkt in die Zufahrt«, sprach Mirscher aus und setzte sein Vorhaben sogleich in die Tat um. Er klemmte das mobile Blaulicht auf das Dach, schaltete es ein, wendete den Wagen und fuhr zur Burg. Mitten auf dem kleinen Vorplatz hielt er an. »So, wir sind da!« Er stieg aus – um einiges zufriedener als vorher – und wartete, bis Kolanski neben ihn trat.

»Das sieht wie eine Pilgerstätte aus.« Kolanski blickte nach oben zur Burg, die von unzähligen Menschen bevölkert wurde. Eine Schlange drängte sich durchs Museum die eiserne Treppe hinauf bis zum Burghof und erinnerte an die Ansammlung von Gläubigen vor der Heilquelle in Lourdes. Zu Zeiten der Corona-Hochblüte wäre so etwas nicht möglich gewesen, aber nun, da die Pandemie Geschichte war, musste niemand mehr einen Mund-Nasen-Schutz tragen, ebenso gab es keine Vorschriften zu Sicherheitsabständen.

»Also, lass uns da raufgehen, aber unauffällig.«

»Du meinst inkognito?« Kolanski griff nach der Sonnenbrille, die wie üblich auf seinem Haupt thronte, und schob sie auf die Nase.

Mirscher musterte ihn von der Seite her. »Ich meinte unauffällig.«

Kolanski nahm die Sonnenbrille wieder ab und steckte sie in die Brusttasche. Dann schritten die Kriminalbeamten den Weg zum Museum hoch und drängte sich an den Menschen vorbei, die sich anstellten, um zum Unglücksort vorgelassen zu werden. Die meisten von ihnen hielten Kerzen oder Blumen in Händen, manche auch beides. Einige hatten rot geränderte Augen, schnieften und putzten ihre Nasen. Wiederum andere unterhielten sich mit gedämpften Stimmen oder sahen stumm in die Menge.

Als die Kriminalbeamten die Hochburg erreichten, staunten sie nicht schlecht, wie sehr sich dort alles verändert hatte. Unzählige Kerzen flackerten vor dem Fenster, durch das Marion in die Tiefe gestürzt war. Daneben lagen Blumen für und Fotos von der Toten. Auf einem A3-großen Plakat stand »Unser Mühlviertler Kreuz« und »Wir lieben dich!« geschrieben. Das halbe Mühlviertel schien sich aufgemacht zu haben, Marion Balduin an diesem Platz zu gedenken.

»Wow!«, stieß Kolanski aus. »Ich wusste gar nicht, dass die Spurensicherung den Tatort schon freigegeben hat.«

Mirscher deutete auf das Absperrband, das zusammengeknüllt neben der Mauer lag. »Hat sie wahrscheinlich gar nicht.«

»Falls die Spuren noch nicht gesichert waren, können wir das jetzt vergessen. Der Boden sieht aus, als wäre eine Horde Büffel darüber getrampelt.«

»Irgendwer muss diese Mahnwache organisiert haben. Wer kann das gewesen sein?«, stellte Mirscher eine berechtigte Frage.

Kolanski verschaffte sich einen Überblick über die Menge, die weiterhin nachdrängte, Kerzen anzündete und Blumen ablegte. »Dort drüben, das ist doch Leona Sipacher, die Zubraut.« Er deutete unauffällig in Richtung erhobenem Bereich der Hochburg, wo eine Gruppe Frauen und Männer am Boden saß und die ankommenden und abziehenden Menschen beobachtete. »Wir könnten sie fragen, vielleicht weiß sie ja was?«

Mirscher warf seinem Kollegen einen zweifelnden Blick zu. »Na gut, aber fasse dich kurz. Ich sehe mich inzwischen um und mache Fotos von den Leuten. Bekanntlich kehren manche Täter an den Tatort zurück.«

Während Mirscher sein Handy aus der Hosentasche zog, ging Kolanski in Richtung der Gruppe, die sich auf der Erhöhung aufhielt. Als er sich aus der Menge löste, erkannte ihn Leona Sipacher und ein Lächeln huschte über ihr Gesicht.

»Frau Sipacher, Sie auch hier?«, begrüßte Kolanski die Zubraut.

»Leona«, erwiderte die Angesprochene sanft.

»Na gut, Hermann.« Damit war das Du zwischen ihnen besiegelt.

»Was führt dich her? Du hast Marion doch gar net gekannt«, fragte Leona.

»Wir arbeiten nach wie vor an der Aufklärung von Marions Tod«, antwortete Kolanski ausweichend. Er wollte nicht zu viel von den Ermittlungen preisgeben. »Weißt du, wer die Mahnwache organisiert hat?«

»Ja, Albert, David und ich«, antwortete Leona.

»Albert Freiherr und David Balduin?«

»Genau die beiden.«

»Albert Freiherr suchen wir nämlich. Wo ist er?« Kolanski ließ den Blick durch die Menge schweifen, obwohl er nicht wusste, wie der Zubräutigam aussah.

»Ihr denkt doch net etwa, dass er Marion um'bracht hat?« Leona riss erschrocken die Augen auf.

»Das ist reine Routine, so wie wir auch dich gestern befragt haben«, erwiderte Kolanski amüsiert. Von der Polizei befragt und gesucht zu werden, löste beim Großteil der Menschen Angst und Unbehagen aus.

»Da hast du mir jetzt aber einen Schrecken eing'jagt. Für Albert leg ich die Hand ins Feuer, der tut keiner Fliege was.«

»Okay. Und wo ist er?« Kolanski ließ nicht locker.

»Gerade war er noch da. Er ist kurz, bevor du gekommen bist, dort vorne in der Menge verschwund'n.« Leona deutete zu den Menschen hinüber, die sich vor dem Burgfenster anstellten. »Aber das dort drüben ist David Balduin«, sagte sie und wies auf einen jungen Mann in Jeans und schwarzem T-Shirt, der neben dem Burgfenster stand und traurig in die Menge starrte.

»Mit ihm haben wir bereits geredet.« Kolanski erinnerte sich an die Begegnung im Haus seiner Eltern. Gleichzeitig fragte er sich, wer in diesem Augenblick auf Anna und Gustav Balduin achtgab, wenn David hier war?

»Ich kann es immer noch net fassen, dass Marion tot ist«, durchbrach Leona seine Gedanken.

»Das tut mir aufrichtig leid«, erwiderte Kolanski. Er hätte die Frau gerne in den Arm genommen, doch das war kein angemessenes Verhalten für einen ermittelnden Beamten. Deshalb wechselte er das Thema. »Wie habt ihr diese Mahnwache so schnell auf die Beine gestellt? Hier geht es ja zu wie bei einer Pilgerstätte.«

»Über die sozialen Medien. Facebook, Instagram, Twitter. Da verbreitet sich so was in Windeseile, wie du siehst. Wir hab'n lediglich gepostet, dass wir eine Mahnwache abhalten werd'n, und von überall aus Oberösterreich sind Menschen ang'reist.« Die Begeisterung über die rege Anteilnahme stand Leona Sipacher ins Gesicht geschrieben. Sie holte ihr Handy aus der Tasche und zeigte Kolanski den Post auf Facebook, der mittlerweile an die 240-mal geteilt worden war und unter dem unzählige Beileidsbekundungen zu finden waren.

»Wow! Das ist in der Tat ein tolles Ergebnis«, staunte Kolanski.

»Ja, das ist es, wenn man für einen Moment vergisst, dass Marion tot ist. Das ist ja leider die Ursache für den Post«, erwiderte Leona traurig.

»Du hast recht, entschuldige.« Kolanski ärgerte sich, dass er nicht einfühlsamer reagiert hatte.

»Schon gut«, winkte Leona ab.

»Ich kenne Albert Freiherr nicht persönlich. Würdest du mir helfen, ihn zu finden?«

»Wenn du mich nett darum bittest.« Leona lächelte Kolanski an.

»Bitte«, sagte der Gruppeninspektor betont. Die Frau gefiel ihm, und sie flirtete mit ihm.

»Gerne.« Leona nahm Kolanski an der Hand und zog ihn hinter sich her durch die Menge. Dabei blickte sie sich nach allen Seiten um. Als sie Albert Freiherr in der Hochburg nicht entdeckten, sahen sie noch in dem überdachten Vorraum und dem Galerieraum nach, wo sich deutlich weniger Menschen aufhielten. Aber auch dort war der Gesuchte nicht zu finden.

»Er wird schon wieder auftauchen«, sagte Leona im Galerieraum stehend. »Vielleicht wollt er telefonieren und ist runter in den Burghof g'gangen. Dort draußen, wo die vielen Menschen sind, ist es dafür ja viel zu laut.« Sie stellte sich ganz nah vor Kolanski hin und blickte ihm tief in die Augen.

»Kann sein«, erwiderte Kolanski. Die Stimme drohte ihm zu versagen, und er fragte sich, was die Frau vorhatte. Gleichzeitig war ihm klar, dass sie ihn an der Angel hatte und zappeln ließ wie einen Fisch auf dem Trockenen.

Leona stellte sich auf die Zehenspitzen und küsste ihn. Nicht ein Gedanke ging Kolanski dabei durch den Kopf. Es war mehr ein Gefühl, dass es unklug war, was sie taten, und gleichzeitig schön und aufregend. Deshalb ließ er es geschehen und erwiderte den Kuss. Leidenschaftlich, immer fordernder, bis sich Leona von ihm zu lösen begann. Er sah ihr in die Augen und bemerkte ihr Lächeln. Für einen Augenblick breitete sich Unsicherheit in ihm aus.

»Was?«

»Es war wunderschön«, hauchte ihm Leona entgegen.

»Ja, das war es. Aber ist es auch klug?«

Leona sank zurück auf die Fersen. »Für mich spielt es keine Rolle, ob es klug ist oder net. Was meinst du dazu?«

»Mein Chef würde sagen, dass ich die Finger von dir lassen soll, solange die Ermittlungen laufen«, erwiderte Kolanski ehrlich.

»Machst du immer das, was dein Chef von dir verlangt?«, fragte Leona keck.

»Noch hat er es ja nicht verlangt.« Kolanski zog Leona an sich und küsste sie erneut. Dieses Mal noch inniger und leidenschaftlicher. Gott sei Dank waren sie nicht gänzlich allein, sonst wüsste er nicht, wo die Sache enden würde.

Plötzlich waren draußen vor dem Galerieraum laute Stimmen zu hören.

14. KAPITEL

»Was zum Henker war das?« Chefinspektor Oskar Stern fuhr von der Sitzbank hoch und befürchtete das Allerschlimmste. Eben hatte es im Hause Hallsteiner einen lauten Knall gegeben, der sich wie ein Schuss angehört hatte.

»Keine Ahnung«, erwiderte Christine, jetzt natürlich nicht mehr so locker und lässig wie noch vor wenigen Augenblicken.

»Wer ist alles im Haus?«, wollte Mara Grünbrecht wissen. Die Gruppeninspektorin war aufgesprungen und zur Küchentür geeilt. Sie spähte hinaus in den Flur, doch da war niemand.

»Papa, Fabian und Frau Mühlböck, unsere Haushälterin«, zählte Christine auf. »Mama ist laut Ihnen ja mit Papas Porsche abgehauen.«

»Sie bleiben hier!«, befahl Stern der jungen Frau. »Wir sehen nach, was passiert ist.«

»Aber …« Christine erhob sich.

»Kein Aber!«, befehligte Stern in einem harschen Ton, der Christine zusammenzucken und auf ihren Platz zurücksinken ließ.

Stern und Grünbrecht traten in den Flur hinaus. Alles war ruhig, doch irgendwo im Haus hatte es vorhin dieses beunruhigende Geräusch gegeben. Stern war sich nicht hundertprozentig sicher, ob es tatsächlich ein Schuss gewesen war, Grünbrecht hingegen schon. Sie zog ihre Glock 17 und hielt sie einsatzbereit vor sich. Stern tat es ihr gleich, auch wenn er hoffte, dass sie die Pistole nicht brauchten.

Viktor Hallsteiner trat aus dem Salon heraus und sah die Kriminalbeamten fragend an, die mit vorgesteckten Waffen durch die Villa schlichen. »Was war das gerade für ein Knall?«

»Gehen Sie wieder hinein!«, forderte Stern ihn auf.

»Aber ...«

»Kein Aber, verdammt noch mal!«, fluchte Stern, weil alle in dem Haus zu glauben schienen, sich nicht an seine Anweisungen halten zu müssen.

»Ich wollte nur ...«

»Verschwinden Sie!«, zischte Stern. Wenn Fabian Hallsteiner Amok lief, war sein Vater der Erste, den er erledigen würde. Schließlich hatte dieser die Ehe arrangiert und womöglich seine Schwiegertochter getötet, aus welchem Grund auch immer. Und sollte Fabian denken, dass sein Vater der Mörder war, würde er vielleicht nicht zögern und ihn erschießen. Wenn jedoch Fabian sich selbst gerichtet hatte, war das möglicherweise ein Schuldeingeständnis, dass er Marion ermordet hatte. Beide Varianten hielt Stern für möglich, und für beide war es notwendig, dass die Familienmitglieder nicht dabei waren, wenn sie auf Fabian Hallsteiner stießen.

Wider Erwarten zog sich Viktor Hallsteiner ohne weitere Entgegnung zurück.

»Na, geht doch«, brummte Stern und ging weiter.

»Viktor Hallsteiner war es schon mal nicht, der geschossen hat«, flüsterte ihm Grünbrecht zu und deutete nach vorne in den linken Flügel der Villa, wo Fabian und Marion gemeinsam hätten wohnen sollen.

Wieder war ein Schuss zu hören. Dann noch einer. Sie fielen eindeutig in der Richtung, in die die Kriminalbeamten vordrangen. Mit vorgehaltenen Waffen erreichten sie die letzte Tür, hinter der sie einen der Wohnräume der jungen Eheleute vermuteten und wo sich ein Drama abzuspielen schien.

»Fabian?«, rief eine weibliche Stimme hinter ihnen. Schuhklackern war auf dem schwarzen Marmorboden zu hören. Jemand lief den Flur entlang in ihre Richtung.

Stern fuhr herum. »Frau Mühlböck, bleiben Sie, wo Sie sind!«

Die Haushälterin erstarrte in ihrer Bewegung. Wie eine Statue stand sie da und hielt sich erschrocken die Hände vor den Mund.

»Ich öffne jetzt die Tür«, sagte Grünbrecht zu ihrem Chef, der nickte und ihr Deckung gab. Grünbrecht drückte die Klinke herunter. Mit Schwung stieß sie die Tür auf und richtete die Glock auf Fabian Hallsteiner. Der wiederum zielte mit einer Pistole, mit dem Rücken zu den Kriminalbeamten stehend, auf etwas an der gegenüberliegenden Wand.

»Waffe fallen lassen!«, schrie Grünbrecht.

Fabian Hallsteiner wandte sich zu den Kriminalbeamten um und schaute in zwei Läufe. Mit einem Krachen landete seine Pistole auf dem Boden. Er streckte die Hände in die Höhe und sagte kein Wort.

Grünbrecht trat neben ihn und schob die Pistole mit dem Fuß außer Fabians Reichweite. Dann tastete sie ihn nach weiteren Waffen ab, fand aber keine.

»Was tun Sie da?«, wollte Stern von Fabian Hallsteiner wissen, der nun selber sah, dass Hallsteiner auf ein Foto seines Vaters, welches mit Klebeband an der gegenüberliegenden Wand befestigt hing, gefeuert hatte. Als Fabian nicht sofort etwas erwiderte, legte er nach. »Halten Sie Ihren Vater für den Täter?«

Der junge Mann nahm die Hände runter und ließ sich auf die Couch sinken. Der Raum, in dem sie waren, war ein modern eingerichtetes Wohnzimmer mit vielen bunten Plüschkissen und weichen Teppichen. Wahrscheinlich war das Marions Geschmack gewesen, oder zumindest hatte man angenommen, dass sich eine junge Frau hier wohlfühlen könnte, denn tatsächlich zusammengelebt hatte das Paar ja nicht.

»Ich weiß es nicht«, stieß Fabian aus. »Wenn ich mir dessen sicher wäre, hätte ich ihn schon kaltgemacht.«

»Das würde Marion auch nicht wieder zum Leben erwecken und Sie ins Gefängnis bringen. Ich glaube nicht, dass Marion das für Sie gewollt hätte, nach allem, was ich bis jetzt über sie erfahren habe«, sagte Stern in einem väterlichen Tonfall.

»Ich weiß«, antwortete Fabian niedergeschlagen.

»Ich dachte, Sie haben Marion nicht geliebt, da es eine arrangierte Ehe gewesen ist«, sagte Grünbrecht. »Ihre Handlung zeigt mir aber etwas anderes.«

Fabian Hallsteiner zuckte gleichgültig mit den Schultern.

»Haben Sie Marion nun geliebt oder nicht?«, wollte es Stern genau wissen.

»Alle haben Marion geliebt«, antwortete Fabian trotzig.

»Und was ist mit Ihnen?« Stern blieb hartnäckig.

»Ich …«

»Ja?«

»Ich habe sie wahrscheinlich auch geliebt, obwohl ich sie nicht wirklich gut gekannt habe. Aber die paarmal, die ich sie gesehen und in denen ich mit ihr geredet habe, haben ausgereicht, dass ich mich in sie verliebt habe«, gab Fabian zu. »Reicht Ihnen das?«

»Das reicht uns völlig für ein Motiv«, brachte es Grünbrecht auf den Punkt.

»Ja? Welches denn? Einen geliebten Menschen bringt man doch nicht um«, erwiderte Fabian.

»Sie hat auf der Hochzeit mit anderen Männern geflirtet, das hat jeder mitbekommen. Und Sie hat Ihnen bereits an diesem Tag Hörner aufgesetzt. Da sind Sie eifersüchtig geworden. Und als Sie Marion zur Rede gestellt haben, hat sie Sie ausgelacht. Vielleicht haben Sie nur vorgegeben, so betrunken zu sein, dass Sie von Ihrem Vater nach Hause gebracht werden mussten. Denn damit hatten Sie ein Alibi. Und anschließend sind Sie wieder zur Burg gefahren, haben Marion in flagranti erwischt und sie dann die Burgmauer hinuntergestoßen«, erzählte Stern, wie es gewesen sein könnte. Schließlich hatte Weber davon gesprochen, dass Marion einerseits Geschlechtsverkehr gehabt hatte und andererseits sich zudem auf dem Brautkleid Spermaspuren befunden hatten. Demnach könnte sie mit zwei Männern Sex gehabt haben.

Fabian Hallsteiner richtete sich auf und starrte den Chefinspektor entgeistert an. »Nein, ich war das nicht! Verdammt, ich war tatsächlich so betrunken, und zwar aus Kummer, weil, wie Sie schon sagten, Marion mit allen Männern geflirtet und rumgemacht hat, außer mit mir. Das war Grund genug für mich, meinen Kummer in Alkohol zu ertränken … Das hilft zwar nicht … Doch diese Erkenntnis erlangt man erst später.« Der Witwer ließ sich erschöpft in die Couch zurückfallen. »Und glauben Sie mir, wenn ich Marion tatsächlich über die Burgmauer gestoßen hätte, würden die Kugeln jetzt nicht dort drüben in der Wand stecken. Dann hätte ich sie mir selber in den Kopf gejagt.«

Aus irgendeinem Grund glaubte Stern dem jungen Mann, der verzweifelt war und nicht wusste, wie er den Schmerz in seiner Brust betäuben sollte. Wie er die nächsten Stunden und Tage überstehen sollte, ohne den Verstand zu verlieren.

»Wem gehört die Waffe?«, wollte Grünbrecht wissen und deutete auf die Pistole, mit der Fabian zuvor auf das Foto gefeuert hatte.

»Meinem Vater.«

»Hat er einen Waffenschein?«

»Das nehme ich an. Er besitzt mehrere Pistolen und Gewehre, er geht schließlich jagen. Ihm gehören riesige Wälder, da lädt er auch mal den einen oder anderen Geschäftsfreund zu einem Abschuss ein, wie er es nennt.«

»Wir müssen die Pistole beschlagnahmen.«

»Tun Sie, was Sie nicht lassen können. Ist wahrscheinlich besser so.« Fabian schien es egal zu sein, ob die Kriminalbeamten die Waffe mitnahmen. Wahrscheinlich hegte er keine Absicht, seinen Vater tatsächlich zu erschießen.

Die Tür schwang auf und Viktor Hallsteiner trat ein. »Fabian, was hast du …?«

Fabian sprang auf und schrie seinen Vater an: »Verschwinde! Du hast hier nichts verloren! Raus mit dir!« Er rannte auf ihn zu und schob ihn aus dem Raum hinaus. »Ich will dich hier nicht sehen!«, rief er ihm hinterher, knallte die Tür zu und versperrte sie.

Stern konnte erkennen, dass Fabian die Begegnung mit seinem Vater ziemlich aufgewühlt hatte. Der Zorn und die Wut auf seinen Erzeuger hatten ihn wie aus dem

Nichts in die Höhe schnellen lassen. Wenn er dazu neigte, jähzornig zu reagieren, konnte es durchaus sein, dass er in so einem Anfall Marion getötet hatte.

»Beruhigen Sie sich! Am besten, Sie bleiben erst einmal in diesem Zimmer und schließen wieder ab, nachdem wir gegangen sind. Ich kann Frau Mühlböck bitten, dass Sie Ihnen zu essen und zu trinken bringt. Dann haben Sie vor Ihrem Vater Ruhe. Zumindest vorerst«, sagte Stern.

»Danke.«

Stern und Grünbrecht verließen den Wohnraum und hörten, wie sich hinter ihnen der Schlüssel im Schloss drehte. Draußen im Flur wartete der aufgebrachte Vater.

»Was treibt Fabian da drinnen?«, fragte er die Kriminalbeamten.

»Er lässt seinen Frust über Marions Tod an Ihnen aus«, antwortete Stern. »Besser gesagt, an einem Foto von Ihnen. Möglicherweise hält er Sie für Marions Mörder, und ich muss gestehen, dass ich dieser Theorie durchaus etwas abgewinnen kann.«

15. KAPITEL

Kolanski löste sich von Leona Sipacher und lief aus dem Galerieraum hinaus ins Freie. Die Menschenmenge dort hatte eine Unruhe erfasst. Die hinten stehenden Personen versuchten entweder, weiter nach vorne zu gelangen, indem sie sich mit den Ellbogen einen Weg bahnten, was aber aufgrund der Vielzahl an Personen bei den meisten misslang. Oder sie wollten über die Anwesenden spähen, reckten dabei ihre Hälse und stellten sich auf die Zehenspitzen. Denn irgendetwas ging vor sich, und zwar nahe jener Stelle, wo Marion in die Tiefe gestürzt war. Das wollte natürlich niemand verpassen.

Kolanski drängte sich durch die Massen, die nun nicht mehr ganz so friedlich waren wie vorhin. Doch er ignorierte die unwilligen Kommentare und kämpfte sich bis zu jenem Ort vor, der Grund für den Aufruhr war. Dort lagen zwei Männer am Boden und prügelten sich.

»Hey, aufhören!«, rief er und fasste nach jenem Mann, der obenauf war und den anderen würgte, dass diesem die Luft wegblieb. An der Kleidung und den Armen zog er ihn hoch und von dem Unterlegenen weg. Das brachte ihm umgehend einen Fausthieb ein, mitten ins Gesicht. Kolanski torkelte rückwärts und wurde von den Umstehenden aufgefangen.

»Aufhören! Polizei!«, brüllte er, obwohl er einen Augenblick brauchte, um sich zu sammeln. Aber sein Aufschrei war tatsächlich erfolgreich. Die Raufbolde hielten inne und die Menge beruhigte sich. Sämtliche Augenpaare waren auf ihn gerichtet, jemand reichte ihm ein Taschentuch. Erst jetzt bemerkte Kolanski, dass seine Lippe aufgeplatzt war. Wo zum Teufel steckte Mirscher, fragte er sich, griff nach dem Taschentuch und betupfte damit seinen Mund.

»Was soll das? Hier wird eine Mahnwache abgehalten, und Sie haben nichts Besseres zu tun, als sich zu prügeln?« Kolanski war stinksauer und stellte sich zwischen die Kontrahenten. Für alle Fälle, falls diese noch einmal loslegen wollten.

»Es … es tut mir leid«, sagte jener zu seiner Rechten. Er trug Jeans und ein schwarzes Hemd, das an einem Ärmel zerrissen war. Die Haare hatte er kurz geschnitten, nur oben auf dem Kopf waren sie ein wenig länger und fielen ihm ins Gesicht. Mit einer Hand strich er sie zurück, eine Geste, die er wahrscheinlich tausendmal am Tag machte.

»Wie heißen Sie?«, blaffte Kolanski ihn an. Aber immerhin hatte der Schlägertyp Einsicht.

»Albert Freiherr.«

»Oh, der Zubräutigam. Nach Ihnen haben wir gesucht.« Er wandte sich dem Mann zu seiner Linken zu, der auffallend blaue Augen hatte. »Und Ihr Name lautet?«

»Felix Kriecham.«

»In welchem Verhältnis stehen Sie zu der Toten?«

»Ich hab sie net besonders gut g'kannt, wir sind uns nur ein- oder zweimal begegnet«, antwortete der Mann, den Kolanski etwa auf dasselbe Alter wie Marion schätzte.

»Wann war das?«

»Keine Ahnung, beim Fortgehen in der Disco oder beim Abhängen in der Uni«, gab der junge Mann an.

»Wieso sind Sie dann heute hergekommen, wenn Sie Marion gar nicht so gut gekannt haben?«, fragte Kolanski harsch. Schließlich hatte er diesem Typen seine blutige Lippe zu verdanken.

»Wieso sind all diese Leute hier?«, stellte der Angesprochene eine Gegenfrage. »Ich glaub' net, dass jeder von denen Marion persönlich g'kannt hat.«

»Lasst mich durch, ich bin Polizist! Zur Seite!«, hörte Kolanski Mirscher irgendwo aus der Menge rufen. Der Kollege kämpfte sich durch die gaffenden Menschen, und als er Kolanski erreicht hatte, entfuhr ihm der Satz: »Hey, was ist denn los?« Sein Blick wanderte zwischen den Männern hin und her und blieb an Kolanskis aufgeplatzter Lippe hängen. »Hat sie dich gebissen?«, witzelte er trotz der ernsten Situation, und Kolanski wusste, dass Mirscher gesehen haben musste, wie er und Leona sich geküsst hatten.

»Depp!«, fauchte er ihn an. Anschließend deutete er auf die zwei Männer und sagte: »Diese beiden wollten sich die Köpfe einschlagen und ich bin dazwischengegangen, wie du sehen kannst.« Kolanski tupfte mit dem Taschentuch erneut das Blut von seiner Lippe und verzog bei der Berührung schmerzvoll das Gesicht.

»Und wieso wollten die sich die Köpfe einschlagen?«, hakte Mirscher nach.

»Ja, das würde mich auch interessieren«, schloss sich Kolanski dem Kollegen an.

Die Männer schwiegen.

»Na, wird's bald! Sonst nehmen wir euch mit auf die Dienststelle, und das wird dann kein gemütlicher Spaziergang«, drohte Mirscher ihnen.

»Er hat Marion beleidigt!«, spuckte Albert Freiherr endlich aus, als hätte er etwas Giftiges im Mund und musste es loswerden, bevor es seine Speiseröhre hinunterrutschte.

»Das hab ich net«, verteidigte sich Felix Kriecham.

»Na, was jetzt? Erzählen Sie uns, wie es abgelaufen ist, und wir entscheiden, ob es eine Beleidigung gewesen ist oder nicht«, sagte Kolanski.

»Ich hab nur g'sagt, was Sache ist«, blieb Kriecham weiterhin vage.

»Und was ist Sache?« Mirscher verlor langsam die Geduld.

»Dass sie mich ang'macht hat. Dass sie mit mir g'flirtet hat. Dass sie mir an den Schwanz g'griffen hat. Das ist Sache! Das hab ich ihm erzählt, und er ist sofort auf mich losg'gangen!«, echauffierte sich Kriecham.

»Das sind alles Lügen! Marion war nicht so eine …« Albert Freiherr stockte.

»Ein Flittchen, suchst du nach diesem Wort?«, blaffte Kriecham ihn an.

So schnell konnten die Kriminalbeamten gar nicht reagieren, wie Freiherr auf Kriecham zuhechtete und ihn zu Boden riss. Er schlug auf seinen Kontrahenten ein, doch dieser wehrte die Schläge geschickt hab. Mirscher und Kolanski hatten Mühe, die beiden zu trennen.

»Ihr kommt jetzt mit, euch können wir nicht alleine hierlassen. Wer weiß, was ihr dann anstellt«, sagte Kolanski, als wieder halbwegs Frieden herrschte. Denn dass sich die Männer nicht ausstehen konnten, war offensichtlich.

Gemeinsam schritten sie in den Burghof hinab, und die Kriminalbeamten suchten nach einem ruhigeren Platz, wo sie Freiherr und Kriecham befragen konnten. Die Burgkapelle war ein solcher Ort. Die Inspektoren schlossen die Pforte hinter sich und bedeuteten den Kontrahenten, sich in die vorderen hölzernen Bänke zu setzen. Der eine rechts vom Mittelgang und der andere links. Mirscher und Kolanski blieben davor stehen, im Rücken den barocken Altar mit Stuckmarmor und einem Altarbild mit der Gottesmutter Maria, welches von zwei Statuen flankiert war.

»Fangen wir mit Ihnen an, Herr Freiherr«, begann Kolanski mit der Befragung an diesem wahrlich ungewöhnlichen Ort. »Sie waren der Zubräutigam der Brautleute. Wie gut haben Sie Marion gekannt?«

»Wir war'n befreundet«, antwortete Freiherr.

»War diese Freundschaft mehr als …«

»Nein!«, unterbrach Freiherr den Gruppeninspektor. »Wir hab'n zusammen studiert, sind miteinander fortg'gangen, solche Dinge. Net, was Sie meinen.«

»Wann haben Sie Marion auf der Hochzeit das letzte Mal gesehen?«

Albert Freiherr brauchte nicht lange zu überlegen. »Als ich mich von ihr verabschiedet hab, das war so um 2 Uhr. Ich hab sie gefragt, ob ich noch was für sie tun kann, aber sie hat g'meint, dass alles bestens sei und ich nach Hause geh'n könne. Und dann das!« Die Verzweiflung stand Freiherr ins Gesicht geschrieben. »Hätt ich g'wusst, was passiert, wär ich doch niemals …« Er stockte und biss sich auf die Unterlippe. Schuldgefühle quälten ihn, die waren jedoch irrational. Niemand hätte vorhersehen können, was passieren würde, abgesehen vom Täter und vielleicht noch dem Opfer selbst. Letzteres war jedoch ungewiss.

»Das konnten Sie nicht wissen«, sagte Kolanski deshalb. »Außer Sie sind der Mörder.«

»Sind S' verrückt!« Albert Freiherr war einem Zusammenbruch nahe.

»Wie sind Sie eigentlich nach Hause gekommen? Bei so einer Hochzeit wird doch allerlei getrunken. Sie sind hoffentlich nicht selber mit dem Wagen gefahren?«, fragte Kolanski ungerührt weiter. Er konnte auf Freiherrs emotionalen Zustand keine Rücksicht nehmen, und er wollte es auch nicht, schließlich mussten sie den Täter finden.

»Mit dem Taxi«, antwortete Freiherr.

»Wir werden das überprüfen.«

»Das können S' ruhig tun.« Freiherr verschränkte die Arme vor der Brust und blickte den Gruppeninspektor mit einer Überheblichkeit an, die nur jemand an den Tag legte, der ein wasserdichtes Alibi hatte.

»Nun zu Ihnen«, übernahm Mirscher die Vernehmung von Felix Kriecham. »Erzählen Sie uns, wie Marion Sie angeblich angemacht hat.«

»Das will ich net hör'n!«, begehrte Freiherr sofort auf, erhob sich und trat aus der Bankreihe, um zu gehen.

»Sie bleiben hier!«, befahl Kolanski ihm und deutet auf den Platz in der Bank, wo er zuvor gesessen hatte.

»Ich …«

»Nein, verdammt noch mal!«, fluchte Kolanski, dem die Lippe ziemlich wehtat, was ihn nicht gerade nachsichtig stimmte.

Albert Freiherr setzte sich wieder hin und starrte nach vorne auf den Altar.

»Sie hat mit mir g'flirtet und mir eindeutige Signale g'schickt«, begann Kriecham zu berichten. »Dann wollt sie sich mit mir ein … wie hat sie es g'nannt … ein kuscheliges Plätzchen suchen, wo wir ung'stört wären. Sie hat mich g'fragt, wie ich heiße und es gleichzeitig net wiss'n woll'n. Sie hat g'sagt, dass sie einmal in ihrem Leben mit jemandem ficken will, dessen Namen sie net kennt.«

In der Bankreihe nebenan war ein lauter Seufzer zu hören, dabei wirkten Albert Freiherrs Gesichtszüge wie eine verhärmte Maske. Er starrte noch immer auf den Altar, als schicke er ein Stoßgebet zum Himmel, um dafür zu bitten, dass alles, was er eben gehört hatte, nicht wahr wäre.

»Und? Haben Sie es miteinander getrieben oder nicht?«, fragte Kolanski.

»Nein. Marion hat plötzlich net mehr woll'n, wahrscheinlich war sie zu betrunken, denn wer würde so ein Angebot schon ausschlagen?«, versuchte Felix Kriecham einen Scherz, und deutete an sich hinunter.

Niemand lachte.

»Wie ging es weiter?«

»*Er* hat mit ihr anschließend g'tanzt!« Kriecham deutete auf Freiherr.

Die Köpfe der Kriminalbeamten drehten sich neugierig in Richtung des Zubräutigams.

»Und das wollten Sie uns nicht erzählen?«, fragte Mirscher süffisant.

»Sie hab'n mich net g'fragt ...«

»Sie sind doch ein kluges Köpfchen und können sich sicher vorstellen, dass alles, was Marion betrifft, wichtig für uns ist.«

Albert Freiherr nickte.

»Also raus mit der Sprache, was ist dann passiert?«

»Wir hab'n zusammen g'tanzt«, erzählte Freiherr. »Marion wollte Fabian eifersüchtig mach'n, weil der wohl zu eng mit der Leona g'tanzt hat ...«

»Leona Sipacher?«, hakte Kolanski nach und fuhr sich über den Mund. Die aufgeplatzte Lippe erinnerte ihn daran, was vorgefallen war. Vor allem, was vor der Rauferei geschehen war.

»Ja, genau die«, bestätigte Freiherr. »Es ist kein Geheimnis, dass sie auf Fabian steht, nachdem sie sich von ihrem Mann hat scheid'n lass'n. Auch wenn sie ein paar Jahre älter ist als er. Ich glaub, die beiden hatten sogar mal was miteinander.«

»Leona Sipacher und Fabian Hallsteiner?« Kolanski wollte sich vergewissern, ob er Freiherr richtig verstanden hatte.

»Ja, das ist aber schon eine Weile her.«

»Und Marion? Hat sie davon gewusst?«

»Wir alle hab'n davon g'wusst. Es war Marion egal, schließlich hat sie Fabian net geliebt. Zumindest dachte ich das bis zu diesem Augenblick. Heute glaub ich, dass sie eifersüchtig g'wesen ist.«

»An was wollen Sie das bemerkt haben?«, hakte Kolanski nach.

»Sie hat mich geküsst. Vor all den Leuten. Und sie hat g'sagt, dass es ihre Abschiedsparty sei. Sie hat net gesagt, das ist meine Hochzeitsfeier oder so. Nein, sie hat g'sagt, es ist ihre Abschiedsparty. Das ist doch seltsam, oder?«

»Das ist es in der Tat«, bestätigte Mirscher.

»Wie ging es weiter?«, bohrte Kolanski nach.

»Dann ist dieser Typ von der Band aufg'taucht. Goliat heißt er, glaub ich. Sie hat plötzlich nur noch Augen für ihn g'habt, und es war, als hätt ich überhaupt net mehr existiert.« Damit war Albert Freiherrs Geschichte zu Ende. Traurig sah er in die Runde.

»Die beiden hab'n etwas zusammen g'trunken«, wusste

Felix Kriecham. »Und sich für später in der Hochburg für ein Stelldichein verabredet. Ich hab's gehört, ich bin an der Bar gleich neben ihnen g'standen.«

»Wir wissen bereits, dass die beiden Sex hatten«, sagte Kolanski und beobachtete die Männer. Während Felix Kriecham es gelassen nahm, verzerrte sich Albert Freiherrs Gesicht zu einer Grimasse. Er hatte Mühe, sich zusammenzureißen.

»Kann ich gehen?«, presste er hervor.

»Warum nimmt Sie das so mit?«, wollte Kolanski wissen.

»Weil dieser Goliat sie wahrscheinlich um'bracht hat«, schrie Freiherr, dass es in der Kapelle, die heute eine ungewöhnliche Beichte entgegennehmen musste, nachhallte.

»Haben Sie dafür Beweise?«

»Die brauch ich net, das ist offensichtlich …«

»Nichts ist offensichtlich! Solange wir keine Beweise haben, sind alle verdächtig, auch Sie«, machte Kolanski seinen Standpunkt klar und deutete auf Freiherr.

»Haben S' diesen Goliat schon befragt?«, wollte dieser wissen.

»Ja, haben wir.«

»Und?«

»Was und? Es handelt sich um laufende Ermittlungen, Details dürfen wir Ihnen nicht bekanntgeben.«

»Da ist noch was …«, druckste Felix Kriecham herum, da die Stimmung ohnehin bereits angeheizt war.

»Mein Gott, was denn noch?«, fuhr Freiherr ihn an.

»Äh … Marion hat auch … Wie soll ich es sagen …?«

»Spucken Sie es einfach aus!«, forderte Kolanski ihn auf.

»Sie hat ungewöhnlich eng mit ihrem Schwiegervater g'tanzt. Ich hab sie dabei beobachtet und würd meinen, dass er die Hände net dort g'habt hat, wo es sich für einen Schwiegervater gehört«, brachte Kriecham einen weiteren Verdächtigen ins Spiel.

»Das war keine Hochzeit, das war eine verdammte …«, entfuhr es Mirscher.

Doch Kolanski gebot seinem Kollegen Einhalt. »Wir sind in einem Gotteshaus, wenn auch in einem kleinen.«

»Ich denke, wir haben mehr Verdächtige, als uns lieb ist. Und ihr zwei steht ganz oben auf unserer Liste!«, sagte Mirscher und deutete auf die Männer.

»Scheiße!«, fluchte Freiherr.

»Ja, scheiße! Und wenn Sie nicht stillhalten, dann fängt die Scheiße so richtig zu dampfen an, ist das klar?«, sagte Kolanski mehr als eindringlich.

Beide nickten, bevor sie die Burgkapelle verließen. Doch nur einer von ihnen hatte die Worte von Kolanski wirklich richtig verstanden.

16. KAPITEL

Stern und Grünbrecht standen vor der Hallsteiner Villa in Gutau und beratschlagten, wie sie nach dem, was eben vorgefallen war und was sie in Erfahrung gebracht hatten, weiter vorgehen sollten.

»Dieser Fall geht einem wirklich unter die Haut«, meinte Grünbrecht. »Wir sollten in Betracht ziehen, dass Fabian durchdreht und auf seinen Vater schießt. Ist es dann klug, ihn hier zu lassen?«

»Wir können ihn nicht festnehmen, noch hat er nichts getan, außer auf ein Blatt Papier geschossen«, erwiderte Stern.

»Das symbolisch für seinen Vater steht. Ist schließlich sein Foto gewesen.«

»Trotzdem ist es nicht strafbar, auf Papier zu schießen.«

»Warum muss immer erst etwas passieren, bevor wir eingreifen können?«, sagte Grünbrecht resignierend.

»So sind die Gesetze nun mal. Ich habe sie nicht gemacht.«

»Wie geht's jetzt weiter?« Grünbrecht lehnte sich an den Wagen und genoss für einen Augenblick die Sonnenstrahlen, die ihr ins Gesicht fielen.

»Wir müssen in Erfahrung bringen, welches Verhältnis Viktor Hallsteiner zu seiner Kurzzeit-Schwiegertochter hatte, aber nicht von der Familie, wo jeder Freude daran hat, den anderen zu denunzieren. Ich will das von jemandem hören, der neutral zu ihm steht.«

»Leona Sipacher käme dafür infrage. Sie war mit Marion befreundet und hat einige Zeit mit ihr bei den Balduin Gewürzen gearbeitet«, schlug Grünbrecht vor.

»Aber genau deswegen scheidet sie aus. Balduin war ihr Chef und der macht jetzt mit Viktor Hallsteiner Geschäfte. Kann sein, dass sie das Ganze nicht so objektiv sieht. Eine andere Freundin von Marion vielleicht?«

»Dann müssen wir die Eltern fragen, mit wem sie noch befreundet war«, sagte Grünbrecht und suchte nach der Telefonnummer der Balduins. »Hoffentlich sind die schon vernehmungsfähig.«

»Lass mal! Wir fahren gleich hin. Bei der Gelegenheit können wir sie auch zur Hochzeit befragen. Kolanski und Mirscher konnten das gestern ja nicht wirklich tun. Inzwischen dürften sie den ersten Schock aber verarbeitet haben«, sagte Stern und zog seinen Autoschlüssel aus der Tasche.

»Gute Idee, Chef! Ich fahre!« Grünbrecht schnappte sich den Schlüssel aus seiner Hand, eilte auf die Fahrerseite und setzte sich in den Audi, so schnell konnte Stern gar nicht schauen.

»Ich will …«

»Oskar, es ist bald Mittag und du willst sicher rechtzeitig etwas essen. Wenn du hinterm Steuer bist …«

»Schon gut«, winkte Stern ab. Den langwierigen Erklärungsversuch konnte sich Grünbrecht sparen. Er wusste, dass sie ihn für einen Langsamfahrer hielt und der Strafzettel, den er mal wegen zu schnellen Fahrens bekommen hatte und der seither im Ablagefach der Mittelkonsole gut sichtbar platziert war, bei ihr keinerlei

Wirkung mehr zeigte. Für einen Moment hatte er sie damals jedoch beeindrucken können. Er hatte ihr nämlich mitgeteilt, dass er extra wegen ihr so schnell gefahren sei, weil er nicht gewollt habe, dass sie auf ihn warten müsse.

Grünbrecht startete den Motor und trat aufs Gaspedal.

»Wie geht es eigentlich deiner Katze?«, fragte Stern während der Fahrt. »Wie hast du sie noch mal genannt?«

»Romy. Der geht's prächtig! Ich hab zwar keinen einzigen guten Vorhang mehr, weil sie da ständig raufklettert, aber ich denke, sie hat sich mittlerweile gut eingelebt.« Grünbrecht lächelte bei dem Gedanken an ihr Haustier, das sie von Stern zum Geburtstag geschenkt bekommen hatte. Seither stellte die Jungkatze ihre Wohnung auf den Kopf und in Sterns war es wieder ruhig geworden. Drei von diesen schnurrenden Rabauken hatte er damals vermittelt und nur eine – die alte Streunerin – war bei ihm geblieben.

»Das ist gut«, brummte er.

»Was? Dass ich keine guten Vorhänge mehr habe?«, fragte Grünbrecht gespielt entrüstet.

»Nein, dass es Romy gut geht.«

»So tierlieb kenne ich dich gar nicht.«

»Du kennst vieles an mir nicht«, erwiderte Stern.

»Wenn du dich da mal nicht täuschst. Ich weiß zum Beispiel, dass du es besonders magst, wenn ich am Steuer sitze und uns sicher ans Ziel bringe.« Kaum ausgesprochen trat die Gruppeninspektorin das Gaspedal bis zum Anschlag durch, und der Audi schoss derart nach vorne, dass es Stern in den Sitz drückte.

Zehn Minuten später hielten sie mit quietschenden Reifen vor dem Stadthaus der Balduins in Pregarten. Stern löste seine verkrampften Hände vom Griff über der Tür und aus dem Stoff des Beifahrersitzes. Von der Raserei war ihm schlecht geworden und der Appetit auf das Mittagessen gründlich vergangen.

»Da sind wir«, sagte Grünbrecht hingegen bestens gelaunt.

»Und wir leben noch«, konnte Stern sich nicht verkneifen, anzumerken.

»Ach, das war doch halb so wild.« Grünbrecht stieg aus und ging auf das Stadthaus zu. Stern folgte ihr mit zittrigen Beinen.

»Was hältst du davon, mal ein Fahrtraining zu absolvieren?«, stocherte Grünbrecht weiter in Sterns Wunde.

»Ich?«, japste Stern.

»Genau du«, erwiderte Grünbrecht. »Dann wärst du auf einen Schlag gleich zwei Probleme los ...«

»Ich wusste gar nicht, dass ich Probleme habe«, konterte Stern. »Ich bin eigentlich ganz zufrieden, so wie es ist.«

»Na, wenn du meinst.« Grünbrecht zuckte mit den Schultern und drückte die Klingel neben der Tür.

»Ja?«, meldete sich eine Frauenstimme über die Sprechanlage.

»Wir sind von der Polizei und müssen Herrn und Frau Balduin sprechen«, sagte Stern.

»Die Stiege rauf und dann rechts.« Ein Knacken und Summen verriet, dass im Inneren des Hauses der Türöffner betätigt wurde.

Die Kriminalbeamten folgten der Anweisung und gingen hoch in den ersten Stock. Dort hielten sie sich rechts und betraten die Küche, wo zwei Frauen an einem Tisch saßen und miteinander redeten. Beide hatten rot geränderte Augen und in ihren Händen zerknüllte Taschentücher.

»Grüß Gott, ich bin die Schwester von Frau Balduin«, sagte eine der Frauen, die aufgestanden war, um den Beamten die Hand zu geben. »Elisa Meier.«

Stern erinnerte sich, den Namen auf der Gästeliste gelesen zu haben.

»Grüß Gott«, sagte auch Anna Balduin. Sie blieb sitzen und klammerte sich an der Kaffeetasse fest, als könnte diese ihr den nötigen Halt geben, den sie jetzt unbedingt brauchte.

»Chefinspektor Oskar Stern, das ist meine Kollegin Gruppeninspektorin Mara Grünbrecht. Wir sind vom Landeskriminalamt in Linz und hätten ein paar Fragen zur Hochzeit und zu Marion«, offenbarte Stern den Grund ihres Kommens.

Bei der Erwähnung von Marions Namen wurden Anna Balduins Augen sofort feucht. Sie schniefte leise und schnäuzte sich.

»Setzen Sie sich. Woll'n S' einen Kaffee?«, fragte Elisa Meier.

»Nein, danke«, lehnte Stern ab. »Wie geht es Ihnen, Frau Balduin?«, richtete er das Wort an die Mutter der Toten.

Die Frau schüttelte den Kopf, sagte aber nichts, da sie nach wie vor mit den Tränen kämpfte.

»Wie soll es ihr schon geh'n?«, fragte Elisa Meier. »Sie hat ihre Tochter verlor'n.« Die Frau fasste nach der Hand ihrer Schwester und drückte sie.

»Unser aufrichtiges Beileid.«

»Danke«, antwortete Elisa Meier anstatt Anna Balduin. »Was wollen S' wissen?« Sie betrachtete die Kriminalbeamten mit festem Blick, der Entschlossenheit ausdrückte, ihre Schwester so gut wie möglich zu schützen, notfalls sogar vor den Kriminalbeamten.

»Gibt es etwas, das Sie uns mitteilen können, was uns hilft, Marions Tod aufzuklären? Und zwar Sie beide?«, fragte Stern so einfühlsam wie möglich. Er wollte die Frauen nicht unnötig quälen, deshalb beabsichtigte er, die Befragung kurz zu halten.

Elisa Meier sah zu ihrer Schwester hinüber und zögerte mit einer Antwort.

»Egal, was es ist. Sie helfen uns mit jedem Hinweis, auch wenn er unbedeutend zu sein scheint.«

»Mein Mann ist schuld an ihrem Tod«, flüsterte Anna Balduin leise, dass die Kriminalbeamten sie kaum verstanden. »Hätte er sie net mit Fabian verheiratet, wär sie jetzt noch am Leben.« Ihre Lippen zitterten und Tränen benetzten ihre Wangen.

»Der ganze gestrige Tag war eine Farce«, übernahm Elisa Meier wieder das Reden. »Es war ein Schauspiel, ein Theater. Jeder von uns hat zu dem bösen Spiel eine gute Miene aufg'setzt, denn g'wusst haben wir alle, was Viktor Hallsteiner und mein Schwager ausg'heckt hab'n. Dass die Kinder eines Geschäftes wegen heiraten mussten.« Elisa Meiers Worte waren hart. Hart zu sich selber, weil sie mitgespielt und den Mund gehalten hatte. Aber vor allem hart zu ihrem Schwager, der seinem eigenen Fleisch und Blut das angetan hatte.

Anna Balduin weinte. Ihre Schwester nahm sie in den Arm, drückte sie an sich und wiegte sie, bis sie ruhiger wurde.

»Wo ist Ihr Schwager im Moment?«, fragte Stern, da er in dem Pregartner Stadthaus keine Geräusche aus anderen Zimmern vernahm. Daraus schloss er, dass der Hausherr nicht anwesend war.

»Er ist in die Firma g'fahren, ist das denn zu fassen?«, stieß Elisa Meier empört aus. »Während Anna leidet wie ein Hund, geht er arbeiten!«

»Vielleicht leidet er auch wie ein Hund und kann es nur net anders ausdrücken«, sagte Anna Balduin leise. Wahrscheinlich, um sich selbst zu trösten, oder um eine Illusion aufrechtzuerhalten, dachte Stern.

Ihre Schwester sah sie daraufhin mitleidig an. »Hör endlich auf, ihn andauernd zu verteidigen. Er sollte bei dir sein. Hier und jetzt! Und net seinen Geschäften nachgehen, die dieses Unglück erst heraufbeschworen hab'n.«

»Wo ist Ihr Sohn, Frau Balduin?«, wollte Grünbrecht wissen.

»David organisiert mit ein paar Freunden eine Mahnwache für Marion auf der Burg«, erzählte Elisa Meier. »Das ist die Art, mit der die jungen Menschen von heut' mit solchen Dingen umgeh'n.« Über das Gesicht der Frau huschte das erste Mal so etwas Ähnliches wie ein Lächeln, als sie daran dachte. Nur Anna Balduin weinte lautlos weiter.

»Wir werden Ihren Mann in der Firma aufsuchen«, sagte Stern und erhob sich. Er hatte zwar von den Frauen nicht viel erfahren, dennoch empfand er es als das Beste, nicht weiter nachzuhaken. Ebenso hatte er ihre ursprüngliche Frage, mit wem Marion eng befreundet war, nicht gestellt. Er wollte die beiden erst einmal in Ruhe lassen, damit ihre Wunden heilen konnten.

Die Kriminalbeamten verabschiedeten sich und stiegen die Treppe hinab ins Erdgeschoss. Als die Haustür hinter ihnen ins Schloss fiel, löste sich auch das beklemmende

Gefühl auf, das in dem Stadthaus allmählich Besitz von ihnen ergriffen hatte. Eine Aussichtslosigkeit, dass sich das Leben auf einen Schlag in eine Richtung entwickelte, die man nicht wollte. Die man nicht hatte kommen sehen. Vor der man sich fürchtete.

»Ich kann mir nicht vorstellen, was die Frau gerade durchmacht«, fasste Grünbrecht dieses Gefühl in Worte und setzte sich ungefragt hinters Steuer.

»Wer kann es dem Vater verdenken, wenn er sich ablenken will und zur Arbeit geht?«, meinte hingegen Stern und ließ sich neben seine Kollegin auf dem Beifahrersitz nieder.

»Er sollte jetzt trotzdem bei seiner Familie sein.«

»Hast auch wieder recht. Los, fahren wir!«

Grünbrecht tippte in das Navigationsgerät die Adresse der Balduin Gewürze ein, deren Firmensitz etwas außerhalb von Pregarten lag, und fuhr los. Nach wenigen Minuten Fahrzeit hielten sie auf dem Fabriksgelände. Auf dem Gebäude war in großen Lettern der Firmenname in die Fassade eingearbeitet, der für Regionalität bei den Produkten und für eine heimische Produktion stand. Zumindest versprach das die Werbung, die regelmäßig im Fernsehen ausgestrahlt wurde. Über die drohende Firmenpleite hatte jedoch ebenso schon mancher Artikel in den Zeitungen gestanden.

Die Kriminalbeamten betraten das Bürogebäude und ließen sich von der Empfangsdame beim Firmeninhaber anmelden. Minuten später saßen sie Gustav Balduin in dessen Büro gegenüber, Stern vor sich eine Tasse Biokaffee und Grünbrecht Tee aus Mühlviertler Kräutern. Gustav Balduin wirkte in dem ledernen Drehstuhl dynamisch, obwohl er eben seine Tochter verloren hatte. Es war unschwer zu erkennen, dass er sich in dieser Umgebung wohlfühlte.

»Herr Balduin, wir möchten Ihnen unser aufrichtiges Beileid aussprechen«, sagte Stern zu Beginn des Gespräches.

»Danke.« Der Firmenchef lehnte sich nach vorne. »Sie frag'n sich vielleicht, warum ich heute bei der Arbeit bin?« Er sah die Inspektoren mit traurigen grauen Augen an.

Stern nickte.

»Ich halt's zu Hause einfach net aus.«

»Ihre Frau braucht Sie jetzt«, sagte Grünbrecht eindringlich, obgleich sie das nichts anging.

»Sie braucht mich schon lange net mehr«, erwiderte Balduin. »Sie führt ihr Leben und ich meines. Und meines ist hier.« Er breitete die Arme aus und deutete um sich.

»Wir haben gehört, dass Sie Ihre Tochter mit dem Sohn von Viktor Hallsteiner verheiratet haben und von ihm dafür Geld bekommen sollten, ist das richtig?«, fragte Stern.

Gustav Balduin stand auf und ging zu einem großen Fenster, das einen Blick über den Firmenkomplex bot. Er steckte die Hände in die Hosentaschen und sagte: »Ja, das stimmt. Und ich weiß, es hört sich furchtbar an. Ist es auf gewisse Weise auch. Aber Marion hat es verstanden.« Er drehte sich wieder zu den Inspektoren um und schien in ihren Gesichtern nach einer Reaktion zu suchen.

»Was heißt, sie hat es verstanden? Sie war doch unglücklich mit der Heirat.« Grünbrecht war nicht klar, was der Firmenchef damit ausdrücken wollte.

»Sie hat sich damit einverstanden erklärt, Fabian zu heiraten, und ich hab sie dafür als meine Nachfolgerin bestimmt. Marion, meine Tochter, und nicht meinen

Sohn David, der eigentlich dafür vorg'sehen g'wesen wär. Marion wär nach mir an die Spitze des Unternehmens getreten, und David wär bloß ein Angestellter g'blieben, wenn auch ein leitender. Das war der Deal, den ich mit meiner Tochter g'habt hab. Deshalb hat sie bei der Hochzeit ihren Familiennamen behalten. Marion Balduin macht sich einfach besser als Firmenchefin der Balduin Gewürze als Marion Hallsteiner. Das hat dem alten Hallsteiner zwar net g'fallen, trotzdem hat Marion darauf bestanden«, erzählte Gustav Balduin und setzte sich wieder den Kriminalbeamten gegenüber.

»Wie hat Ihr Sohn darauf reagiert?«, hakte Stern nach.

»Er war net erfreut, wie Sie sich vorstellen können. Aber es hätt schlimmer sein können. Er ist mit dem Wissen aufg'wachsen, dass er einmal der Chef der Balduin Gewürze sein würd und net seine Schwester. Hätt es eine aussichtsreiche Kandidatin für ihn g'geben, die er hätt heiraten können und die genügend Geld mit'bracht hätt, um das Unternehmen zu retten, hätt er das Rennen g'macht. Schlussendlich, so denke ich, hat er auch verstanden, warum ich so handeln hab müssen und Marion den Vorzug g'geben hab«, erklärte Gustav Balduin.

Stern und Grünbrecht hingegen waren sich da nicht so sicher. Für sie hatte David Balduin damit ein erstklassiges Motiv, seine Schwester aus dem Weg zu räumen.

»Können Sie mit den fünf Millionen Euro, die Sie von Viktor Hallsteiner erhalten werden oder schon bekommen haben, Ihr Unternehmen gänzlich sanieren?«, fragte Stern.

»Ja. Damit sind wir all unsere Sorgen los. Wir sind dann wieder zahlungsfähig und investieren einen Teil des Geldes in eine neue Fertigungsanlage samt Gewürzmühle.

Folgen S' mir, ich zeig Ihnen die Produktionsstätte, wo unser berühmtes Lavendelsalz hergestellt wird, das wir in die ganze Welt exportieren.« Gustav Balduin stand auf und griff nach seinem Jackett. Die Kriminalbeamten erhoben sich ebenfalls und gingen mit Balduin in die Produktionshalle. Dort angekommen, flutete eine Vielzahl von Düften ihre Nasen. Ihr Geruchssinn war zu Beginn überfordert mit der Geruchsexplosion, die in der Luft stattfand. Es roch nach Zimt und Nelken, nach Lavendel und Curry, nach Thymian und Anis, nach Zitronenverbene und Minze.

»Hier lagern, rösten, mahlen und mischen wir unsere Gewürze und kreieren daraus sinnliche oder inspirierende Duftpakete für die unterschiedlichsten Anlässe«, erzählte Gustav Balduin. Die Begeisterung über seine Produkte war ihm deutlich anzusehen. Er öffnete eine der Metalldosen. Als er den Deckel abschraubte, entwich dem Gefäß eine Duftwelle, die an Intensität nicht zu überbieten war.

»Lavendel«, sagte Grünbrecht.

»Dieser Lavendel wird in vielen Mühlviertler Gärten an'baut und geerntet und dann zu uns g'bracht. Wir waschen und mahlen ihn und verarbeiten ihn zusammen mit dem Salz aus den Bergwerken in Bad Ischl, Hallstadt oder Altaussee zu unserem Mühlviertler Lavendelsalz.« Balduin schraubte die Dose wieder zu und ging zu einem Regal, in dem mehrere Schachteln mit Säckchen des kostbaren Salzes fertig für den Verkauf standen. »Noch ist alles Handarbeit, doch mit dem Geld von Viktor Hallsteiner können wir die Produktion modernisieren und automatisieren.« Er nahm zwei der Salzsäckchen heraus und überreichte sie den Beamten. »Bitte! Für Sie als Kostprobe.«

»Wir dürfen das nicht annehmen«, lehnte Stern ab.

»Ach was! Das ist kein Bestechungsversuch«, erwiderte Gustav Balduin lachend.

»Es könnte aber so ausgelegt werden«, blieb der Chefinspektor hart.

Balduin legte die zwei Säckchen etwas enttäuscht zurück in die Schachtel. »Wie S' meinen.«

»Was war eigentlich Marions Aufgabe im Unternehmen, bevor Sie gemeinsam mit ihr festgelegt haben, dass sie Ihre Nachfolgerin werden soll.«

»Marion ist … sie war für die Entwicklung neuer Kreationen verantwortlich. Gewürzmischungen für die Großküche, für asiatische Restaurants, für den Heimgebrauch. Das war ihre Leidenschaft, und darin war sie wirklich gut. Die Idee für das Mühlviertler Lavendelsalz stammt übrigens von ihr, da ist sie gerade mal zwölf Jahre alt g'wesen.« Gustav Balduin lächelte bei dem Gedanken an längst vergangene Zeiten. »Sie hat im Garten g'spielt und auf ihr Butterbrot Salz und Lavendelblüten g'streut«, erzählte er. »Einfach so! Bald hab'n alle nur noch ihr Brot mit Butter, Salz und Lavendelblüten essen woll'n. Sogar ihre Mitschüler hab'n sie gedrängt, dass sie ihnen von dem Salz mit in die Schule bringen soll. Sie hat es im Blut g'habt, welche Gewürze zusammenpassen und welche net. Was harmoniert und was sich abstößt.« Balduins Augen glänzten vor Stolz auf seine Tochter.

»Und Ihr Sohn? Was macht er im Unternehmen?«

»David ist meine rechte Hand. Er begleitet mich zu Terminen und Verhandlungen mit Geschäftspartnern. Das ist sein Ding, darin liegt seine Stärke. Er ist ein Fuchs und presst das Letzte aus unseren Lieferanten heraus. Bei den Kunden verhält es sich genau andersrum. Er ködert sie und legt ihnen Sachen in den Mund, von denen sie nachher behaupten, es wär ihre Idee g'wesen. Marion hingegen mochte solche Dinge überhaupt net. Sie verkroch sich lieber in der Produktionshalle und experimentierte mit den Gewürzen herum, bis etwas Neues entstand. Die beiden wär'n ein gutes Team g'wesen.«

»Wann haben Sie Marion bei der Hochzeit das letzte Mal gesehen?«, wechselte Stern das Thema.

»Ich glaub, diese Frage hab ich Ihren Kollegen gestern schon beantwortet. Es war, als Anna und ich nach Hause g'fahren sind, das muss so um 1 Uhr g'wesen sein«, erwiderte Balduin, ohne zu zögern.

»Ich mache mir gerne selber ein Bild«, erklärte Stern. »Deshalb muss ich Sie bitten, uns manche Frage noch einmal zu beantworten.«

»Kein Problem.« Balduin steckte die Hände in die Hosentaschen und schlenderte voran durch die Produktionshalle.

»Was hat Marion gemacht, als Sie nach Hause gefahren sind?«, machte Stern mit der Befragung weiter und folgte dem Hausherrn.

»Sie hat mich ang'schrien, weil ich sie mit dem jungen Hallsteiner verheiratet hab und sie das plötzlich für keine so gute Idee mehr g'halten hat, Gott allein weiß, weshalb!« Balduin blieb stehen und schien über den Grund, warum Marion ihre Meinung geändert hatte, nachzudenken.

»Das heißt, sie hatte es sich anders überlegt?«, hakte Grünbrecht nach, die sich gut vorstellen konnte, dass Marion zu Sinnen gekommen war. Sie war der Meinung, dass keine berufliche Position es wert war, jemanden zu heiraten, den man nicht liebte.

»Es heißt, dass sie mit der Hochzeit überfordert g'wesen ist, so würd ich das auslegen. Wenn die Hochzeit erst mal vorbei g'wesen wär, hätt sie sich schon wieder beruhigt, da bin ich mir sicher. Dazu ist es aber leider net g'kommen.«

»War irgendetwas seltsam an Marion an diesem Abend?«, fragte Grünbrecht.

»Sie meinen, außer dass sie mich ang'schrien hat?« Balduin machte eine Pause und seufzte. Er schien sich seine nächsten Worte gut zu überlegen. »Sie hat Fabian ja net aus Liebe g'heiratet, trotzdem ist sie damit einverstanden g'wesen. Die beiden hätt'n sich sicher irgendwann arrangiert, vielleicht eine offene Ehe g'führt. Auch Ehen, die aus Liebe g'schlossen werden, halten net ewig. Meine Frau und ich sind das beste Beispiel dafür.« Balduin ging wieder ein Stück weiter. Es war ihm anzusehen, dass die Ereignisse schwer auf ihm lasteten, und Stern konnte ihm, was die Ehe anbelangte, nur beipflichten. Er selbst hatte seine Franziska einst aus Liebe geheiratet und dennoch hatten sie sich scheiden lassen. »Wenn das alles vorüber ist, ziehe ich von zu Hause aus«, offenbarte Balduin den Kriminalbeamten. »Das hätt ich längst tun soll'n.«

»Weiß das Ihre Frau bereits?«, hakte Stern nach, der sich gut daran erinnerte, wie es sich angefühlt hatte, als Franziska ihm mitgeteilt hatte, dass sie ihn für einen anderen verlassen wollte.

»Nein. Ich sag es ihr erst, nachdem wir Marion begraben hab'n. Alles andere wäre grausam.«

Da hatte der Mann wohl recht.

»Eine Frage hab ich noch: Können Sie uns Namen von Freunden von Marion nennen, mit denen sie vielleicht darüber geredet hat, wie es ihr mit der Verehelichung wirklich gegangen ist? Man erzählt ja nicht alles den Eltern«, sagte Stern und verschwieg dabei, dass ihn eigentlich das Verhältnis zwischen Viktor Hallsteiner und Marion interessierte.

»Das mag schon sein, aber ich nehme an, Sie werden nichts anderes erfahren, als ich Ihnen erzählt habe.«

»Darauf lassen wir es ankommen.«

Gustav Balduin überlegte und sagte: »Leona war Marions beste Freundin. Ich würde mir ihr sprechen.«

»Leona Sipacher? Sonst niemand?«

»Leider kenne ich die Namen von Marions anderen Freunden nicht. Nur den von Leona, sie hat einmal bei uns gearbeitet.«

»Danke, dass Sie sich Zeit für uns genommen haben.«

Die Führung durch die Produktionsstätte war vorüber, ebenso die Befragung. Gustav Balduin begleitete die Kriminalbeamten noch nach draußen. Dort verabschiedeten sie sich voneinander.

»Und? Was hältst du von ihm?«, fragte Grünbrecht ihren Chef.

»Ich halte den Vater für unschuldig, aber Marions Bruder, dieser David, hat eindeutig ein Motiv«, antwortete Stern.

»Das sehe ich genauso. Zeit seines Lebens wurde er als Gewürzkönig gehandelt, und plötzlich soll es eine Gewürzkönigin geben? Das ist ganz klar ein Motiv«, schloss sich Grünbrecht Sterns Meinung an.

»Ich würde sagen, wir reden mit ihm.«

»Und ich würde sagen, wir essen zuvor etwas«, schlug Grünbrecht vor.

»Kannst du etwa Gedanken lesen? Ich hab nämlich mächtigen Kohldampf«, erwiderte Stern.

»Das trifft sich gut. Kolanski und Mirscher sind eben auf der Burg Reichenstein mit den Vernehmungen fertig geworden«, las die Gruppeninspektorin in einer WhatsApp-Nachricht ihres Verlobten. »Wir könnten uns in einem netten Gasthaus in der Gegend treffen und gemeinsam essen. Dabei tauschen wir die Ergebnisse der Befragungen aus.« Grünbrecht tippte schon eine Antwort in ihr Handy, ohne auf Sterns Reaktion zu warten.

»Das ist die beste Idee des heutigen Tages«, erwiderte er. »Ich weiß ja, warum du meine rechte Hand bist. Du liest mir jeden Wunsch von den Augen ab, noch bevor ich ihn selber kenne.« Stern lächelte seine Kollegin an.

»Danke, Chef, das ist zu viel der Anerkennung. Ich hab deinen Magen bis hierher knurren hören«, erwiderte Grünbrecht. Dennoch freute sie sich über das unerwartete Lob. »Mir ist, als wir bei der Burgruine Reichenstein gewesen sind, gleich gegenüber der Burg ein Gasthaus aufgefallen. Das hat auf mich sehr einladend gewirkt. Warte, ich googele es mal.«

Während Grünbrecht das Internet bemühte, setzte sich Stern hinters Steuer und schaltete das Radio ein. Es liefen gerade Nachrichten, in denen über den schrecklichen Mordfall auf der Burg Reichenstein berichtet wurde. Gleichzeitig wurde die Bevölkerung aufgefordert, sachdienliche Hinweise, die zur Aufklärung der Tat beitragen könnten, an jede Polizeidienststelle zu richten. In diesem Fall standen die Chancen gut, dass jemand eine Beobachtung gemacht haben könnte, dachte Stern. Immerhin waren unzählige Gäste auf der Hochzeitsfeier gewesen.

»Ich hab's gefunden! Hier: Gasthaus zur Hoftaverne. Das sieht doch wirklich nett aus.« Grünbrecht hielt Stern ihr Handy hin, damit er einen Blick auf das Foto der Gaststätte werfen konnte. Mit dem Finger tippte sie auf das Display und öffnete die Speisekarte. Sterns beginnende Altersweitsichtigkeit vereitelte jedoch jegliche Bemühungen, auf dem winzigen Display etwas Annehmbares zu erkennen. »Es gibt einen Schweinsbraten mit Semmelknödel und warmem Krautsalat«, redete Grünbrecht weiter.

Diese Information genügte Stern. »Gib die Daten von dieser Hoftaverne Mirscher und Kolanski durch, die sollen ebenfalls dorthin kommen«, sagte er und startete den Motor, ohne dass Grünbrecht Protest dagegen erhob, dass er hinterm Steuer saß. Wenn Stern Hunger hatte, ging niemand das Risiko ein, seinen Unmut auf sich zu ziehen.

*

Eine Viertelstunde später saßen die Inspektoren versammelt in der gemütlichen Gaststube des Gasthauses zur Hoftaverne. Stern bestellte den saftigen Schweinsbraten, den es nirgendwo besser gab als im Mühlviertel, Kolanski und Mirscher je ein Italienisches Cordon Bleu vom Schwein und Grünbrecht, wie nicht anders von Stern erwartet, einen bunten Salatteller mit gebratenen Hendlstreifen.

»Ihr werdet es nicht glauben, was wir erlebt haben«, begann Mirscher seine und Kolanskis Geschichte zu erzählen. Er hatte Freude daran, wichtige Informationen möglichst theatralisch zu präsentieren.

»Wenn ich mir Hermanns Lippe ansehen, vermute ich mal, dass das so einiges sein dürfte«, erwiderte Stern. »Habt ihr euch geprügelt?«

»Beinahe«, machte es Mirscher weiter spannend.

»Spuck es schon aus, Edwin«, sagte Stern genervt. Er konnte es nicht ausstehen, wenn Mirscher den Erzählhöhepunkt hinauszögern wollte.

Der Kollege ließ sich durch Sterns harsche Aufforderung tatsächlich zum schnelleren Reden bewegen und setzte seinen Chef und Grünbrecht über die Vorkommnisse bei der Mahnwache in Kenntnis. Er endete bei der Prügelei zwischen Albert Freiherr und Felix Kriecham und deutete auf Kolanskis desolate Lippe, weil jener dazwischengegangen war.

»Wow! Du bist ja ein richtiger Draufgänger«, sagte Grünbrecht an Kolanski gerichtet.

»Und? Habt ihr die beiden daraufhin vernommen?«, wollte Stern wissen.

»Ja, haben wir. Beide könnten Marion ermordet haben, behaupten jedoch, dass sie es nicht gewesen sind. Und wir können Ihnen nichts nachweisen«, ergänzte Kolanski Mirschers Darstellung der Geschehnisse.

»Ich habe Fotos von den Leuten gemacht, die bei der Mahnwache gewesen sind. Für alle Fälle, ihr wisst schon«, sagte Mirscher und lehnte sich zurück, da ihnen das Essen serviert wurde.

Natürlich wussten die anderen Inspektoren, was er meinte. Aber sie warteten, bis die Kellnerin wieder außer Hörweite war.

»Weil der Täter genießen will, was er angerichtet hat, und weil er wissen will, wie weit wir mit den Ermittlungen sind und was sich sonst noch abspielt«, brachte es Grünbrecht auf den Punkt. Mirscher schickte daraufhin einen angedeuteten Kuss in ihre Richtung.

Stern lief beim Anblick des Schweinsbratens das Wasser im Mund zusammen. Das Gericht war dekorativ in

Szene gesetzt und brachte seine Magensäfte in Wallung. Er konnte es kaum erwarten, mit dem Essen loszulegen.

»Und? Was war bei euch?«, bremste Mirschers Frage Sterns Drang, in das saftige Fleisch zu schneiden.

»Wir waren bei den Hallsteiners und haben einen lautstarken Ehekrach miterlebt«, übernahm Grünbrecht das Erzählen. Sie spießte dabei eine Tomate auf ihre Gabel und fuchtelte damit herum, was die Brisanz ihrer Geschichte unterstrich. Solange sie redete, konnte Stern genüsslich sein Mahl beginnen, also sagte er nichts. »Frau Hallsteiner hat daraufhin ihre Koffer gepackt und ist mit dem Porsche abgehauen.« Grünbrecht lachte und steckte die Tomate endlich in den Mund. Stern hatte schon Angst gehabt, sie könnte sich bei dem Gefuchtel von der Gabel lösen und wie ein Geschoss durch die Gaststube fliegen.

»Das ist auch nicht von schlechten Eltern«, gab Mirscher zu.

»Das ist noch nicht alles«, erzählte Grünbrecht lachend weiter. »Denn anschließend haben wir Fabian Hallsteiner dabei erwischt, wie er mit einer Pistole auf ein Foto von seinem Vater gefeuert hat.« Grünbrecht blickte in die Runde, sichtlich erfreut darüber, dass der Ehekrach der Hallsteiners nicht das einzige »Highlight« ihrer Befragung war.

»Echt jetzt?«, hakte Kolanski ungläubig nach. Dabei vergaß er beinahe, das Stück Cordon-Bleu zu kauen, das er gerade im Mund hatte.

»Echt«, sagte Stern endlich auch einmal etwas. Danach aß er sofort weiter.

»Gut, ihr habt gewonnen«, gab Mirscher nur ungern zu, das war ihm deutlich anzusehen. Es kam Stern sogar vor, als wäre seine gute Laune von vorhin ein wenig gedämpft, da er große Bissen auf seine Gabel spießte und nichts mehr sagte. Grünbrecht hingegen strahlte, als ginge hinter ihrem Rücken die Sonne auf.

»Das ist kein Wettkampf«, warf Stern deshalb ein, damit sich die Kollegen wieder auf das Wesentliche konzentrierten, und zwar auf die Aufklärung des Mordfalls.

Grünbrecht redete sachlich weiter, wenn auch bestens gelaunt: »Wir haben ihm die Waffe natürlich abgenommen, damit kein Unglück geschieht.«

»Natürlich habt ihr das«, erwiderte Mirscher, als wäre nichts gewesen. Der Wettkampf um das aufregendste Erlebnis war hiermit beendet. Alles Weitere würden sich die beiden hoffentlich zu Hause ausmachen. »Wir haben Marions Handy nirgendwo gefunden, weder bei ihren Eltern noch auf der Burg. Der Täter muss es mitgenommen haben.«

»Wir können uns die Telefonnummer von den Eltern geben lassen und dann von ihrem Mobilfunkbetreiber die Daten anfordern, damit wir wissen, mit wem sie zuletzt Kontakt hatte. Vielleicht ist einer davon der Mörder? Schließlich hat sie sich für halb 3 Uhr morgens mit ihm verabredet – wenn man den Erzählungen der anderen glauben darf«, sagte Grünbrecht.

»Gute Idee, mach das«, erwiderte Stern schmatzend. »Und fragt die Mutter nach dem Namen einer Freundin von Marion, die uns vielleicht sagen kann, wie das Verhältnis vom alten Hallsteiner zu seiner Schwiegertochter war. Der Vater war uns leider keine große Hilfe. Und irgendjemandem wird sich Marion ja wohl anvertraut haben.«

»Und wir haben noch einen weiteren Verdächtigen: David Balduin, Marions Bruder. Er sollte ursprünglich die Geschäfte des Vaters übernehmen, sozusagen in seine Fußstapfen treten. Aber durch die drohende Insolvenz und den Deal mit Viktor Hallsteiner rückte Marion an seine Stelle. Sie hat mit ihrem Vater ausgehandelt, dass sie Fabian nur dann heiratet, wenn sie die neue Chefin der Balduin Gewürze wird«, ließ Grünbrecht zwischen einer Tomate und einem Salatblatt verlauten.

»Das ist in der Tat ein starkes Motiv«, sagte Mirscher anerkennend in Grünbrechts Richtung, als wäre es ihr alleiniger Verdienst, dass diese Tatsache ans Licht gekommen war. Als Stern schon einwerfen wollte, dass er ebenso dabei gewesen sei, läutete sein Handy. Er war erst zur Hälfte mit dem Schweinsbraten fertig, deshalb beschwor diese Unterbrechung seinen Unmut herauf. Er wischte sich die Finger in der Serviette ab und holte sein Smartphone aus der Tasche. Der Name »Dominik Weber« leuchtete auf dem Display. Wenn der Gerichtsmediziner anrief, musste er rangehen.

»Grüß dich, Weber. Hast du etwas Neues für uns?« Mit einer Hand hielt er sich das Handy ans Ohr und mit der anderen spießte er ein Stück Semmelknödel auf die Gabel, tunkte es in den Bratensaft und steckte es in den Mund.

»Ein paar Ergebnisse vom Labor sind eingetroffen«, verkündete Weber. »Zwar noch nicht alle, aber ich hab denen ein wenig Dampf unterm Hintern gemacht, dass sie schneller machen sollen. Sind schließlich nicht am Amt.«

Stern sah sich in der Gaststube um. Da andere Gäste anwesend waren, die ebenfalls ihren Hunger stillten, konnte er Weber nicht auf Lautsprecher schalten. Die ganze Gaststube würde sonst mithören.

»Schieß los!«, forderte er den Gerichtsmediziner auf.

»Das Blut, das wir in der Hochburg auf den Mauerresten gefunden haben, stimmt mit der Probe, die wir vom Freistädter Krankenhaus erhalten haben, zumindest in der Blutgruppe überein. Die DNA-Analyse dauert noch, da der Test viel komplizierter ist, doch es ist sehr wahrscheinlich, dass die Proben ident sind. Die Kollegen haben in jener vom Krankenhaus nämlich feine Erd- und Gesteinsrückstände gefunden. Der Analyse nach handelt es sich um ähnliche Erdzusammensetzungen, wie sie auf der Burg Reichenstein vorkommen«, erzählte Weber.

»Das heißt, dass sich Viktor Hallsteiner seine Kopfwunde auf der Burg zugezogen hat und er nicht, wie von ihm behauptet, zu Hause die Treppe hinuntergestürzt ist, als er von Marions Tod erfahren hat«, schlussfolgerte Stern.

Die Kollegen spitzten die Ohren und verfolgten aufmerksam das Telefonat.

»Ich wusste es doch!«, sagte Grünbrecht euphorisch. Schließlich war sie es gewesen, die diese These aufgestellt hatte.

»Und da ist noch etwas«, redete Weber weiter. »Auf der Dankeskarte, die Kolanski ins Labor geschickt hat, sind Viktor Hallsteiners Fingerabdrücke drauf, genau wie außen auf der Schmuckschachtel.«

»Dann ist er ebenso der heimliche Liebhaber von Marion Balduin gewesen«, sagte Stern mit gedämpfter Stimme, was ihn ziemliche Mühe kostete und in der Runde von Kriminalbeamten verschiedenste Gesichtsausdrücke hinterließ. Während Grünbrecht angewidert dreinschaute, staunten Mirscher und Kolanski über diese Offenbarung.

»Wahrscheinlich hat er das Foto von Marion am Strand gemacht. Vielleicht haben die beiden irgendwo im Süden gemeinsam einen Liebesurlaub verbracht«, reimte sich Kolanski zusammen, wofür es jedoch keine Beweise gab. Aber es war naheliegend.

»War es das?«, hakte Stern ungeduldig bei Weber nach, da er unbedingt sein Mahl beenden wollte, bevor es endgültig erkaltete, auch wenn die Informationen des Gerichtsmediziners äußerst aufschlussreich waren.

»Eine Sache noch«, setzte der Gerichtsmediziner Sterns Hoffnungen ein Ende. »Das Sperma, das wir in Marions Vagina und auf dem Kleid gefunden haben, stammt nicht von ein und derselben Person.«

»Und von wem ist es?«, fragte Stern. Langsam verging ihm der Appetit auf das Essen.

»Unser Opfer hatte Geschlechtsverkehr mit einem gewissen Oliver Stantner. Das Labor hat die DNA-Analysen von den Spermien als Erstes gemacht, da es naheliegend ist, dass einer der Männer der Täter sein könnte. Stantners DNA haben wir in unserer Datenbank, weil er schon mal wegen schwerer Körperverletzung vor Gericht stand. Man hat ihm zwar nichts nachweisen können, weil es keine Augenzeugen gab, aber das Opfer schwört bis heute, dass Stantner der Täter ist.«

»Diesen Oliver Stantner kennen wir bereits. Er ist der Sänger der Band, die auf der Hochzeit gespielt hat«, sagte Stern. »Wer ist der andere?«

»Da gibt es leider keinen Treffer in unseren Datenbanken.«

»Danke, Weber«, sagte Stern abschließend und verabschiedete sich.

»Ah ... Stern!«, rief Weber rasch in sein Handy, bevor der Chefinspektor das Gespräch beenden konnte.

»Ja?«

»Wegen unserem Wandern, du weißt schon, ich will da nämlich nur kurz …«

»Ach geh, Weber! Muss das sein? Ich hab dafür jetzt echt keinen Kopf«, würgte Stern den Gerichtsmediziner ab. Schließlich war er heilfroh, der Schinderei auf dem Johannesweg entgangen zu sein, auch wenn der Grund dafür ein Todesfall war. Aber das war reiner Zufall. Deshalb hatte er kein schlechtes Gewissen.

»Dann reden wir halt ein anderes Mal darüber«, erwiderte Weber enttäuscht.

»Okay«, brummte Stern und legte auf. Der Appetit war ihm gründlich vergangen, einerseits aufgrund der Analyse der Spermaspuren, andererseits wegen der Erwähnung des Johannesweges und der damit verbundenen körperlichen Anstrengung, zu der er keinerlei Lust verspürte. Wenn er nur daran dachte, schmerzten schon seine Beine. Deshalb schob er seinen halbvollen Teller ein Stück von sich weg.

»Was? Magst du das nicht mehr?«, fragte Mirscher ungläubig. Solange er sich erinnern konnte, hatte Stern noch nie etwas übrig gelassen.

»Nein, kannst du haben.« Stern wischte sich den Mund mit der Serviette ab.

»Danke!« Hellauf begeistert zog Mirscher den Teller zu sich heran und aß unter dem tadelnden Blick von Grünbrecht das restliche Fleisch, das Kraut und die Knödel. Anscheinend hatte sie Angst, dass seine Figur unter der übermäßigen Kost leiden und er als Folge nicht in den Hochzeitsanzug passen könnte.

Stern unterrichtete indessen die Kollegen von dem Gespräch mit Weber.

»Verstehe ich das richtig?«, versuchte Grünbrecht, das Gehörte in einen möglichen Zusammenhang zu bringen.

»Viktor Hallsteiner hatte nicht nur mit Marion lange vor der Hochzeit eine Affäre und ist mit ihr in den Urlaub gefahren …«

»Das ist noch nicht bestätigt«, unterbrach Stern sie.

»… er hat ihr außerdem ein kostbares Collier als Abschiedsgeschenk überreicht und sie dann seinem Sohn übergeben?« Unglaube schwang in ihrer Stimme mit.

»So in etwa könnte es gewesen sein«, bestätigte Stern, der zu demselben Schluss gekommen war.

»Wie krank ist das denn?« Grünbrecht war sichtlich angewidert.

»Glaubt ihr, dass jemand aus den Familien der beiden von dem Verhältnis zwischen Marion und Viktor Hallsteiner gewusst hat?«, fragte Kolanski. Sollte die Antwort positiv ausfallen, wäre das ein ziemlich gutes Mordmotiv.

»Ich schlage vor, wir finden es heraus.«

17. KAPITEL

Erneut standen die Kriminalbeamten vor der Hallsteiner Villa – dieses Mal allerdings zu viert –, und abermals ertönte die klassische Melodie von Beethoven, als Stern die Klingel betätigte. Die Tür blieb jedoch verschlossen. Der Chefinspektor ließ ein zweites Mal den Finger auf die Glocke niedersinken, aber auch die Wiederholung des Musikstückes blieb im Inneren des Gebäudes ungehört.

»Die werden doch nicht alle ausgeflogen sein, nachdem wir weg sind. Da stimmt etwas nicht«, befürchtete Stern.

»Ich seh mal auf der Rückseite nach, ob wir da wo reinkommen«, erwiderte Kolanski, der Sterns Befürchtung teilte.

»Ich begleite dich!«, schloss sich Mirscher ihm an.

Stern und Grünbrecht blieben vor der Haustür zurück und warteten auf ein Zeichen der Kollegen – oder dass sich sonst etwas tat. Es konnte ja durchaus sein, dass jemand durch die Vordertür fliehen wollte, wenn er bemerkte, dass sie die Villa nach weiteren Eingängen absuchten. Also blieben sie in Position.

»Da drinnen liegt jemand auf dem Boden!«, rief Mirscher von irgendwo hinter dem Gebäude.

»Scheiße!«, fluchte Stern. Das war der Albtraum eines jeden Kriminalbeamten: Dass einem Zeugen oder Verdächtigen etwas geschah, nachdem man ihn befragt hatte.

Weil man vielleicht ein Detail übersehen oder die Lage falsch eingeschätzt hatte.

Grünbrecht und er eilten zu den Kollegen, die auf der Rückseite der Villa vor einem bodentiefen Fenster standen und durch die Scheibe in den dahinterliegenden Raum starrten. Dort lag jemand auf dem Boden, wie Mirscher gerufen hatte. Als Stern sich näherte, sah er jedoch nur die Füße einer Person und wusste deshalb nicht, wer da niedergestreckt lag.

War es Viktor Hallsteiner?

Oder sein Sohn?

Oder jemand völlig anderes?

Und wo zum Henker war die Haushälterin, die ihnen doch eigentlich die Tür hätte aufmachen sollen?

»Wir schlagen das Fenster ein, sonst kommen wir da nicht rein«, entschied er. »Vielleicht können wir noch helfen.« Obwohl er Zweifel hegte. Denn neben dem Körper hatte sich eine große Blutlache ausgebreitet.

Die Kriminalbeamten zogen ihre Waffen. Mirscher schnappte sich einen Stein aus dem Garten und schmetterte ihn gegen die Scheibe, die andere Hand hielt er sich dabei vor das Gesicht. Glas splitterte. Scherben fielen herab. Die Inspektoren stiegen der Reihe nach ins Haus ein und sicherten den Raum, der sich als Büro herausstellte.

Grünbrecht eilte sofort zu der regungslosen Gestalt. »Es ist Viktor Hallsteiner«, sagte sie und fühlte seinen Puls. In seiner Brust klaffte ein Loch, aus dem Blut gesickert war und das sich rund um ihn am Boden verteilt hatte. Es war teilweise geronnen, folglich war die Tat nicht unmittelbar zuvor geschehen. »Er wurde erschossen.«

»Verdammt!«, stieß Stern aus, denn er ahnte, was das bedeutete. Dass Fabian Hallsteiner mit größter Wahrscheinlichkeit seinen Vater getötet hatte. Irgendwie hätte Stern wissen müssen, dass so etwas geschehen würde.

»Sucht Fabian! Es kann sein, dass er sich noch im Haus aufhält. Aber seid auf der Hut!«, wies er die Kollegen an. »Und irgendwo müssen Fiona Mühlböck und Christine, Fabians Schwester, sein.« Hoffentlich lebendig, dachte er, sagte aber: »Ich rufe inzwischen die Kavallerie.«

»Wir überprüfen zuerst Fabians Wohnräume«, schlug Grünbrecht vor. »Viktor Hallsteiner hat Fabian und Marion einen Teil der Villa im anderen Flügel zur Verfügung gestellt und ich weiß, wo das ist.«

Die Gruppeninspektoren verließen das Arbeitszimmer, die Glock einsatzbereit vor sich gestreckt. Sie schlichen den Flur entlang vorbei an der Küche, wo Stern und Grünbrecht wenige Stunden zuvor mit Christine gesessen und die Fotos von der Hochzeit durchgesehen hatten. Vor der Tür zu Fabians Wohnraum hielten sie an. Lauschten. Drinnen war es ruhig. Doch das konnte alles Mögliche bedeuten, ebenso, dass Fabian längst tot war. Oder irgendwo auf sie lauerte, sie erwartete. Oder gar nicht mehr in der Villa war, weil er geflohen war. Also mussten sie da rein, um es herauszufinden.

Grünbrecht positionierte sich rechts von der Tür, Mirscher auf der linken Seite. Kolanski blieb davor stehen. Dann drückte Grünbrecht die Klinke herunter – abgesperrt. Die Gruppeninspektorin gab Kolanski ein Zeichen. Dieser warf sich mit Wucht gegen die Tür, riss sie förmlich aus den Angeln. Das Holz barst und segelte nach innen. Grünbrecht und Mirscher stürmten hinein und zielten in sämtliche Richtungen. Suchten alles ab.

»Er ist nicht da! Wir müssen Christine finden. Ihr Zimmer ist irgendwo oben. Anschließend sehen wir nach der Haushälterin«, befehligte Grünbrecht den kleinen Trupp. Sie verließ als Erste den Raum, Mirscher und Kolanski klebten ihr dicht an den Fersen. Zurück im Flur nahmen sie die Treppe in den ersten Stock. Indessen trat Stern aus dem Arbeitszimmer von Viktor Hallsteiner und schloss sich ihnen an.

»Fabian haben wir nicht gefunden«, flüsterte Kolanski ihm zu.

Der Chefinspektor nickte. Er hatte schon Ähnliches befürchtet. Anscheinend hatte Fabian, nachdem sie gegangen waren, die Nerven verloren und seinen Vater erschossen. Ob er auch Christine etwas angetan hatte? Aber was hatte seine Schwester mit Marions Tod zu schaffen?

Die Kriminalbeamten durchsuchten sämtliche Räume im oberen Stockwerk. Allesamt waren sie leer.

»Vielleicht ist Christine geflohen, als sie den Schuss gehört hat?«, stellte Mirscher diese These in den Raum.

»Habt ihr in der Küche nachgesehen? Sie hat doch gesagt, die wäre so eine Art Rückzugsort für sie, weil sich ihr Vater dort nie blicken lässt«, fiel Stern ein.

»Nein, dort waren wir noch nicht«, erwiderte Grünbrecht. »Außerdem wissen wir nicht, wo die Haushälterin ist.«

Der Trupp machte kehrt und eilte die Treppe hinunter. Vor der Küche hielt er an. Als sich die Beamten in Position gebracht hatten, übernahm Kolanski wieder das Öffnen der Tür. Was sie dahinter vorfanden, war jedoch wenig erfreulich.

Am Boden lag Fiona Mühlböck. Sie war offenbar gerade dabei gewesen, das Geschirr in den Geschirrspüler zu räumen und die Küche sauber zu machen, als sie rücklings angegriffen worden war. Während Grünbrecht ihre Lebenszeichen prüfte, sicherten die anderen den Raum.

»Sie lebt!«, ließ Grünbrecht die Kollegen wissen.

»Rettung und Notarzt sind unterwegs«, sagte Stern, der vorhin in Viktor Hallsteiners Büro in böser Vorausahnung sämtliche Einsatzkräfte alarmiert hatte. Er steckte die Glock in das Holster und sah sich um. Geschirr lag auf dem Boden. Es war zu Bruch gegangen, vermutlich als der Täter Fiona Mühlböck niedergeschlagen hatte. Sonst fiel ihm nichts auf, was auf einen Kampf hindeutete. Der Angreifer hatte die Frau rasch außer Gefecht gesetzt. Entweder weil sie ihn gekannt und deshalb nichts Böses vermutet hatte oder weil sie ihn nicht hatte kommen hören. Beide Varianten waren möglich.

Im selben Augenblick ertönten in der Ferne die Sirenen der ersten Einsatzwagen. Mirscher ging zur Haustür und ließ die Sanitäter und den Notarzt ein. Die kümmerten sich sofort um die bewusstlose Frau, bei Viktor Hallsteiner konnten sie hingegen nur noch den Tod feststellen.

Die Kriminalbeamten traten hinaus ins Freie und überließen der mittlerweile ebenso eingetroffenen Spurensicherung den Tatort. Sie unterhielten sich darüber, welches Szenario sich in der Villa abgespielt haben könnte.

»Wenn Fabian seinen Vater umgebracht hat, dann deshalb, weil er ihn für den Mörder von Marion hält«, vermutete Stern.

»Damit ist er nicht der Einzige«, erwiderte Mirscher. »Nach allem, was wir bis jetzt wissen, liegt auch für mich der Verdacht nahe, dass er der Täter ist.«

»Aber warum hat er die Haushälterin niedergeschlagen?«, stellte Grünbrecht diese Frage in den Raum. »Die gute Frau hält hier alles am Laufen, ist quasi seine Ersatzmutter. Ich hab gesehen, wie sie reagiert hat, als die Schüsse aus seinem Zimmer zu hören waren. So reagiert niemand, der bloß seinen Job erledigt. So reagiert jemand, der einen anderen ins Herz geschlossen hat, ihn vielleicht sogar liebt. Ich kann mir nicht vorstellen, dass er einen Groll gegen sie hegt, und in der Küche ist sie ihm doch gar nicht in die Quere gekommen.«

»Mirscher, du fährst mit ins Krankenhaus und gibst uns Bescheid, sobald Fiona Mühlböck ansprechbar ist. Und sag diesem Dr. Kurz, dass es wirklich wichtig ist, dass wir so schnell wie möglich mit ihr reden können.«

»Ja, Chef!« Der Kollege deutete in Richtung Grünbrecht einen Kuss an und entschwand hinter den Sanitätern, die Fiona Mühlböck auf einer Trage in den Fond eines Rettungswagens schoben. Er selbst setzte sich hinter das Steuer seines BMW. Als der Rettungswagen mit Blaulicht und Sirene losfuhr, blieb er dicht an ihm dran.

»Kann es sein, dass Fabian Christine etwas angetan hat?«, fragte Grünbrecht.

»So wie wir ihn erlebt haben, halte ich das durchaus für möglich. Bei der ersten Vernehmung hatte seine Schwester Freude daran, die Familie nicht gut dastehen zu lassen. Wir wissen leider nicht, wie das Verhältnis zwischen den beiden ist«, erwiderte Stern.

»Wir müssen mit der Mutter reden«, forderte Kolanski.

»Ja, das müssen wir. Sie soll schließlich von uns erfahren, was sich hier zugetragen hat, und es nicht erst in der Presse lesen. Findet ihre Handynummer heraus oder wo sie sich zurzeit aufhält. Angeblich hat sie eine Affäre mit einem weitaus jüngeren Mann, das wissen wir von der Haushälterin. Und schreibt Fabian Hallsteiner zur Fahndung aus! Ich will, dass jeder Polizist in diesem Land hinter ihm her ist! Verdammte Scheiße!« Stern raufte sich die Haare und quälte sich mit dem Gedanken, dass Viktor Hallsteiner noch am Leben sein könnte, wenn sie Fabian heute Vormittag verhaftet hätten. Fabian hatte ihnen doch gesagt, dass sein Vater Jäger war und es daher auch andere Waffen im Haus geben musste. Sie hatte ihm jedoch nur die Pistole abgenommen, mit der er auf das Foto geschossen hatte. Das war ein Fehler gewesen! Dafür würde er sich verantworten müssen.

In diesem Moment traf der Leichenwagen ein. Zwei Männer stiegen aus und holten aus dem hinteren Teil des Autos einen Blechsarg.

»Ich hab die Nummer von Stefanie Hallsteiner!«, rief Grünbrecht ihren Kollegen zu. Ein uniformierter Polizist von der Dienststelle in Freistadt hatte sie in Erfahrung gebracht.

»Ruf sie an und sag ihr, dass wir kommen. Wir müssen mit ihr reden. Und sie soll verdammt noch mal keine Zicken machen! Die heile Welt, die sie uns präsentieren wollte, existiert nicht mehr!« Stern war wütend, allerdings eher auf sich selbst als auf die Frau, die so bemüht gewesen war, ihre Familie als harmonisch und funktionierend darzustellen, bis sie selber die Reißleine gezogen hatte und abgehauen war. Aber wer konnte ihr das verdenken? Zu erkennen, dass nicht alles so war, wie man es gerne hätte, war nicht einfach. Am wenigsten, wenn es Personen betraf, die einem nahestanden. Stern beobachtete vor der Villa stehend, wie die Maschinerie bei einem Mordfall zu laufen begann. Wie Spurensicherer und Polizisten ihre Arbeit aufnahmen. Wie die Anzahl der Neugierigen vor der Villa stetig zunahm und wie die Menschen über den Zaun zu spähen versuchten in der Hoffnung, etwas Sensationelles zu entdecken. Und wie die ersten Presseleute eintrafen, auch das fiel ihm auf.

Er fühlte sich plötzlich müde und erschöpft. Er dachte an seine eigene Familie, die auseinandergebrochen war. Franziska hatte sich von ihm scheiden lassen und ihm vorgeworfen, dass ihm die Arbeit immer wichtiger gewesen sei als sie. Damals hatte er die Meinung vertreten, dass dies völliger Humbug war und er sein Bestes gegeben hatte. Heute war er sich in diesen Dingen nicht mehr so sicher. Vor wenigen Monaten war seine Ex-Frau bei einem Unfall gestorben und hatte ihn mit dieser Ungewissheit zurückgelassen. Seine Familie bestand seither nur noch aus seiner Tochter Barbara, seinem Schwiegersohn Stefan, seiner 13-jährigen Enkelin Melanie und dem zehnjährigen Tobias. Er holte das Handy aus der Tasche und wählte die Nummer seiner Tochter.

»Hallo, Papa«, meldete sie sich.

»Hallo, Liebes. Na, wie geht es euch? Hat sich Melanie wieder eingekriegt?«, fragte Stern.

»Ja, Papa, hat sie. Und sie hat sogar ihr Zimmer ein wenig aufgeräumt. Nicht ganz, aber ich bin zufrieden«, antwortete Barbara. Stern konnte hören, dass sie lächelte.

»Das ist gut«, erwiderte er.

»Rufst du nur an, um dich zu erkundigen, wie es zwischen Melanie und mir läuft?«

»Äh … ja.«

Eine Weile herrschte Stille in der Leitung.

»Barbara, bist du noch dran?«

»Ja, ich bin da.«

»Wie geht es Tobi? Will er noch immer Chefinspektor bei der Mordgruppe werden?«, fragte Stern.

Barbara lachte. »Das hat sich nicht geändert, und du bist daran schuld.«

»Schön«, erwiderte Stern zufrieden, dass bei der Familie, die ihm geblieben war, alles gut lief. Und diese wenigen pubertären Anwandlungen würde sie auch heil überstehen.

Grünbrecht gab ihm mit Handzeichen zu verstehen, dass sie Stefanie Hallsteiner ausfindig gemacht hatte.

»Liebes, ich muss aufhören. Ich melde mich wieder. Gib Melanie und Tobias einen Kuss von mir«, sagte Stern.

»Das mach ich, Papa. Ich hab dich lieb.«

»Ich hab dich auch lieb.« Mit einem Fingertippen auf den roten Hörer auf dem Display beendete Stern das Gespräch.

»Wir können fahren!«, teilte Grünbrecht ihm mit.

Eilends stiegen die Kriminalbeamten in den Wagen. Erneut mussten sie eine Todesnachricht überbringen. Dass das richtige Drama jedoch eben erst begonnen hatte, wusste zu diesem Zeitpunkt keiner.

18. KAPITEL

Stefanie Hallsteiner saß auf der beigen Ledercouch in der Wohnung ihrer Mutter in der Billingerstraße in Freistadt und starrte Stern und Grünbrecht fassungslos an. Sie rührte sich nicht, zeigte nicht die geringste Regung, als wäre sie in einem Stück aus Beton gegossen.

»Frau Hallsteiner, haben Sie mich verstanden?«, fragte Stern deshalb nach.

Die Frau nickte, blieb aber weiterhin stumm. Wahrscheinlich hatte sie einen Schock erlitten, vermutete Stern.

»Frau Hallsteiner, reden Sie mit uns«, versuchte es Grünbrecht mit ihrer einfühlsamen Art. Sie legte die Hand auf Stefanie Hallsteiners Arm, um sie wissen zu lassen, dass sie ihr vollstes Mitgefühl besaß. Diese Geste bewirkte, dass die Frau sie ansah und plötzlich zu lachen anfing. Es war ein hysterisches Lachen, ein befreiendes Lachen, so als hätten die Kriminalbeamten mit ihrer Botschaft eine schwere Eisenkette um ihr Herz gelöst. Nach einer Weile verklang das Gelächter und Tränen mischten sich in den Gefühlstaumel, den die Frau zu bewältigen hatte.

»Ist er wirklich tot?«, fragte sie, um ganz sicher zu sein.

»Ja, ist er. Es tut uns leid«, erwiderte Grünbrecht sanft.

»Das braucht es nicht«, entgegnete Stefanie Hallsteiner. »Sie haben keine Ahnung, was ich in all den Jahren mitgemacht habe. Mama, hast du Champagner?«, rief sie ihrer Mutter zu, einer rüstigen 70-Jährigen, die zwar geschäftig in der Küche hantierte, aber bestimmt jedes Wort mithörte, da war sich Stern sicher.

»Champagner, meine Liebe, hatte ich noch nie. Einen Prosecco kannst du haben!«, rief die Mutter zurück.

»Der tut es auch. Danke, Mama!«

»Jetzt müssen Sie uns Ihre doch ein wenig seltsame Reaktion erklären«, verlangte Stern. »Normalerweise brechen die Leute zusammen, wenn sie vom überraschenden Tod ihres Partners hören. Sie hingegen wollen ihn mit Champagner feiern. Wie dürfen wir das verstehen?« Sicher, sie hatten mitbekommen, wie die Frau nach einem Streit mit dem Porsche und ein paar Gepäckstücken von zu Hause abgehauen war. Aber dass sie derart gelöst reagierte, war dann noch einmal etwas anderes. Das wollte der Chefinspektor von ihr erklärt haben.

Stefanie Hallsteiner ließ sich sichtlich gelöst in die Couch zurücksinken und machte es sich bequem. »Es hat ja doch keinen Sinn, die trauernde Witwe zu spielen. Sie erfahren sowieso, was wirklich los war, also sage ich es Ihnen am besten direkt: Viktor und ich führten keine glückliche Ehe. Er war ein Narzisst, und jeder musste nach seiner Pfeife tanzen. Es drehte sich alles um ihn. Und zwar ausschließlich um ihn! Andere waren ihm egal.«

Die Mutter kam mit einem Tablett herein, auf dem vier Sektgläser und eine Flasche Prosecco standen. Dieses stellte sie auf dem hölzernen Wohnzimmertisch ab und bat Stern, die Flasche zu öffnen.

Der Chefinspektor zögerte, schließlich war es ein ungewöhnlicher Wunsch, der ihm da vorgetragen wurde. Auf den Tod des verschiedenen Ehemannes anzustoßen.

So etwas hatte er noch nie erlebt! Vielleicht hatte manch einer verhalten gejubelt, als er die Nachricht vom Ableben des ungeliebten Partners durch die Polizisten vernommen hatte, möglicherweise hatte der eine oder andere eine Flasche Schampus geköpft, als sie gegangen waren. Seine Freude jedoch derart offen über den Tod einer Person gezeigt wie diese Frau hatte bislang keiner. Das war sogar für Stern als alter Hase bei der Kriminalpolizei neu.

»Ich hab nicht sofort mitbekommen, wie Viktor wirklich ist«, redete Stefanie Hallsteiner weiter, während Stern die Flasche entkorkte und das prickelnde Getränk in zwei der vier Gläser füllte. Grünbrecht und er waren schließlich im Dienst. »Ich war sehr verliebt und dachte mir, dass ausgerechnet dieser vermögende Mann mich haben will, grenzt doch an ein Wunder. Ich hab dieses Wunder nicht infrage gestellt und ihn geheiratet. Aber schon bald verlor Viktor das Interesse an mir, und als Fabian und Christine auf der Welt waren, hat er mich nicht einmal mehr angefasst.« Stefanie Hallsteiner erhob ihr Glas, und als sie sah, dass nur sie und ihre Mutter Prosecco tranken und die Inspektoren darauf verzichteten, prosteten sich die beiden Frauen zu. »Auf die Freiheit, Mama!« In einem Zug leerte die frisch gebackene Witwe ihr Getränk.

Stern schenkte ihr und der Mutter nach und forderte sie auf, fortzufahren.

»Er hat mich betrogen. Ich weiß nicht, mit wie vielen Frauen, und ehrlich gesagt, ist mir das auch egal. Ich bin irgendwann dazu übergegangen, es ihm gleichzutun.« Sie lächelte die Inspektoren an, als hätten die sie bei einer ungezogenen Tat ertappt.

»Wir haben Kenntnis von Ihrer Affäre«, ließ Stern sie wissen.

»Ach ja?« Stefanie Hallsteiner schien weder überrascht noch unangenehm berührt deswegen zu sein. »Wie schön, also brauche ich es Ihnen ja gar nicht zu erzählen. Geheimnisse legt die Polizei einem doch immer negativ aus, nicht wahr? Aber wissen Sie was, ich erzähle es Ihnen trotzdem.« Sie nahm einen Schluck Prosecco. »Ich hab meinen neuen Lover beim Einkaufen kennengelernt, ist das zu fassen? Ich war so tollpatschig und hab meine Einkaufstasche fallen lassen. Er ist wie ein edler Ritter herbeigeeilt und hat mir geholfen, die Sachen einzusammeln. Da war es um mich geschehen! Und um ihn offensichtlich ebenfalls.« Sie kicherte wie ein verliebtes Mädchen. Dann holte sie ihr Handy hervor und wischte darauf herum. »Hier, das ist er!« Sie hielt das Smartphone mit einer Porträtaufnahme ihres Geliebten den Kriminalbeamten hin. Der Mann war mindestens 20 Jahre jünger als Stefanie Hallsteiner und war zugegeben attraktiv. Charmant lächelte er in die Kamera.

Stern gönnte ihr die neue Liebe, die für den Fall keine Relevanz zu haben schien. Schließlich war Viktor Hallsteiner mit großer Wahrscheinlichkeit von seinem Sohn ermordet worden, und wenn man sich der Überzeugung Fabians anschloss, Marion von Viktor Hallsteiner. Bislang konnten sie jedoch weder das eine noch das andere beweisen.

»Können Sie sich vorstellen, dass Ihr Sohn seinen Vater erschossen hat?«, fragte Stern die Frau, die bereits das dritte Glas Prosecco in Angriff nahm.

Stefanie Hallsteiner überlegte kurz und nickte. »Ja, das kann ich. Wenn Fabian glaubt, dass Viktor etwas mit Marions Tod zu tun hat, traue ich ihm das durchaus zu. Dieses Überschwängliche, Emotionale hat er nämlich von mir.« Sie lächelte in die Runde, als hätte sie einen Witz erzählt, und wartete auf die Reaktion ihrer Zuhörer.

»Aber es war doch eine arrangierte Ehe?«, warf Grünbrecht ein, als verstünde sie den Zusammenhang nicht.

Stefanie Hallsteiners Blick musterte die Gruppeninspektorin. Dann sagte sie mehr zu sich selber als zu den Inspektoren: »Arrangierte Ehen sind nicht immer die schlechtesten. Ich hab meinen Mann aus Liebe geheiratet, und was ist mir geblieben?« Sie lachte schrill auf, als wäre ihr die Antwort darauf eben erst eingefallen: »Ach ja, ein Porsche, eine Villa, riesige Waldflächen, mehrere Firmenbeteiligungen und jede Menge Geld!«

»Wo könnte Ihr Sohn sein? Gibt es einen Ort, an dem er sich verstecken würde?«, hakte Stern nach und ignorierte das Gerede über ihre unglückliche Ehe.

»Nicht, dass ich wüsste.«

»Wie gut verstehen sich Fabian und Christine?«

»Gut, würde ich meinen. Natürlich gibt es hin und wieder Streit, das ist allerdings ganz normal unter Geschwistern.«

»Glauben Sie, dass er seiner Schwester etwas antun würde?«

»Auf gar keinen Fall!« Es war das erste Mal, dass Stefanie Hallsteiner entsetzt auf eine von Sterns Fragen reagierte. »Die beiden lieben einander, das war schon immer so, und daran wird sich auch nichts ändern, egal was noch alles passiert.«

»Wir müssen Fabian finden, Frau Hallsteiner! Wir wissen nicht, wozu er in der Lage ist, aber in der augenblicklichen Situation ist er gefährlich«, sagte Stern eindringlich. »Können Sie uns etwas mitteilen, das uns weiterhilft?«

»Ich denke nicht.« Stefanie Hallsteiner erhob sich von der Couch und zupfte ihre Bluse gerade.

»Was haben Sie jetzt vor?«, wollte Stern von ihr wissen.

»Ich werde mir ein schwarzes Kostüm von Giorgio Armani kaufen, damit ich die trauernde Witwe spielen kann, und in meine Villa zurückkehren. Anschließend bereite ich eine Trauerfeier vor. Sie entschuldigen mich?«

Stern und Grünbrecht verabschiedeten sich von den Frauen. Als sie wieder draußen auf der Billingerstraße standen und zu Sterns Audi gingen, stieß Grünbrecht ein betroffenes »Wow!« aus.

»Ja, so kann es einem ergehen. Man selber segnet das Zeitliche und deine Familie ist heilfroh darüber«, interpretierte Stern ihren Ausruf.

»Die Frau war zeit ihres Lebens unglücklich und jetzt, wo ihr Mann tot ist, beginnt sie ein neues Leben. Das ist doch schräg, oder? Ich frag mich, ob es nicht besser ist, nicht zu heiraten und alleine zu bleiben«, schlussfolgerte Grünbrecht aus dem eben Gehörten.

»Oh, das kannst du Edwin nicht antun!«, erwiderte Stern. Er war lange Zeit gegen eine Ehe zwischen Mara Grünbrecht und Edwin Mirscher gewesen, inzwischen hielt er sie aber für das einzig Richtige. Die beiden liebten sich, waren für einander geschaffen. Wenn es jemand zustande brachte, bis ans Lebensende glücklich verheiratet zu sein, dann die beiden.

»Lass dir das mal durch den Kopf gehen, Oskar, was die Frau alles gesagt hat. Dazu das Schicksal von Fabian und Marion: Er ist durch diese Verbindung vielleicht zu einem Vatermörder geworden und sie ist tot! Und du bist doch selbst geschieden.« Verzweiflung schwang in Grünbrechts Stimme mit.

»Was hab ich denn damit zu schaffen?«, warf Stern ein. Sein eigenes Schicksal hatte mit jenem der Hallsteiners nun wirklich nichts zu tun.

Grünbrecht setzte sich auf den Beifahrersitz von Sterns Audi und starrte durch die Windschutzscheibe, als stünden dort die Antworten auf ihre Fragen. Zumindest auf jene, ob ihre Ehe mit Edwin Mirscher glücklich werden würde.

»Mara, mach dir keine Gedanken darüber. Du und Edwin, ihr beide seid nicht so«, versuchte Stern, Grünbrechts bevorstehenden emotionalen Zusammenbruch zu verhindern. Denn dass sie erneut freiwillig auf dem Beifahrersitz Platz genommen hatte und Stern ohne Proteste den Audi lenken ließ, fand er alarmierend.

»Wie, wir sind nicht so?«

»Na, so wie die Hallsteiners! Die haben doch alle einen Knall, wenn du mich fragst«, erklärte Stern holprig, das wusste er selber. Aber etwas Besseres fiel ihm im Augenblick nicht ein.

»Wer garantiert mir denn, dass wir nicht ebenso enden wie die Hallsteiners?«, fragte Grünbrecht.

»Dafür gibt es keine Garantie, Mara. Du musst Vertrauen haben, in dich und in Edwin. Ihr beide schafft das, das weiß ich.« Stern gab sich große Mühe, zuversichtlich zu wirken. Was er gesagt hatte, meinte er tatsächlich ernst.

»Danke, Oskar. Wenn du nicht mein Chef wärst, würde ich dich jetzt umarmen«, erwiderte Grünbrecht und lächelte. »Du hast recht. Edwin und ich, wir schaffen das!«

In diesem Augenblick fuhr der schwarze Porsche vom Parkplatz und brauste die Billingerstraße hinunter. Stefanie Hallsteiner konnte es wohl kaum erwarten, in die Villa zurückzukehren, wo sie keinen billigen Prosecco mehr trinken musste, sondern zur sündhaft teuren Champagnerflasche greifen konnte.

»Sollen wir ihr hinterherfahren und sie wegen Trunkenheit am Steuer anzeigen?«, fragte Grünbrecht, während sie dem Porsche nachsah, der um die nächste Ecke bog. Immerhin hatte Stefanie Hallsteiner in ihrer Gegenwart drei Gläser Prosecco geleert.

»Ja, das machen wir. Noch eine Tote können wir nämlich nicht gebrauchen.« Stern startete den Motor. Im selben Moment läutete sein Handy. Er aktivierte die Freisprecheinrichtung und nahm das Gespräch entgegen. Es war Hermann Kolanski, der in der Zwischenzeit – während Stern und Grünbrecht bei der Witwe gewesen waren – die Handynummer von Marion Balduin bei deren Eltern in Erfahrung gebracht hatte.

»Chef, Hermann hier«, meldete sich der Gruppeninspektor.

»Grüß dich! Was gibt es Neues?«, fragte Stern.

»Ich hab mir die Anruflisten von Marions Handybetreiber besorgt. Ihr werdet nicht glauben, mit wem sie zuletzt telefoniert hat, und zwar um 1:45 Uhr.«

»Mach es nicht so spannend«, sagte Stern, der keinen Tipp abgeben wollte.

»Ich sage, es war die Mutter. Ja, sie hat mit ihrer Mutter telefoniert«, meinte Grünbrecht.

»Falsch! Mit Viktor Hallsteiner. Und sie hat ihm ein Bild geschickt, von dem wir leider nicht wissen, was es zeigt, da wir ihr Handy noch immer nicht gefunden haben.«

»Aber auf Viktor Hallsteiners Handy müsste die Nachricht doch gespeichert sein – falls er sie nicht gelöscht hat«, zeigte Grünbrecht auf.

»Wenn wir Glück haben.«

»Und die Mutter hat mir den Namen einer Freundin von Marion gegeben, Silvia Braun. Sie behauptet, dass Marion letzten Sommer mit Viktor Hallsteiner auf einem Kurzurlaub in Griechenland gewesen ist, da ist bestimmt das Foto in ihrem Zimmer aufgenommen worden. Weiter hat sie erzählt, dass Marion in letzter Zeit unglücklich gewesen ist, weil sie Fabian heiraten sollte, nur damit sie in Viktors Nähe ist. Sie hat Fabian näher kennengelernt und ihm nicht wehtun wollen, weil sie gemerkt hat, dass er eigentlich ganz nett ist. Deshalb war sie mit dem Arrangement, dass sie ihn heiraten sollte, damit ihr Vater fünf Millionen Euro bekommt, nicht mehr wirklich einverstanden«, erzählte Kolanski, was er in Erfahrung gebracht hatte.

»Verstehe ich das richtig? Die Hochzeit hatte den Zweck, dass Marion in Viktor Hallsteiners Nähe ist?«, fasste Stern zusammen.

»Ja, so hat es Silvia Braun zumindest behauptet.«

»Jetzt ergibt das Ganze einen Sinn!«, erwiderte Grünbrecht.

»Und Marions Vater hätte obendrauf seine Firma retten und behalten können. Eine Win-win-Situation für alle, außer für Fabian. Und natürlich für Stefanie Hallsteiner, die plötzlich die Geliebte ihres Ehemannes in Form der eigenen Schwiegertochter im Haus gehabt hätte. Ich finde, das gibt ein prima Motiv ab«, redete Kolanski weiter.

»Damit wäre nicht Viktor Hallsteiner verdächtig, Marion ermordet zu haben, sondern seine Ehefrau. Und wenn sie Marion getötet hat, hat Fabian den Falschen erschossen«, spann Stern den Faden weiter.

»Wenn Fabian herausfindet, was wir eben in Erfahrung gebracht haben, tötet er seine Mutter vielleicht auch noch«, erkannte Grünbrecht die logische Schlussfolgerung daraus.

»Unsere Theorie setzt voraus, dass Stefanie Hallsteiner von der Affäre zwischen ihrem Mann und ihrer Schwiegertochter gewusst hat. Sie hat uns erzählt, dass ihr Mann ständig Affären gehabt hat und sie das nicht mehr interessiert hat«, brachte Stern das Fundament ihre These ins Wanken.

»Vielleicht hat sie gelogen und sie war doch eifersüchtig«, drang Kolanskis Stimme aus dem Lautsprecher.

»Ich glaube nicht, dass sie bei dem, was die Affären ihres Mannes anbelangt, gelogen hat«, meinte Stern, der sich an die Aussage erinnerte. Stefanie Hallsteiner hatte in der Tat sehr gelöst gewirkt, und ehrlich.

»Aber warum hätte Viktor Hallsteiner Marion ermorden sollen? Für ihn war der Deal perfekt. Seine Geliebte wäre immer in seiner Nähe gewesen und das Geld für Marions Vater hätte er aus der Portokasse bezahlt.«

»Irgendetwas stimmt nicht. Irgendetwas übersehen wir«, grübelte Stern.

»Vielleicht wollte Marion bei diesem ganzen Theater nicht länger mitspielen?«

»Was bringt es dann, sie zu ermorden? Wäre es nicht naheliegender, dass Fabian und Stefanie Hallsteiner gemeinsame Sache machen? Zuerst töten sie Marion, weil Fabian nicht sein Leben mit der Geliebten seines Vaters verbringen wollte beziehungsweise den Gedanken nicht ausgehalten hat, mit ihr sein Bett zu teilen. Und die Mutter, weil sie ihren Sohn vor diesem Schicksal bewahren wollte und gleichzeitig die unliebsame Geliebte ihres Ehemannes losgeworden ist. Und danach ermorden sie Viktor, der die Verhältnisse als Einziger auch noch gekannt hat«, zeigte Grünbrecht eine weitere Variante auf, wie es gewesen sein könnte.

»Hat die Fahndung nach Fabian Hallsteiner schon etwas ergeben?«, fragte Stern.

»Nein, leider nicht«, erwiderte Kolanski.

»Und Mirscher ist noch im Krankenhaus und wartet, bis die Haushälterin ansprechbar ist«, ließ Grünbrecht die Kollegen wissen.

Stern blickte auf die Uhr. Es war längst Feierabend. Die Sonne war hinter den Hügeln des Mühlviertler Berglandes verschwunden und sie standen nach wie vor mit laufendem Motor vor der Wohnsiedlung in der Billingerstraße in Freistadt. Auch war der schwarze Porsche weg, und in den Häusern rundum gingen langsam die Lichter an.

»Wir sollten für heute Schluss machen«, sagte Stern. Er musste nach Hause fahren und seine Katze füttern. Zuvor wollte er aber etwas essen und gemütlich ein Bier trinken. Das Szenelokal Josef auf der Linzer Landstraße fiel ihm ein. Im Josef war es gemütlich, und er hatte es von dort nicht weit nach Hause. Auch die Kollegen schätzten das Lokal, das wusste er. »Was haltet ihr von einem Absacker im Josef?«

»Das ist eine gute Idee, Chef!«, ließ Kolanski verlauten.

»Ich rufe Edwin an und geb ihm Bescheid«, sagte Grünbrecht.

Die Kriminalbeamten ahnten nicht, dass dies der letzte gemeinsame Abend in dieser Runde werden würde.

19. KAPITEL

Wie jeden Tag um 7 Uhr läutete Sterns Wecker. Er tastete nach dem lärmenden Gerät und stellte auf Snooze. Dann drehte er sich um, rollte sich in die Bettdecke ein und versuchte, weiterzuschlafen. Gestern Abend war es spät geworden, bei einem Absacker im Josef war es nicht geblieben. Die Stimmung war gut gewesen, und so hatte es sich ergeben, dass aus einem Bier schlussendlich vier geworden waren. Natürlich hatten sie den ganzen Abend über die Arbeit gesprochen, wie es so üblich war unter Kollegen. Oskar Stern war stolz auf sein Team, und es schmerzte ihn, wenn er daran dachte, dass Mirscher die Truppe bald verlassen würde.

Auf der anderen Seite würde er bald in den Ruhestand treten und jemand anderer würde das Ruder übernehmen. Aber noch war es nicht so weit. Ein paar Jahre blieben ihm bis dahin. Und danach … ja, was dann sein würde, darüber wollte er sich zu gegebener Zeit den Kopf zerbrechen und nicht jetzt.

Von Mara Grünbrechts Zweifel, ob es wirklich richtig war, Edwin Mirscher zu heiraten, war gestern Abend im Josef nichts mehr übrig gewesen. Die beiden hatten am Ende eng umschlungen das Lokal verlassen und waren in die nächste Straßenbahn eingestiegen.

Kolanski hatte mysteriös anklingen lassen, dass er ein

Rendezvous habe, hatte jedoch nicht verlauten lassen, wie die Glückliche hieß. Doch wie Stern den Kollegen kannte, würde das Techtelmechtel ohnehin nicht lange dauern, weshalb es sich kaum lohnte, sich den Namen der Holden zu merken.

Ein eindringliches Miauen ließ Stern die Augen öffnen. Miro saß neben seinem Bett und starrte ihn vorwurfsvoll an. Nicht nur, dass er ihren Futternapf unregelmäßig füllte, seit er an diesem Mühlviertler Mordfall arbeitete, so hatte er kaum noch Zeit für Streicheleinheiten. Stern dachte an seine verstorbene Ex-Frau. Auch sie hatte sich vernachlässigt gefühlt und ihn deshalb für einen anderen verlassen. Er hoffte, dass Miro geduldiger mit ihm war.

»Ich komm ja schon«, brummte er müde. Zu viel Alkohol und zu wenig Schlaf waren in seinem Alter tödlich. Schon eines davon schlug ihm auf die Laune, beides zusammen war ein Fiasko.

»Miau!«, tönte es anklagend durchs Schlafzimmer.

»Ja, ja.« Stern schälte sich langsam aus der Decke und stieg dann noch langsamer aus dem Bett. Schlurfend ging er zur Toilette und schloss hinter sich die Tür, obwohl er allein lebte. Aber Miro hatte die Angewohnheit, ihn überallhin zu begleiten, aus Angst, er könnte abhauen, bevor er ihr etwas zu fressen gegeben hatte. Und wenn sie ihm dabei zusah, wie er Wasser lassen wollte, konnte er nicht.

»Miau!«, maunzte Miro vor der verschlossenen Toilettentür.

»Hab ein wenig Geduld«, raunte Stern zurück. In diesem Moment fiel ihm ein, dass er gestern beim Nachhausekommen Miros Futternapf gar nicht aufgefüllt hatte. Mist! Er hatte es einfach vergessen! Das viele Bier war schuld. Kein Wunder, dass sich Miro derart aufführte. Er wollte sich beeilen, um sie nicht noch länger warten zu lassen. Trotzdem hatte der gemeinsame Abend dem Team gutgetan. Er hatte den Zusammenhalt verstärkt und den ein oder anderen Denkanstoß in den Mordfällen Marion Balduin und Viktor Hallsteiner gebracht.

Stern verließ die Toilette, wusch sich im Bad die Hände und füllte Miros Napf in der Küche mit einem Berg Futter. Gierig fiel die Katze darüber her. Währenddessen bereitete sich Stern einen Espresso zu und dachte daran, ob die Fahndung nach Fabian und Christine Hallsteiner wohl schon etwas ergeben hatte. Er nahm das Handy und erkundigte sich bei den diensthabenden Kollegen, doch die verneinten. Nur Christines rotes Mercedes-Cabrio stehe vor der Villa, von Fabians weißem Audi fehle jede Spur, sagte man ihm. Dieser Umstand untermauerte die Annahme, dass Christine mit Fabian das Haus verlassen hatte, entweder freiwillig oder gegen ihren Willen.

Oder gab es gar einen Dritten im Bunde? Jemand, der zufällig in die Sache hineingeraten war?

Stern nahm einen Schluck Kaffee und ging ins Schlafzimmer, um sich anzuziehen.

»Miau!«, forderte Miro dort erneut seine Aufmerksamkeit.

»Ist ja gut. Tut mir leid, die letzten Tage waren für dich nicht sehr angenehm, das vergesse ich immer«, sagte er zu der alten Streunerin und nahm sie hoch. Laut schnurrend bedankte sie sich für die Streicheleinheit. Wenn doch alles nur so einfach zu lösen wäre, dachte Stern und setzte die Katze Minuten später zurück auf den Boden. Zufrieden sprang sie auf das Bett und legte sich in die Mulde in der Mitte. Dort würde sie ihren Tag verbringen.

In diese Beinahe-Idylle hinein klingelte sein Handy. Auf dem Display stand eine Freistädter Nummer. Stern nahm den Anruf entgegen.

»Stern!«

»Guten Morgen, Herr Chefinspektor, hier spricht Kurz vom Krankenhaus in Freistadt«, begrüßte ihn die samtweiche Stimme des Mediziners.

»Guten Morgen, Herr Doktor«, erwiderte Stern den Gruß. Er mochte den Mann in Weiß, auch wenn dieser voll und ganz dem Klischee eines Arztes entsprach. Groß, schlank und gutaussehend mit einem Hauch von Arroganz.

»Ihre Patientin ist bei Bewusstsein. Sie hat einen heftigen Schlag auf den Hinterkopf bekommen, der ein Schädel-Hirn-Trauma verursacht hat. Wenn Sie sanft vorgehen, können Sie ihr ein paar Fragen stellen. Ich hätte es Ihrem Kollegen ja gesagt, aber der ist gestern noch nach Linz zurückgefahren.«

Stern wusste, dass Mirscher das Krankenhaus am späten Abend verlassen hatte, da er zu ihnen ins Josef gestoßen war.

»Das ist gut, dass sie aufgewacht ist. Sehr gut sogar!«, sagte er. Endlich würden sie erfahren, wer die Haushälterin niedergeschlagen hatte und was im Hause Hallsteiner vorgefallen war, nachdem er und Grünbrecht die Villa verlassen hatten. »Danke für den Anruf!«

»Und, Stern?«

»Ja?«

»Stimmt es, dass Viktor Hallsteiner tot ist? Ermordet von seinem eigenen Sohn?« Es war dem Arzt anzuhören, dass er es kaum glauben konnte. »Sie müssen wissen, dass jeder im Mühlviertel diesen Namen kennt. Viktor Hallsteiner ist der reichste Mann in der Gegend. Alles, was er anfasst, wird quasi zu Gold. Er hat ein Händchen dafür, marode Unternehmen aufzukaufen, sie zu sanieren und anschließend gewinnbringend an den Höchstbietenden zu verhökern.« In der Stimme des Mediziners schwang Bewunderung mit.

Stern zögerte mit einer Antwort. Schließlich handelt es sich um eine laufende Ermittlung, zu der er keine Auskunft geben durfte.

»Es steht schon in den OÖ. News«, half Dr. Kurz ein wenig nach, in der Hoffnung, dass dies die Redebereitschaft des Chefinspektors erhöhen könnte.

»Was?« Stern eilte nur mit Hemd und Unterhose bekleidet, sich weiterhin das Handy ans Ohr haltend, aus dem Schlafzimmer, anschließend ins Treppenhaus und dann weiter vom zweiten Stock hinunter ins Erdgeschoss, wo sich die Briefkästen befanden. Dort fischte er sein Exemplar der OÖ. News aus dem Postfach und erntete von einer Frau, die just in diesem Augenblick aus einer der unteren Wohnungen trat, einen entsetzten Blick.

Stern versuchte, eine unschuldige Miene aufzusetzen und entschuldigend zu lächeln, was die Situation nicht wirklich verbesserte. Die Frau schüttelte den Kopf und sagte, dass in diesem Wohnhaus Kinder leben würden und er sich schleunigst verziehen solle. Das machte Stern auch. In seiner Wohnung breitete er die Zeitung auf dem Küchentisch aus.

»Seite vier«, teilte Dr. Kurz ihm mit, der die ganze Zeit über in der Leitung gehangen hatte.

Besagte Stelle hatte Stern schnell gefunden. Die groß gedruckte Headline »Tote Braut nach Hochzeit« machte die Leser auf den Artikel aufmerksam. »Sie haben recht, danke. Wir sehen uns in einer dreiviertel Stunde.« Der Chefinspektor beendete das Gespräch, legte das Handy beiseite und begann zu lesen. In dem Bericht wurde behauptet, dass Fabian Hallsteiner seinen Vater ermordet habe, nachdem dieser dessen frisch angetraute Ehefrau die Mauer der Burgruine Reichenstein hinuntergestoßen hätte. Das Foto, welches als »Mühlviertler Kreuz« um die halbe Welt gegangen war, prangerte daneben und nahm beinahe die vollständige Seite ein.

»Von woher haben die das bloß?«, murmelte Stern verärgert, denn bislang waren beides nur Mutmaßungen. Sie konnten weder beweisen, dass Viktor Hallsteiner Marion ermordet, noch dass Fabian seinen Vater getötet hatte. Und die Pressestelle hatte diese Informationen gewiss nicht herausgegeben. Zum Glück schienen sie nicht zu wissen, dass Fabian und Christine abgängig waren, denn sonst würde sich das halbe Mühlviertel auf den Weg machen, die Geschwister zu suchen.

Oder vielleicht wäre das gar keine so schlechte Idee?

Stern trank den Kaffee aus und kleidete sich fertig an. Anschließend rief er Grünbrecht an und teilte ihr mit, dass sie umgehend nach Freistadt ins Krankenhaus fahren mussten. Die Haushälterin sei aufgewacht. Und dass die Angelegenheit schon in der Zeitung stünde, sagte er ihr auch noch.

»Ich hole dich in zehn Minuten ab«, schloss Stern mit seiner morgendlichen Verkündung.

»Chef, nichts für ungut. Aber du fährst wie ein Rentner nach dem Sonntagskaffee«, maulte Grünbrecht. »Wenn es wirklich schnell gehen soll, fahre ich.«

»Wie ein Rentner nach dem Sonntagskaffee?«, wiederholte Stern baff. Trotzdem musste er lachen. Dass sein langsamer Fahrstil immer wieder ein Stein des Anstoßes war, wusste er. Aber dass ihn die Kollegen hinter seinem Rücken so bezeichneten, war ihm neu. Vielleicht war Grünbrechts Idee mit dem Fahrtraining doch nicht so schlecht. »Okay, du fährst!«

*

Zehn Minuten später drang ein Hupen von der Herrenstraße bis zu Stern hinauf in die Wohnung. Er öffnete noch rasch das Küchenfenster einen Spalt breit, damit Miro, wenn sie wollte, sich davonmachen konnte, um in den Linzer Stadtkellern ein paar Mäuse als Nachtisch zu fangen. Er mochte den Gedanken, dass sie nicht eingesperrt war. Dann verließ er die Wohnung und trat raschen Schrittes hinaus auf die Straße, wo Grünbrecht im Halteverbot parkte. Er deutete auf das Schild und grinste die Kollegin an. Die zuckte lediglich mit den Schultern, als ginge sie das Ganze nichts an, und fuhr los, kaum dass Stern die Beifahrertür geschlossen hatte.

Der BMW jagte auf der A7 die Stadt hinaus, sodass der Chefinspektor Angst bekam, diese Fahrt könnte seine letzte sein. Nach einer halben Stunde hielt der Wagen vor dem Freistädter Krankenhaus. Stern schwitzte, obwohl es zeitig am Morgen war und die Temperaturen erst noch das Thermometer hinaufklettern würden. Es versprach, ein sonniger Tag zu werden, hoffentlich wurde es auch ein guter.

Die Kriminalbeamten betraten das Krankenhaus. Stern bat die Dame, die hinter dem Empfang saß, sie möge doch bitte Dr. Kurz anrufen und ihm mitteilen, dass sie eingetroffen seien. Nach einem Telefonat schickte sie die

Frau zur Intensivstation. Dort wurden sie von Dr. Kurz bereits erwartet.

»Herr Chefinspektor! Ich würde ja gerne sagen, dass ich mich freue, Sie zu sehen, aber unter diesen Umständen …« Der Mediziner ließ den Satz offen.

»Sind es nicht immer solche Umstände, unter denen wir uns begegnen?«, erwiderte Stern.

»Da haben Sie recht. Kommen Sie! Ziehen Sie das über.« Dr. Kurz reichte Stern und Grünbrecht je einen Kittel. »Und dann folgen Sie mir!« Vor dem Bett mit der Haushälterin der Hallsteiners blieben sie stehen. »Sie haben fünf Minuten!« Daraufhin ließ der Arzt sie allein.

Die Frau wirkte zerbrechlich. Sie versuchte zu lächeln, doch es fiel ihr sichtlich schwer. Bis vor Kurzem hatte sie noch die riesige Villa sauber gehalten und den Hallsteiners den Haushalt geführt, nun war sie nicht einmal in der Lage, sich allein aufzurichten.

»Frau Mühlböck. Wie geht es Ihnen?«, fragte Stern, bevor er ihr all die unangenehmen Fragen stellen wollte.

»Als hätt mich Fabian mit dem Porsche überfahr'n«, antwortete die Frau so leise, dass Stern sie kaum verstand. Immerhin versuchte sie zu scherzen, das war schon mal gut.

»Frau Mühlböck, wissen Sie, wer Ihnen das angetan hat? Wer Sie niedergeschlagen hat?«, stellte Stern jene Frage, deren Beantwortung ihre Vermutungen bestätigen sollte. Nämlich, dass Fabian Amok gelaufen war und nicht nur die Haushälterin bewusstlos geschlagen, sondern er auch seinen Vater getötet und seine Schwester entführt und wer wusste schon was mit ihr angestellt hatte.

Die Frau schüttelte den Kopf. »Ich kann mich leider an nix erinnern.«

»Bitte, Frau Mühlböck, versuchen Sie es. Es ist wichtig!«, sagte Grünbrecht eindringlich.

Wieder verneinte die Frau. »Es tut mir leid«, flüsterte sie. »Ich weiß es wirklich net. Ist es Fabian g'wesen? Vielleicht bin ich ja bloß hing'fallen …« Es war ihr anzusehen, dass sie sich große Mühe gab, doch die Augenblicke vor der Tat lagen in völliger Dunkelheit.

Dr. Kurz kehrte zurück und tippte auf sein Handgelenk. Es war Zeit zu gehen.

»Schon gut«, beruhigt Stern die Frau. »Wir kommen ein anderes Mal wieder, wenn es Ihnen besser geht.« Die Kriminalbeamten wünschten ihr baldige Genesung und verabschiedeten sich.

»Kann ich noch etwas für Sie tun?«, fragte Dr. Kurz, als er die Inspektoren zum Ausgang der Intensivmedizin zurückbrachte und ihnen die Kittel abnahm. Dort steckte er sie in einen Behälter für die Reinigung.

»Danke, das war es fürs Erste«, antwortete Stern.

»Fürs Erste? Das heißt, wir sehen uns bald wieder«, schloss Kurz aus dieser Antwort.

»Wie es scheint, leider ja. Frau Mühlböck konnte sich an nichts erinnern, aber das wird vielleicht noch.«

»Es kann Tage dauern, bis die Erinnerung nach so einem Trauma zurückkehrt. Vielleicht bleiben die Ereignisse der Tat auch für immer im Unterbewusstsein verschollen, das kann man nie so genau vorhersagen«, ließ Dr. Kurz sie wissen.

»Wir versuchen es auf alle Fälle später erneut«, blieb Stern hartnäckig. »Sie ist eine wichtige Zeugin und kann uns vielleicht helfen, zwei Morde aufzuklären.«

»Dann sehen Sie zu, dass keine weiteren Menschen in Ihrem Umfeld verletzt werden.« Der Arzt grinste, denn jedes Mal, wenn Stern ein Fall ins Mühlviertel führte, landeten irgendwelche Personen im Freistädter Krankenhaus.

»Ich gebe mein Bestes.«

»Manchmal ist das leider nicht genug«, erwiderte der Mediziner, und Stern wusste, was er damit meinte. Es kam vor, dass einem Arzt unter den Händen Patienten wegstarben, genau wie die Polizei nicht jeden Mord aufklären oder jedes Entführungsopfer lebend retten konnte.

Hoffentlich war das dieses Mal nicht der Fall.

20. KAPITEL

Stern und Grünbrecht fuhren zurück nach Linz auf die Dienststelle im Landeskriminalamt in der Nietzschestraße. Stern saß hinterm Steuer, sein Quantum an ausgeschütteten Stresshormonen am Beifahrersitz war bei der Hinfahrt eindeutig überschritten worden. Wie üblich starrte Grünbrecht gelangweilt aus dem Fenster, und Stern wunderte sich, dass er keine stichelnden Kommentare seine Fahrkünste betreffend zu hören bekam. Hoffentlich war Grünbrechts Schweigen dem Fall geschuldet, der langsam zu einer echten Belastung wurde, und nicht ihren hin und wieder aufkeimenden Zweifeln, ob sie Edwin Mirscher tatsächlich ehelichen sollte.

Die Kriminalbeamten betraten das Großraumbüro, wo Kolanski und Mirscher gerade die Mühlviertler Mordfälle auf der Magnetwand mit den neuesten Informationen ergänzten.

»Du hast da Lippenstift«, sagte Grünbrecht zu Kolanski, als sie an ihm vorbeiging. Sie deutete auf den Kragen seines Hemdes und lächelte verschmitzt, was so viel bedeutete wie, dass sie alles über seine neue Flamme erfahren wollte.

Ihr Verlobter, der ansonsten keine Gelegenheit ausließ, Kolanski deswegen auf die Nerven zu gehen, blieb auffällig ruhig.

»Na, willst du uns nicht sagen, wer sie ist?«, fragte Grünbrecht weiter.

»Äh …« Kolanski druckste herum, was ebenfalls untypisch für ihn war.

»Was?« Grünbrecht hob verwirrt die Hände und wartete auf eine Erklärung. Entweder von Kolanski selbst oder von Mirscher. Denn dass etwas los war, spürte sie deutlich.

»Ich will es gar nicht wissen«, sagte hingegen Stern und hoffte, dass er damit der beginnenden Diskussion über Kolanskis Liebesleben ein Ende bereitet hatte, schließlich hatten sie Wichtigeres zu tun.

In diesem Augenblick stürmte Bormann, der Dienststellenleiter, zur Tür herein und knallte die jüngste Ausgabe der OÖ. News auf den Tisch.

»Von wem haben die das?«, fragte er mit bebender Stimme und deutete mit ausgestrecktem Zeigefinger auf die Zeitung. Er war wütend, das war nicht zu übersehen.

»Von uns gewiss nicht«, verteidigte Stern sein Team.

»Aber von irgendjemandem müssen die das haben! Die saugen sich das doch nicht aus den Fingern, noch dazu, wo alles der Wahrheit entspricht!«, donnerte Bormann weiter.

»In diesen Fall waren auch Personen involviert, die nicht hier auf der Dienststelle arbeiten. Die örtlichen Polizisten, die den Tatort abgesichert haben, die Rettungsleute, die in die Villa der Hallsteiners gerufen wurden, das Kriseninterventionsteam. Einer von denen wird halt geredet haben. Dass das Scheiße ist, weiß ich, ist aber jetzt nicht mehr zu ändern«, sagte Stern nachdrücklich.

»Ich will, dass Sie die undichte Stelle finden!«, forderte Bormann von ihm. »In einer Stunde will ich Ihren Bericht auf meinem Schreibtisch haben, ist das klar?«

»Zuerst müssen wir die Mordfälle im Mühlviertel aufklären …«

»Ich dachte, die sind längst geklärt? Der Vater war's und der Sohn! Steht schon alles in der Zeitung!«, brüllte der Dienststellenleiter. Bestimmt war er im ganzen Landeskriminalamt zu hören gewesen.

Stern versuchte, sich nicht von Bormanns Hysterie einschüchtern zu lassen. »Man soll nicht alles glauben, was in der Zeitung steht«, sagte er ruhig. »Und wenn Sie meinen, dass in Zukunft Journalisten die Mordfälle aufklären sollen, stellen Sie welche ein. Wir werden dann ja sehen, wie das läuft und welche Erfolgsquoten die haben werden.«

Daraufhin bekam Bormann einen roten Kopf. Stern befürchtete, dass er zu weit gegangen war. Vielleicht erlitt der Dienststellenleiter gerade einen Herzinfarkt? Weil er sich jetzt nicht mehr nur über die Zeitung aufregte, sondern auch über ihn. Er wollte schon etwas sagen, sich vielleicht bei ihm entschuldigen, als sich Bormann abrupt abwandte und schnaubend das Büro verließ. Hinter ihm knallte die Tür ins Schloss.

»Auwei!«, entfuhr es Grünbrecht. »Der ist ja mächtig sauer.«

Die anderen schwiegen.

»Mensch, Leute, was ist mit euch los?«, wollte Grünbrecht wissen. Ansonsten lästerten die Kollegen ebenso wegen des cholerischen Dienststellenleiters. Heute aber blickten sie drein wie Hunde, die ihrem Herrn die Wurst gestohlen hatten.

Eine unangenehme Stille breitete sich aus. Jeder wartete, dass der andere das Wort ergriff, und Grünbrecht setzte sich genervt hinter ihren Schreibtisch.

»Was ist los?«, wollte nun ebenso Stern wissen. Eine böse Vorahnung beschlich ihn.

»Äh … ja, Chef, ich meine, … dass das mit den Hallsteiners in der Zeitung steht, ist wahrscheinlich meine Schuld«, sagte Kolanski endlich.

»Wie darf ich das verstehen?«, hakte Stern nach. Noch wollte er nicht glauben, dass es tatsächlich Kolanski gewesen war, der interne Ermittlungsergebnisse an die Presse weitergegeben hatte, wo er selbst doch vor Bormann eben das gesamte Team in Schutz genommen hatte.

»Ich hab eine … na ja, ich …«

»Spuck es aus, Hermann!«, forderte Stern ungeduldig.

»Ich hab da was mit Leona Sipacher laufen«, ließ Kolanski die Katze aus dem Sack.

»Mit der Zubraut?«, hakte Stern nach, obwohl er ziemlich genau wusste, dass es sich um besagte Dame handelte.

»Ja, Chef. Ich habe sie mit Edwin befragt, und als ich sie auf der Burgruine Reichenstein bei der Mahnwache wiedergesehen habe, ist es passiert. Es tut mir leid, ich wollte nicht …«

»Das heißt, du warst letzte Nacht bei ihr?«, ließ Stern den Kollegen nicht ausreden.

Der nickte.

»Mensch, Hermann!«

»Ich weiß, es tut mir leid. Aber es ist nun mal geschehen.«

»Sie könnte die Täterin sein! Oder sonst irgendwie in die Mordfälle verwickelt sein, vielleicht ist sie ja Hallsteiners Komplizin«, zeigte Stern auf, da sie noch immer keine Beweise dafür hatten, dass Viktor Hallsteiner Marion umgebracht hatte. Ebenso fehlte das Motiv für die Tat.

»Dass sie den Mord nicht begangen hat, dafür lege ich meine Hand ins Feuer«, sagte Kolanski rasch, was lediglich bewies, wie verliebt er in Leona Sipacher war, und nicht, dass sie tatsächlich unschuldig war.

»Ach, Hermann, du weißt ganz genau, wie das abläuft. Sie macht dir schöne Augen, sieht dich verliebt an und schon frisst du ihr aus der Hand. Deshalb ist es das oberste Gebot, kein Techtelmechtel, oder was auch immer, mit Verdächtigen zu haben«, erinnerte Stern den Kollegen an diese polizeiinterne Vorgabe.

Kolanski ließ sich auf seinen Drehstuhl fallen und erwiderte nichts.

»Wie ist es überhaupt zu diesem Artikel gekommen? Hat die Dame Kontakt zur Presse?«, bohrte Stern nach.

»Die Dame ist die Presse«, meldete sich Mirscher endlich mal zu Wort.

»Hast du davon gewusst?«, fragte Stern den Kollegen.

»Dass er sich in sie verknallt hat, ja«, gab Mirscher kleinlaut zu.

»Und wann wolltet ihr mir davon erzählen?«, fragte Stern nun doch aufgebracht.

»Ja, und wann wolltest du mir davon erzählen?«, stellte Grünbrecht dieselbe Frage an ihren Verlobten.

»Hey, das fällt unter Männerfreundschaft! So etwas verrät man nicht einfach«, verteidigte sich Mirscher gegenüber Grünbrecht. Und zu Stern sagte er: »Dass Leona Sipacher als Reporterin bei den OÖ. News arbeitet, wusste ich natürlich nicht. Sie hat uns zwar erzählt, dass sie ihre Stelle bei den Balduin Gewürzen gekündigt hat, aber da ihr Arbeitgeber zum gegebenen Zeitpunkt keine Rolle spielte, haben wir nicht weiter nachgefragt.«

Stern seufzte. Die Lage wurde zunehmend komplizierter.

»Ich schwöre, ich hatte keine Ahnung, dass sie Reporterin bei den OÖ. News ist.« Kolanski hob die Hände wie zwei gehisste weiße Fahnen, um seine Aussage zu bekräftigen.

»Seit drei Monaten arbeitet sie dort«, ergänzte Mirscher und drehte den Monitor seines Computers so, dass alle einen Blick auf Leona Sipachers Daten werfen konnten.

»Du hast sie durchgecheckt?«, fragte Kolanski irritiert.

»Jetzt: ja. Vorher: nein«, erwiderte Mirscher ungerührt.

»Hast du mich auch durchgecheckt?«, wollte Grünbrecht von ihm wissen.

»Jeden Zentimeter von dir …«

»Aus! Schluss! Das geht zu weit!«, beendete Stern das Gespräch, das sich in eine falsche Richtung zu entwickeln drohte. »Wir bereden das später, jetzt müssen wir uns auf den Fall konzentrieren. Christine Hallsteiner wird immer noch vermisst, ebenso hat die Fahndung nach Fabian Hallsteiner kein Ergebnis gebracht. Wir müssen dringend etwas unternehmen, uns läuft die Zeit davon!«

»Okay, was haben wir: Stefanie Hallsteiner ist wieder verdächtig. Wenn sie von der Affäre zwischen ihrem Mann und Marion gewusst hat, kann es durchaus sein, dass sie Marion aus Eifersucht umgebracht hat«, sagte Grünbrecht und heftete das Foto der Benannten unter die Rubrik der möglichen Täter, gleich neben dem Bild ihres Ehemannes.

»Fiona Mühlböck, die Haushälterin der Hallsteiners, ist in der letzten Nacht im Krankenhaus zu sich gekommen. Sie kann sich aber nicht erinnern, wer sie niedergeschlagen hat. Das bringt uns also nicht weiter«, erzählte Stern von ihrem Besuch im Freistädter Spital.

»Marions Bruder David ist ebenfalls verdächtig. Nach den Angaben des Vaters wollte er Marion als seine Nachfolgerin für den Posten als Chef der Balduin Gewürze einsetzen und nicht David, der es ursprünglich hätte werden sollen.« Grünbrecht befestigte Davids Foto an der Magnetwand gleich neben denen der anderen Verdächtigen. »Wir haben mit David noch nicht geredet, da die Spur zu den Hallsteiner Männern als Täter bislang vielversprechender war. Ausschließen würde ich ihn dennoch nicht. Er hat ein gutes Motiv, Marion aus dem Weg zu räumen.«

»Dann haben wir noch diese beiden jungen Männer«, sagte Mirscher und brachte als Erstes ein Foto von Albert Freiherr an der Wand an. »Er ist der Zubräutigam und war, seinem Verhalten nach, in die Braut verliebt. Die allerdings nicht in ihn.«

»Gibt es Indizien, dass er sie ermordet haben könnte?«

»Nicht wirklich. Er will vor der Tat nach Hause gefahren sein, das war so um 2 Uhr. Mit einem Taxi. Ich habe seine Angaben überprüft und es stimmt. Er hat dem Taxifahrer 30 Euro Trinkgeld gegeben, deshalb konnte der sich gut an ihn erinnern.« Mirscher nickte anerkennend wegen dieser großzügigen Geste.

»Also war er einer der Letzten, der Marion lebend gesehen hat. Möglicherweise ist er aber auch der Täter«, zeigte Stern alle Varianten auf, deshalb schob Mirscher das Foto von Albert Freiherr neben jene des Ehepaars Hallsteiner und David Balduin.

»Und der hier hat sich mit Freiherr bei der Mahnwache geprügelt«, sagte Kolanski und heftete ein weiteres Bild an die Wand. »Sein Name ist Felix Kriecham. Er behauptet, dass Marion ihn bei der Hochzeit angemacht hat und mit ihm schlafen wollte.«

»Ich glaub, ich spinne! Das ist doch der Liebhaber

von Stefanie Hallsteiner!«, entfuhr es Grünbrecht, als Kolanski zur Seite trat und den Blick auf das Foto von Felix Kriecham freigab. Die Gruppeninspektorin stand auf und deutete auf die Aufnahme, die ein Ausdruck aus dem Internet war. Wahrscheinlich ein Foto von seinem Facebook-Account.

»Du hast recht«, bestätigte Stern, der sich ebenfalls an die Aufnahme erinnerte, die ihnen Stefanie Hallsteiner auf ihrem Handy gezeigt hatte. Er trat näher und musterte das Bild genauer. »Kann ich noch mal das Foto sehen, auf dem Christine den mysteriösen Fremden entdeckt hat, der angeblich mit der Braut geflirtet hat?«, verlangte er.

»Ich hab mir das Foto aus der Datenbank des Hochzeitsfotografen heruntergeladen, kurz nachdem wir bei Christine waren«, sagte Grünbrecht und suchte nach dem angesprochenen Bild auf ihrem Computer. »Ich hab's! Leider ist es keine gute Aufnahme, und eine bessere habe ich unter den anderen Hochzeitsbildern nicht gefunden.« Grünbrecht druckte es aus und hielt es neben das Foto, das Kolanski eben befestigt hatte.

»Das ist doch derselbe Mann, oder?« Stern verglich die beiden Bilder.

»Ja, das ist derselbe Mann«, bestätigte Grünbrecht.

»Jeder mit jedem und einer mit allen, frei nach den Musketieren?«, fragte Mirscher irritiert.

»Zumindest hatte dieser Mann Erfolg bei den Frauen. Wahrscheinlich ist er der Einzige, der einen tollen Abend verbracht hat«, konnte sich Grünbrecht nicht verkneifen zu sagen.

»Aber wer ist nun der Täter? Bei dem Durcheinander kennt sich ja keiner mehr aus«, grübelte Kolanski.

Sterns Handy läutete. Auf dem Display stand Bormanns Name. Die Stunde war um. Stern atmete tief durch und ging ran.

»Und? Wissen Sie inzwischen, wer die Informationen an die Presse weitergegeben hat?«, dröhnte Bormanns Stimme aus dem Lautsprecher, sodass Stern das Handy eine Armlänge von seinem Ohr weghielt. Dadurch, und weil Bormann derart laut schrie, konnten alle im Raum mithören.

»Nein, das weiß ich nicht, und zum jetzigen Zeitpunkt hat das auch nicht die höchste Priorität, da es das Leben einer möglichen Geisel zu retten gilt«, erwiderte Stern ruhig.

»Wenn mich der Landeshauptmann anruft, dann …«

»… dann sagen Sie ihm, was Sie wollen, aber lassen Sie uns unseren Job machen!« Stern beendete das Gespräch und steckte das Handy weg. Zu Kolanski sagte er: »Darüber reden wir noch!«

»Klar, Chef.«

Stern atmete tief durch und konzentrierte sich wieder auf den Fall. Die Sache mit der Zeitung machte das nicht gerade einfach. »Hat jemand überprüft, ob die fünf Millionen Euro tatsächlich den Besitzer gewechselt haben?«, fragte er die Kollegen.

Die Gruppeninspektoren schüttelten der Reihe nach die Köpfe.

»Vielleicht hatte Viktor Hallsteiner gar nicht so viel Geld flüssig und wollte verhindern, dass er zahlen muss?«, spekulierte Stern laut.

»Ich sehe mir seine Finanzlage mal an«, nahm Mirscher den Gedanken sofort auf.

»Tu das, Edwin. Mal angenommen, er konnte nicht zahlen, aus welchem Grund auch immer. Was wäre passiert, wenn das ans Tageslicht gekommen wäre?« Stern blickte fragend in die Runde.

»In diesen Kreisen spielt Geld eine wichtige Rolle. Nur wer genügend davon hat, wird akzeptiert und respektiert«, antwortete Grünbrecht aus dem Bauch heraus.

»Genau«, bestätigte Stern und unterstrich seine Antwort mit einem Fingerzeig auf seine Kollegin.

»Marion und Fabian wurden rechtskräftig verheiratet, die Zeremonie wurde in der Burgkapelle abgehalten. Es gibt mehrere hundert Zeugen, die der Hochzeit beigewohnt haben. Demnach hätte Viktor Hallsteiner das Geld inzwischen an Gustav Balduin zahlen müssen, ob er das nun will oder nicht«, war sich Kolanski sicher.

»Wer würde von dieser Situation am meisten profitieren? Ich meine, dass Marion tot ist und das Geld trotzdem überwiesen wird.«

»David Balduin!«, riefen die Gruppeninspektoren im Chor. Daraufhin sahen sie einander an und grinsten. Sogar Stern fand diesen Augenblick amüsant, und der Rüffel von Bormann trat in den Hintergrund.

»David hätte damit zwei Fliegen mit einer Klappe geschlagen. Erstens kann er nun wieder Chef der Balduin Gewürze werden, und zweitens bekommt er außerdem das Geld für die Sanierung des Unternehmens. Ganz klar: David ist unser Mann! Er hat Marion ermordet und Fabian Hallsteiner seinen Vater, weil er dachte, dass dieser Marion umgebracht hat«, sprudelte aus Mirscher die vermeintliche Lösung der Mordfälle heraus. Sich dessen gewiss verschränkte er die Arme hinter seinem Kopf und schien äußerst zufrieden zu sein.

»Die These klingt logisch, ein Motiv ist vorhanden und die Gelegenheit, Marion zu töten, hatte David wahrscheinlich ebenfalls«, fasste Kolanski die Eckpunkte zusammen.

»Weiß jemand, wann David von der Hochzeit nach Hause ist?«, wollte Stern wissen, wenngleich auch ihm kein Haken an der Sache einfiel. Es schien, als wären sie der Lösung des Falls des »Mühlviertler Kreuzes« sehr nahe, wenngleich ein Funken Ungewissheit bestehen blieb.

»Er war zwar im Haus, als wir seinen Eltern die Todesnachricht von Marion überbracht haben, aber wir haben ihn nicht wirklich befragt. Er schien über den Tod seiner Schwester ziemlich erschüttert gewesen zu sein«, erzählte Mirscher.

»Das werden wir jetzt nachholen«, beschloss Stern den weiteren Verlauf der Ermittlungen. »Edwin und Hermann, ihr beide schaut euch die finanzielle Situation der Hallsteiners und der Balduins an und prüft, ob die fünf Millionen Euro bereits geflossen sind. Und wir zwei, Mara, wir knöpfen uns David Balduin vor.«

»Und was ist mit dem mysteriösen Mann, diesem Felix Kriecham?«, fragte Grünbrecht.

»Wenn wir mit unserer These richtig liegen, wird er weiterhin mysteriös bleiben«, erwiderte Stern.

21. KAPITEL

»David Balduin ist nicht zu Hause und geht nicht an sein Handy ran«, erklärte Grünbrecht, nachdem der Anruf bei den Eltern in Pregarten keinen Erfolg gebracht hatte. »Die Mutter weiß nicht, wo er steckt, und hat auch keine Idee, wo er sein könnte. Ich versuche es jetzt bei den Balduin Gewürzen. Vielleicht ist er ja wie sein Vater in die Firma gefahren und arbeitet.« Die Gruppeninspektorin klemmte sich hinter den Monitor und suchte im Internet nach der Telefonnummer des Unternehmens. Als sie sie gefunden hatte, drückte sie die Ziffern auf dem Festnetztelefon und wartete, bis am anderen Ende der Leitung jemand abhob. Als sie nach David Balduin fragte, bekam sie die gleiche Antwort wie schon vorhin. Der junge Chef sei nicht da und man wisse nicht, wo er sich aufhalte. Resigniert legte Grünbrecht den Hörer auf und teilte ihren Kollegen das Ergebnis mit.

»Mirscher, veranlasse eine Handypeilung. Heutzutage geht ja eh keiner mehr ohne aus dem Haus«, entschied Stern kurzerhand, was am schnellsten zu einem Ergebnis führen würde.

»Heute kann jeder Vater das Handy seiner Tochter anzapfen und über Apps, die du dir aus dem Internet frei herunterladen kannst, orten«, erwiderte Kolanski, der bereits damit begonnen hatte, die Offenlegung der

Finanzdaten von den Hallsteiners und den Balduins bei den zuständigen Behörden zu beantragen. Wenn sie Glück hatten, war der richterliche Beschluss in wenigen Stunden da und sie konnten Einsicht nehmen.

Sterns Handy läutete. Der Gerichtsmediziner war dran.
»Ja, Weber?«

»Grüß dich, Stern.«

»Was hast du dieses Mal für uns?«, kam Stern sogleich zur Sache. Um Höflichkeiten auszutauschen, stand ihm nicht der Sinn.

»Die nächsten Ergebnisse liegen vor«, berichtete Weber. »Das Labor hat nun endlich den DNA-Abgleich abgeschlossen. Das Blut von den Mauerresten auf der Hochburg stimmt mit jenem überein auf dem Handtuch von Viktor Hallsteiner, das Grünbrecht eingetütet hat, und den Mullbinden und Tupfer, die uns das Freistädter Krankenhaus zugeschickt hat.«

»Das haben wir bereits angenommen«, warf Stern ein und fragte sich, woher der Gerichtsmediziner das alles schon wieder vor ihm wusste, schließlich gingen die Berichte sämtlicher Abteilungen, die bei der Aufklärung des Falls mitarbeiteten, direkt an ihn. Gleichzeitig gab er sich selbst die Antwort. Er hegte nämlich den Verdacht, dass so manche Kollegen, angefangen beim Labor, bei der Spurensicherung und der Technik, regelmäßig bei Weber Kaffee tranken, weil der mit seiner sündhaft teuren Espressomaschine den besten Espresso in ganz Linz machte. Weber tauschte Kaffee gegen Informationen. Stern überlegte, ob er für sein Büro ebenfalls so eine Maschine anschaffen sollte.

»Bis jetzt habt ihr das nur vermutet, nun ist es belegt – genauso wie die Tatsache, dass das Sperma auf dem Brautkleid von Viktor Hallsteiner stammt.« Es war Weber anzuhören, dass er Freude daran hatte, all diese Dinge vor Stern zu wissen und sie ihm brühwarm unter die Nase zu reiben.

»Wow!«, kommentierte Stern das Gehörte und wünschte sich, er würde in diesem Moment eine Tasse Espresso von Weber schlürfen. Doch bevor er den Gerichtsmediziner darum bitten würde, gerade jetzt, wo der ihn seinen Wissensvorsprung so überheblich spüren ließ, soff er lieber die braune Brühe aus dem Automaten, der gleich vor seinem Büro auf dem Flur stand.

»Ja, wow!«, echote Weber. »Außerdem: Marion hat wahrscheinlich gelebt, als sie gefallen ist, und ist gestorben, als sie sich das Genick beim Aufprall auf einen dicken Ast gebrochen hat.«

»Hätte sie selber runterspringen können, ich meine, aus eigener Kraft?« Stern wollte alle Eventualitäten berücksichtigen, um keine falschen Schlüsse zu ziehen. In diesem Fall war vieles nicht so, wie es auf den ersten Blick erschien.

»Das ist unwahrscheinlich«, antwortete Weber prompt. »Durch den Schlag auf den Kopf, den sie zweifelsohne abbekommen hat, war sie mit ziemlicher Sicherheit bewusstlos, als sie in die Tiefe stürzte.«

»Danke, Weber.«

Der Gerichtsmediziner war allerdings noch nicht fertig. Vielleicht hatte er ein bisschen zu viel von seinem Espresso intus. »Und noch etwas hab ich für euch, Oskar«, posaunte er ins Telefon. »Die Kugel, die ich aus Viktor Hallsteiners Leiche geholt habe, stammt von einem Jagdgewehr. Es ist eine Rehwildpatrone Kaliber 6,5.«

»Am Tatort wurde kein Gewehr gefunden«, erinnerte sich Stern an den Bericht der Spurensicherung. Er wusste zwar, dass Viktor Hallsteiner mit Geschäftspartnern des Öfteren zur Jagd gegangen war, aber weder in seinem Arbeitszimmer noch sonst wo im Haus hatte er einen Gewehrschrank gesehen.

»Eben! Ihr solltet unbedingt nach der Tatwaffe Ausschau halten«, meinte Weber.

»Das machen wir«, antwortete Stern und beendete das Telefonat. Anschließend bat er Kolanski, er möge bei den Kollegen der Spurensicherung nachfragen, ob in der Hallsteiner Villa ein Waffenschrank gefunden worden war. Wenn er richtig lag, müssten darin ein Gewehr und eine Pistole fehlen – Letzteres hatten sie Fabian ja abgenommen.

»Das ist aber seltsam«, sagte im selben Augenblick Mirscher. Den Blick hielt er dabei starr auf den Monitor gerichtet, als würde er nicht glauben, was sich dort vor ihm abspielte.

»Was ist denn los?« Stern erhob sich und kam zum Arbeitsplatz des Kollegen herüber. Er stellte sich hinter ihn und spähte über seine Schulter.

»Sag mir, was ich da sehe«, verlangte er. Er starrte auf ein Bild mit Bäumen und noch mehr Bäumen. Dazwischen schlängelte sich ein Fluss durchs Gelände und daneben führte eine Straße in den Norden. Und irgendwo in diesem bewaldeten Nirgendwo blinkte ein rotes Signal.

»Das ist die Peilung von Davids Handy«, antwortete der Kollege.

»Was macht der mitten im Wald?«, sprach Stern aus, was sich auch Mirscher zu überlegen schien. Inzwischen waren ebenso Kolanski und Grünbrecht aufmerksam geworden und herbeigetreten. Gemeinsam analysierten sie den Bildschirminhalt.

»Das ist eine berechtigte Frage«, antwortete Mirscher. »Ich hab nicht den blassesten Schimmer.«

»Wo ist das?«, frage Stern.

»Im Josefstal. Kurz vor Schwertberg und zwischen Winden und der Holzgasse.«

»Das kenn ich«, sagte Grünbrecht. »Das Josefstal hinaufzufahren ist wunderschön, die ideale Strecke für Biker.«

»Ich glaube nicht, dass David mit dem Motorrad unterwegs ist. Das Signal bewegt sich nicht, es bleibt die ganze Zeit über auf demselben Platz.« Mirscher ließ sich in seinem Stuhl zurücksinken und verschränkte die Arme vor der Brust. »Ich hoffe nicht, dass ihm etwas zugestoßen ist. Danach sieht's nämlich im Augenblick aus!«

»Verdammt!«, fluchte Stern. Eine weitere Leiche würde ihm gerade noch fehlen. »Lasst uns überprüfen, was da los ist.«

»Was ist mit den Finanzdaten der Familien?«, wollte Kolanski wissen.

»Die können warten! Die fünf Millionen werden sich nicht so schnell in Luft auflösen.« Stern schnappte sich seine leichte Frühlingsjacke und verließ mit den Kollegen im Schlepptau das Großraumbüro im Landeskriminalamt in Linz.

*

Die Kriminalbeamten jagten mit ihren Einsatzwagen das Josefstal hinauf. Mirscher behielt die ganze Zeit über das Signal von David Balduins Handy im Blick und bemerkte deshalb nicht, wie idyllisch das Tal war. Aber auch die anderen Inspektoren hatten für die Schönheit der Natur keine Augen. Die Angst, dass sie einen weiteren Toten zu beklagen haben könnten, saß ihnen allen im Nacken. Irgendwann gab Mirscher das Zeichen, dass sie links in den Wald hineinfahren mussten. Bei der nächsten Gelegenheit bogen sie von der Aisttalstraße ab und lenkten ihre Wagen ein gutes Stück in das Dickicht hinein. Als nichts mehr ging, weil der Weg zu einem Trampelpfad wurde, ließen sie die Autos stehen und nahmen die restliche Strecke zu Fuß in Angriff.

»Was will der bloß hier?«, maulte Stern, weil er mit seinen teuren Kalbslederschuhen durch das Unterholz wandern musste. Die Brombeerstauden zerkratzten das feine Leder und durch die Feuchtigkeit des Bodens hafteten bald Erde, Blätter und Baumnadeln an seinen Sohlen.

»Ich hoffe, wir finden ihn lebend. Das Signal hat sich die ganze Zeit über, seit wir von Linz weggefahren sind, nicht bewegt.« Mirscher beobachtete nach wie vor die Peilung auf seinem Smartphone, damit sie die richtige Stelle im Wald fanden.

»Du meinst, dass er ermordet wurde? Wer hätte ihn denn töten sollen und weshalb?«, fragte Grünbrecht, die hinter ihm herging.

»Keine Ahnung.« Mirscher schüttelte ratlos den Kopf.

»Oder er hat sich selbst umgebracht, weil er Marion getötet hat«, spekulierte Kolanski. Sie hatten schon so manche Leiche aus dem Wald geborgen. Aufgehängt an einem Baum, weil die Menschen nicht mehr weitergewusst hatten. Oder eigenhändig erschossen, weil die Schuld für ein Vergehen zu schwer auf ihren Schultern gelastet hatte oder sie unheilbar krank gewesen waren.

»Auch das ist natürlich möglich. Wir sollten allerdings keine voreiligen Schlüsse ziehen und … Mist! Ich hab ihn verloren«, ließ Mirscher die Kollegen wissen. Das Signal war plötzlich weg. »Keine Verbindung«, stand auf dem Display. »Aber wir sind nicht weit von der Stelle entfernt. In diese Richtung müssen wir gehen.« Mirscher deutete nach Westen und führte den kleinen Trupp an. »Wartet mal! Ist das ein Schuh?« Er deutete auf einen Gegenstand, der auf dem Pfad gut zehn Meter vor ihnen lag.

»Ein Frauenschuh«, stellte Stern erleichtert fest, als sie nähertraten und sich das Schuhwerk als roter Pumps mit einem Absatz von mindestens sieben Zentimetern herausstellte. »Also gehört er schon mal nicht David Balduin.«

»Wem dann?« Kolanski nahm die Fußbekleidung in die Hand, betrachtete sie und blickte den Pfad entlang, an dessen Ende sich eine Lichtung auftat.

»Das werden wir hoffentlich gleich herausfinden«, erwiderte Stern und ging weiter, immer wieder Brennnesseln und Brombeerstauden zur Seite schlagend und sich und seine Kalbslederschuhe bemitleidend, bis er endlich hinaustrat auf die kleine Lichtung, wo ihn die Sonne blendete.

Vom gegenüberliegenden Waldrand drangen Geräusche zu ihnen herüber. Jemand schrie, stöhnte.

Etwas passierte dort!

Die Kriminalbeamten zogen ihre Dienstwaffen und die Gruppeninspektoren sprinteten über die Wiese, Stern keuchte ihnen hinterher. Die paar Kilo zu viel, die sich über die Jahre um seinen Bauch angesammelten hatten, waren bei solchen Einsätzen stets hinderlich. Im Näherkommen sah er jemanden am Waldrand am Boden liegen. Die Person war nackt und wandte ihnen den Rücken zu.

Die Kollegen blieben stehen und ließen ihre Waffen sinken. Stern erkannte nun ebenfalls, was auf der Lichtung vor sich ging. Ein Liebespärchen vergnügte sich in freier Natur. Gleich daneben lagen ihre Kleider in der Wiese. Von dort kam auch das rote Signal auf Mirschers Handy, das endlich wieder Verbindung hatte.

»David Balduin?«, fragte Stern und schreckte dadurch den jungen Mann hoch, der die Frau, die ihr Gesicht von den Inspektoren abgewandt hielt, von hinten nahm.

David Balduin wandte erschrocken den Kopf und ließ von der Dame ab. Mit einer Hand angelte er nach seinem T-Shirt, während er mit der anderen sein bestes Stück verdeckte. »Was … was machen Sie hier?«, stotterte er.

»Was ist denn …?«, protestierte die Frau, die noch nichts von der Anwesenheit der Inspektoren mitbekommen hatte, während ihr entblößtes Hinterteil offenbarte, was gerade abgelaufen war und nicht hatte beendet werden können.

»Leona?« Kolanski erkannte sie an der Stimme. Er trat näher und umrundete das Paar.

»Hermann!« Leona Sipacher richtete sich auf und bedeckte mit den Händen ihre Scham und Brüste. Zumindest versuchte sie es, so gut es ging, bis Mirscher ihr ihre Klamotten reichte.

»Was soll das?«, keifte Kolanski die Frau an.

»Was soll was?«, stellte sie ihm eine Gegenfrage und kleidete sich hastig an. Sie schlüpfte ohne Slip in ihre Jeans und ließ den BH am Boden liegen. So wie Gott sie geschaffen hatte, zog sie ihre rote Bluse über, die leicht durchsichtig war, weshalb ihre Brüste nach wie vor gut zu erkennen waren.

»Ich dachte, wir hätten was miteinander!« Es war Kolanski anzusehen, dass ihn die Situation ziemlich aufregte. Ihn verwirrte, wo er doch ansonsten immer derjenige war, der die Frauen abservierte oder sich einfach nicht mehr bei ihnen meldete. Das Ganze andersrum schien eine neue Erfahrung für den Kollegen zu sein.

»Haben wir ja auch«, sagte Leona.

»Aber? Wieso machst du dann mit dem Kerl rum?« Kolanski wollte es nun genau wissen.

»Du bist net der Einzige, Hermann.« Leona Sipacher blickte ihm direkt in die Augen. Sie wirkte kein bisschen schuldbewusst oder als schämte sie sich wegen der eindeutigen Auffindeposition durch die Kriminalbeamten.

»Was heißt, ich bin nicht der Einzige? Wie viele hast du denn noch außer mir und ihm?« Kolanski deutete auf David Balduin, der sich ebenfalls ankleidete.

»Ja, das würd mich auch interessieren«, schloss sich ihm der Angesprochene an und zog gleichzeitig den Reißverschluss seiner Jeans hoch.

»Klappe!«, fauchte Kolanski ihn an. Und zu Leona sagte er: »Der ist doch viel zu jung für dich!«

»Hermann, jetzt beruhig dich. Ich hab dir nix verschwiegen und auch nix versprochen. Oder?« Leona klang so selbstbewusst und bestimmt, dass es Kolanski ein aufgebrachtes Schnauben entriss. Aber er erwiderte nichts, was Stern dahingehend deutete, dass die Dame irgendwie recht haben musste.

»Seit ich von Paul g'schieden bin, genieße ich das Leben! Ich bin frei, Hermann, und ich will meinen Spaß hab'n. Mit dir oder ohne dich, das ist deine Entscheidung.« Sie kam ganz nah an ihn heran und stellte sich auf die Zehenspitzen, wahrscheinlich um ihn zu küssen.

»Nein, Leona. So läuft das nicht«, erwiderte Kolanski, drückte ihr den Schuh, den sie auf dem Weg hierher gefunden hatten, in die Hand, wandte sich ab und querte die Wiese zurück auf die andere Seite der Lichtung. Kein einziges Mal drehte er sich dabei um.

»Herr Balduin, warum gehen Sie nicht an Ihr Handy?«, fragte Stern endlich. »Wir haben schon befürchtet, dass Ihnen etwas zugestoßen sein könnte.«

»Mir? Etwas zugestoßen? Wie S' sehen, geht es mir ausgezeichnet. Zumindest so lange, bis Sie auf'taucht sind.« David holte sein Smartphone aus der Hosentasche und blickte auf das Display. Sieben entgangene Anrufe leuchteten auf, sechs von der Kriminalpolizei und einer von seiner Mutter. »Ich hab es auf lautlos g'stellt, wir wollten ung'stört sein.« David grinste und steckte das Handy wieder ein. »Wie hab'n S' uns überhaupt g'funden?«

»Die Polizei hat so ihre Methoden«, antwortete Stern ausweichend. »Wir müssen mit Ihnen reden. Folgen Sie uns bitte auf die Dienststelle.«

»Was ist mit mir?«, frage Leona, die ihre restlichen Sachen einzusammeln begann.

»Sie können nach Hause fahren oder hierbleiben, was immer Sie wollen«, teilte Stern ihr mit.

»Ich bin aber net selber herg'fahren, sondern mit ihm.« Leona deutete auf David.

»Kolanski wird Sie nach Hause bringen«, erwiderte Stern.

Grünbrecht trat an ihren Chef heran, drehte sich mit dem Rücken zu Leona Sipacher und flüsterte ihm zu: »Hältst du das für klug? Ich denke, dass es besser ist, wenn Mirscher oder ich Leona nach Hause bringen.«

Stern warf einen Blick in die Richtung, in der Kolanski

zuvor aufgebracht entschwunden war. »Du hast bestimmt recht. Übernimmst du das bitte?«

»Natürlich.« Grünbrecht wandte sich wieder Leona zu, die bereits ihre Schuhe und Handtasche in der Hand hielt, und sagte: »Kommen Sie, ich bringe Sie nach Hause. Wie es aussieht, will mein Kollege im Augenblick nichts mit Ihnen zu tun haben.«

*

Stern saß im Vernehmungsraum des Landeskriminalamts in der Nietzschestraße David Balduin gegenüber. Mirscher unterstützte ihn bei dem Verhör und Kolanski machte dort weiter, wo er vor dem Einsatz im Josefstal aufgehört hatte. Er recherchierte, ob die fünf Millionen Euro bereits den Balduins gutgeschrieben worden waren, da der richterliche Beschluss für die Kontoöffnungen indessen eingelangt war.

»Herr Balduin, wo waren Sie, als Marion gestorben ist?«, fragte Stern den Bruder der Toten, nachdem er die Namen der Anwesenden und die Uhrzeit in das Aufnahmegerät gesprochen hatte.

»Zu Hause im Bett. Ich bin zwischen 1 und 2 Uhr von der Burg weg, so genau weiß ich das net mehr«, antwortete Balduin.

»Kann das jemand bezeugen?«

»Es war'n noch einige Leute da, als ich g'gangen bin. Sogar die Band hat noch g'spielt. Fragen S' die. Einer von denen wird sich bestimmt daran erinnern, wie ich von der Burg weg bin.«

»Vielleicht sind Sie ja später zurückgekehrt und haben gewartet, bis Marion alleine gewesen ist. Dann haben

Sie sie die Burgmauer hinuntergestoßen«, sagte Mirscher ohne Umschweife. Für ihn gab David Balduin den perfekten Täter ab.

»Warum hätt ich das tun soll'n?«, fragte David aufgebracht. Dass die Beamten in Betracht zogen, er habe seine Schwester umgebracht, schien er nicht fassen zu können.

»Weil Marion die nächste Chefin der Balduin Gewürze geworden wäre«, beantwortete Stern die Frage.

»Ja. Und?« David Balduin blickte zwischen den Inspektoren hin und her, als wartete er auf weitere Erklärungen, weil die genannte für ihn nicht auszureichen schien.

»Nichts und! Sie galten, bis die Hochzeit arrangiert worden war, als der zukünftige Chef, und nun hätte Ihre Schwester diesen Posten übernehmen sollen. Da sind Sie sauer geworden und haben sie aus dem Weg geräumt. Das haben Sie übrigens geschickt angestellt. Sie haben die Vermählung abgewartet, sodass Sie und Ihr Vater Anspruch auf die fünf Millionen Euro haben, und erst dann haben Sie Ihre Schwester getötet, damit sie Ihnen den Chefposten nicht streitig machen kann.« Stern sah sein Gegenüber herausfordernd an und hoffte, dass es sich in Widersprüche verwickelte oder durch eine unbedachte Geste verriet, wenn es sich über diese Anschuldigungen echauffierte.

Doch David blieb ruhig. »Marion war wie g'schaffen für Gewürze und deren Verwendung. Sie hat eine sehr feine Nase g'habt. Gewürze sind ihr Leben g'wesen, schon als kleines Mädchen hat sie Bilder und Postkarten mit ihnen g'bastelt und diese verschenkt. Das war'n kleine duftende Kostbarkeiten.« David lächelte bei der Erinnerung an die gemeinsame Kindheit. Dann wurde sein Blick wieder ernst. »Marion wär die perfekte Chefin der Balduin Gewürze g'wesen. Mit ihr als Leitfigur hätte das Unternehmen wieder aufleben und noch erfolgreicher werden können, als wir es ohnehin schon sind.«

»Das Unternehmen steckt doch in Zahlungsschwierigkeiten.«

»Nur vorübergehend. Der Markt schwankt, einmal läuft es besser und ein anderes Mal net so gut. Aber das gibt sich bald wieder. Mit dem Geld der Hallsteiners wär'n wir alle Sorgen losg'wesen und hätten zudem sogar modernisieren können.«

»Und dass Marion den Posten der Geschäftsführerin übernommen hätte, hat Sie nicht gestört?«, hakte Stern misstrauisch nach. »Ich an Ihrer Stelle wäre mächtig sauer gewesen.«

David schüttelte den Kopf und lachte. »Nein, g'wiss net! Ich kann net einmal Thymian von Salbei unterscheiden. Oder Rosmarin von Petersilie. Mein Part wäre es gewesen, Marion kaufmännisch zu unterstützen oder sie bei den Vertriebspartnern zu vertreten, auf Messen unsere Firma zu präsentieren, mich mit den Leuten zu unterhalten. All diese Dinge, die Marion net mögen hat und die mir liegen. Alles wär perfekt g'wesen. Jetzt aber …«

Sterns Handy klingelte. Er blickte auf das Display und sah die Nummer des Dienstellenleiters. Er seufzte, stand auf und verließ den Vernehmungsraum. In der Erwartung, dass Bormann sich darüber beschweren wollte, weil er heute Morgen das Gespräch einfach beendet hatte, hob er ab. »Stern.«

»Ich warte auf Ihren Bericht«, drang Bormanns Stimme aus dem Lautsprecher.

»Ich sagte Ihnen bereits, dass wir im Augenblick an etwas Wichtigem dran sind und ich keine Zeit dafür aufwenden kann, dass wir uns mit uns selbst beschäftigen.

Wenn der Fall geklärt ist, können Sie immer noch nach dem Schuldigen suchen«, sagte Stern erstaunlich gelassen, was ihn selbst überraschte.

»Wie weit sind Sie denn?« Bormann klang ungeduldig.

»Wir vernehmen gerade einen Verdächtigen, und ich würde jetzt gerne zurück in den Verhörraum gehen, wenn es Ihnen nichts ausmacht.«

»Gut, aber ich erwarte Ihren Bericht in …«

»Ja, schon gut«, schmollte Stern nun doch. Die Hartnäckigkeit von Bormann in Dingen, die nichts mit der Lösung eines Falls zu tun hatten, nervte ihn. Er beendete das Gespräch, steckte das Handy weg und öffnete gerade die Tür zum Vernehmungsraum, als der Klingelton erneut losging. Echauffiert zog der Chefinspektor sein Smartphone aus der Tasche.

»Was denn noch?«, bellte er in das Mikro. Dann hörte er schweigend der Stimme am anderen Ende der Leitung zu. Als er auflegte, bat er Mirscher ihm zu folgen. Gemeinsam gingen sie in das Großraumbüro, wo auch Grünbrecht inzwischen eingetroffen war. Sie hatte ja Leona Sipacher nach Hause gefahren und hängte gerade ihre Sommerjacke über die Lehne ihres Stuhls.

»Was ist denn los?«, fragte sie. An Sterns Gesichtsausdruck konnte sie ablesen, dass etwas passiert war.

Stern setzte die Kollegen darüber in Kenntnis, was er eben erfahren hatte. »Ein Jäger hat vor einem alten Bauernhof in der Nähe von Freistadt einen weißen Audi stehen sehen. Dem Kennzeichen nach handelt es sich um Fabian Hallsteiners Wagen.«

22. KAPITEL

Die Kriminalbeamten sprangen in ihre Einsatzwagen. Mit Blaulicht und Folgetonhorn jagten sie die A7 hoch ins hügelige Mühlviertel. In Höhe Unterweitersdorf wechselten sie auf die S10 und verließen vor Freistadt die Schnellstraße Richtung Lasberg, vorbei an den saftigen Wiesen und prächtigen Wäldern. Während der Fahrt hatten sie die genaue Adresse des Bauernhofes von den Kollegen der Dienststelle erhalten.

»Sollen wir die Cobra anfordern?«, fragte Grünbrecht ihren Chef, während sie viel zu schnell in die nächste Kurve bretterte.

»Noch wissen wir nicht, was wirklich los ist«, bremste Stern seine Kollegin. Auch wenn Grünbrecht fuhr, als wäre der Teufel höchstpersönlich hinter ihnen her, so war der Ruf nach dem Spezialeinsatzkommando doch verfrüht. Zuerst benötigten sie Gewissheit, dass sich Fabian Hallsteiner tatsächlich in dem Bauernhaus aufhielt. Oder Christine Hallsteiner. Oder beide zusammen. Denn wenn sie die Kollegen von der Cobra alarmierten und sich die Hallsteiner Geschwister nicht in dem Gebäude befanden, würde Bormann ihnen die Ärsche aufreißen. Und da dieser ohnehin schon sauer auf sie war, wegen der Sache mit den polizeiinternen Informationen an die Presse, war vorerst Zurückhaltung angesagt.

»Stimmt auch wieder. Vielleicht ist Fabian mit seiner Schwester dorthin gefahren, um alleine zu sein. Weil ihnen alles zu viel geworden ist und sie ihre Ruhe haben wollen«, spekulierte Grünbrecht. »Um über die Ereignisse der letzten Zeit zu reden. Nur die beiden!«

»Das wäre nicht das erste Mal, dass jemand abhaut, weil er die Schnauze voll hat«, brummte Stern. Dennoch wollte er nicht so recht daran glauben.

Gut einen Kilometer vor ihrem Ziel schaltete Grünbrecht das Blaulicht und die Sirene aus, das Gleiche machten Kolanski und Mirscher, die sich dicht hinter ihnen hielten. Sie wollten nicht vorzeitig auf sich aufmerksam machen und dadurch einen möglichen Täter in die Flucht schlagen, denn immerhin verdächtigten sie Fabian nach wie vor, seinen Vater ermordet zu haben. Deshalb verringerten sie auch das Tempo, als der Bauernhof in Sichtweite kam. Dieser war umgeben von Wald, Wiesen und Feldern. Zu dieser Jahreszeit stand alles in einem satten Grün. Die Obstbäume im angrenzenden Garten blühten weiß und rosa. In ein paar Monaten würden hier reife Kirschen und saftige Äpfel und Birnen zu ernten sein. Eine schmale Zufahrtstraße führte zu dem ländlichen Gehöft, das im typischen Mühlviertler Steinbloßstil errichtet war. An manchen Stellen bröckelte der Putz von den Wänden und das Holz der Scheune und der Fenster bedurfte dringend eines neuen Anstriches. Wenn sich jemand selbst oder einen anderen verstecken wollte, war dies genau der richtige Platz dafür. Der Hof lag fernab jeglicher Ansiedlung, und es war ein Glück gewesen, dass der Jäger den weißen Audi überhaupt entdeckt hatte.

Der Weidmann wartete am Rand der Zufahrtsstraße auf die Kriminalbeamten und schien erleichtert zu sein, als sie neben ihm anhielten, aus dem Wagen stiegen und ihn befragten.

»Bitte erzählen Sie uns, was Sie gehört oder beobachtet haben«, forderte Stern den Jäger auf.

»Ja mei, g'hört hab ich nix, aber g'sehen hab ich was. Und zwar den Wagen dort drüben. Des ist derselbe, wie ihn die Polizei sucht, gell?« Der Jäger deutete hinüber zu dem Bauernhof. »Ich bin hinter dem Hof durch den Wald g'gangen, das mach ich jeden Tag. Das ist mein täglicher Rundgang, damit ich weiß, ob im Wald eh alles in Ordnung ist. Und da hab ich ihn dann entdeckt.«

»Sind Sie dem Fahrer begegnet?«, hakte Grünbrecht nach.

»Nein, bin ich net, weil der Wagen ist schon dag'standen, wie ich g'kommen bin.«

»Sind Sie ins Haus gegangen, um herauszufinden, wem das Auto gehört?«

»Das wollt ich, aber die Tür ist versperrt. Also hab ich g'rufen, ob jemand da ist, doch da hat sich niemand g'meldet. Es war alles ruhig. Ich hab sogar ein paar Minuten g'wartet und noch mal g'rufen – wieder nix. Da hab ich die Polizei informiert, weil ich mir dacht hab, dass das der Wagen sein könnt, den ihr sucht! Ich hab's ja im Radio g'hört.«

»Das haben Sie richtig gemacht. Wissen Sie, wer der Besitzer von dem Bauernhof ist?«, fragte Stern.

»Der steht schon seit ein paar Jahren leer, wissen S'. Die Frau, die dort g'wohnt hat, ist g'storben, und niemand von den Verwandten hat den Hof hab'n woll'n. Das ist halt das Schicksal von so kleinen Bauernhöfen, wie der einer ist. Man kann net mehr davon leb'n.«

»Kennen Sie den Namen der Frau, die hier gewohnt hat?«

Der Jäger überlegte eine Weile. »Ja mei, ich denk, die hat Rosa g'heißen«, fiel ihm schließlich ein. »Ja genau, Rosa Kriecham, so hat sie g'heißen.«

Die Inspektoren warfen sich vielsagende Blicke zu.

»Hatte die Frau einen Sohn?«, wollte Grünbrecht wissen. Denn wenn ja, wäre ihr Verdacht bestätigt. Dieser Familienname kam im Mühlviertel nämlich äußerst selten vor wie auch im Rest des Landes. Das konnte kein Zufall sein.

»Schon möglich. Die Rosa hat sehr zurückg'zogen g'lebt, deshalb weiß ich net viel über sie. Ich betreu dieses Jagdrevier erst seit ein paar Jahren, wissen S'? Was vorher g'wesen ist, weiß ich nur vom Hörensagen. Seit ich meine Runden in der Gegend dreh, ist da jedenfalls niemand mehr drinnen g'wesen. Seit ich zuständig bin, steht der Hof leer und verfällt, wie S' selber sehen.« Der Jäger deutete erneut zu dem alten Mühlviertler Bauernhof hinüber, dem die Jahre deutlich anzumerken waren. Nicht nur der Putz bröckelte von der Mauer, sondern so mancher Dachziegelstein war zerbrochen, Fensterscheiben waren eingeschlagen, und die verbretterte Scheune war halb in sich zusammengefallen.

»Danke. Sie warten am besten hier. Wir wissen nicht, wer sich dort drinnen aufhält. Mitunter könnte es gefährlich werden«, sagte Stern zu dem Jäger, obwohl er weiterhin hoffte, dass sie Fabian und Christine Hallsteiner friedlich vereint vorfinden würden.

»Aber ich hab ein Gewehr!«, begehrte der Weidmann auf und zog selbiges von der Schulter, wo es bis jetzt an einem Lederriemen gehangen hatte. Er wollte demonstrieren, dass er durchaus einsatzbereit war und ebenso behilflich sein wollte.

»Wir machen das schon«, wehrte Kolanski ab. Dann deutete er auf das Jagdgewehr. »Und das lassen Sie lieber stecken. Wir sind schließlich nicht auf der Jagd.«

»Na ja, irgendwie schon«, sagte Grünbrecht leise, denn schließlich jagten sie einen Verbrecher. Einen Mörder.

Der Jäger nickte und stellte sich hinter die Einsatzwagen. Stern hoffte, dass er dort auch bliebe und keinen Blödsinn anstellte, sollte die Situation aus dem Ruder laufen, was bei derartigen Einsätzen immer möglich war.

»Rosa Kriecham«, wiederholte Mirscher den Namen jener Frau, der der Bauernhof einst gehört hatte, als sie außer Hörweite des Weidmannes waren. »Ob sie mit diesem Felix Kriecham verwandt ist? Der ist doch der Liebhaber von der Stefanie Hallsteiner …«

»Und er hat sich bei der Hochzeit an Marion rangemacht«, fiel Kolanski ihm ins Wort.

»Ein Zufall kann das ja wohl nicht sein«, meinte Stern.

»Wenn Fabian Hallsteiner seine Schwester hierhergebracht hat, muss er gewusst haben, dass er in dem Hof ungestört ist«, versuchte Grünbrecht, die neue Information mit den bestehenden Fakten zu verknüpfen. »Und das wiederum bedeutet, dass es eine Verbindung zwischen ihm und Felix Kriecham gibt. Die beiden müssen sich näher kennen, als wir bisher angenommen haben.«

»In dieser Familie gibt es mehr Geheimnisse, als wir ahnen«, sagte Stern, dem es langsam unter den Fingernägeln zu brennen begann. »Los! Gehen wir rein und finden heraus, was da verdammt noch mal los ist!«

Die Kriminalbeamten näherten sich zu Fuß dem Gebäude. Bei der Scheune auf der rechten Seite des Hofes löste sich an manchen Stellen das Holz, Bretter lagen kreuz und quer am Boden. Durch die Lücken in den

Wänden sahen die Inspektoren, dass in der Scheune ein graues Fahrzeug verborgen war. Entweder stand es schon lange dort und verrottete wie der Rest des Hofes, oder jemand nutzte die Scheune als Parkplatz. Wenn Letzteres der Fall war, mussten sie mit zwei oder mehreren Personen im Gebäude rechnen.

Dass die Tür in den Wohntrakt versperrt war, hatte ihnen der Jäger bereits mitgeteilt, also versuchten sie, durch den Stall in den Hof zu gelangen. Die alte Blechtür war nicht verriegelt, und Kolanski deutete den Kollegen, dass er reingehen wolle.

Stern zog den Schlitten seiner Glock zurück. Egal, was sie dort drinnen vorfinden würden, er wollte darauf vorbereitet sein, denn irgendetwas war nicht so, wie sie glaubten. Das spürte er ganz deutlich.

Im Stall hing noch immer der Geruch von Kühen und deren Ausscheidungen fest, auch wenn darin seit Jahren keine Kuh mehr ihr Heu gefressen hatte oder gemolken worden war. Das Gebäude beherbergte mindestens 20 Anbindeställe, die verwaist vor sich hin rosteten. Andererseits war diese Art der Haltung längst nicht mehr up to date und die meisten Landwirte stellten ihre Betriebe auf Laufställe um. Die Inspektoren gingen daran vorüber und steuerten auf die gegenüberliegende Tür zu. Diese führte hinaus in den winzigen Hof, wo sicher einst Hühner nach Körnern gescharrt und Katzen faul in der Sonne gelegen hatten. Eine hölzerne Bank stand an der südlichen Mauer. Vor langer Zeit war sie wohl einmal der verdiente Rastplatz der Bauersleute gewesen, heute fiel sie in sich zusammen und war bestenfalls noch Brennholz.

Mirscher, Kolanski, Grünbrecht und Stern schenkten der Bank keine Beachtung, sondern eilten weiter. Bei der nächsten Tür, die in den Wohntrakt führte, hielten sie an und lauschten. Drinnen waren Stimmen zu hören. Da war jemand, eindeutig! Mehrere Personen unterhielten sich, jedoch konnten die Beamten nichts davon verstehen. Nur Wortfetzen drangen zu ihnen heraus.

Mirscher ließ die hölzerne Tür mit lautem Quietschen aufschwingen. Das markdurchdringende Geräusch war bestimmt im ganzen Gehöft zu hören gewesen. Nun waren die Anwesenden vorgewarnt! Es musste jetzt alles schnell gehen!

Mit gezogenen Waffen betraten die Beamten das Wohngebäude, sicherten zuerst den Flur, dann die Küche, hernach die Wohnstube.

»Verdammt, wo sind die?«, flüsterte Mirscher, als sie wieder im Flur standen.

In diesem Augenblick feuerte jemand eine Waffe ab. Die Kugel schlug hinter ihnen in der Mauer ein.

Die Inspektoren brachten sich in Deckung. Kolanski schoss im Durchgang der Küche stehend in die Richtung, aus der die Kugel gekommen war. Am Ende des Flurs führte eine Treppe ins Obergeschoss hinauf, irgendwo dort musste sich der Schütze aufhalten.

»Herr Hallsteiner!«, rief Stern in der Hoffnung, der Angreifer ließe sich in ein Gespräch verwickeln. »Wir wissen, dass Sie hier sind! Und wir wissen auch, dass Sie Ihre Schw…«

»Hil…!«, unterbrach ein Schrei Sterns Rede. Ein dumpfes Geräusch ertönte und der Rufer verstummte unvermittelt.

»Herr Hallsteiner?«, versuchte es Stern erneut, eine Reaktion zu provozieren. Irgendeine. Egal welche.

Niemand antwortete.

Kolanski deutete seinen Kollegen mit Handzeichen, dass er beabsichtigte, weiter in Richtung des Schützen vorzudringen.

Stern nickte und gab ihm Deckung. Das Gleiche taten Mirscher und Grünbrecht. Mit gezogenen Waffen sicherten sie den Flur.

Schritt für Schritt wagte sich Kolanski vor, öffnete eine Tür in ein Badezimmer, sicherte den Raum, ging vorbei an einem alten Spinnrad, das zu Dekorationszwecken aufgestellt worden war und längst seinen Zweck nicht mehr erfüllte, bis zum Treppenaufgang. Immer die Glock schussbereit vor sich haltend und jederzeit bereit, die Waffe einzusetzen.

Mirscher folgte ihm in angemessenem Abstand und schloss am Treppenfuß zu seinem Kollegen auf.

Kolanski beugte sich nach vorne und spähte die Treppe nach oben. Dort war niemand. Aber wenn er die Stufen erklimmen würde, wäre er ungeschützt, für den Schützen ein leichtes Ziel. Mit Gesten gab er Mirscher zu verstehen, wie es weitergehen sollte. Wie sie es schaffen konnten, dort hinaufzugelangen, ohne ein allzu großes Risiko einzugehen. Mirscher verstand, was Kolanski vorschlug. Rücken an Rücken nahmen sie eine Stufe um die andere, bis sie das Ende der Treppe erreichten. Rechts im Flur befanden sich drei Türen, links vier. Von dem Schützen keine Spur.

Hinter welcher der Türen lauerte er? Wo hatte er Deckung gesucht? Oder war er abgehauen? Durch ein Fenster?

Und wer hatte vorhin versucht, um Hilfe zu rufen? Wo zum Henker war diese Person?

»Herr Hallsteiner?« Auch Kolanski hoffte, durch die Erwähnung von Fabians Namen eine Reaktion zu erzeugen.

Für eine Weile blieb es ruhig. Dann hörten die Kriminalbeamten ein Klirren. Etwas fiel zu Boden, und zwar zu ihrer Rechten, hinter einer der drei Türen. Drei Türen – das waren drei Chancen und zwei Fehlschläge.

»Ganz links«, flüsterte Mirscher und deutete mit dem Kopf in die entsprechende Richtung.

Stern und Grünbrecht, die indessen zu ihnen aufgeschlossen hatten, positionierten sich beidseitig neben dem anvisierten Raum.

Stern gab das Zeichen. Mirscher drückte die Klinke herunter. Kolanski und er stürmten los. Eine Kugel fegte über ihre Köpfe hinweg. Kolanski feuerte zurück, ließ sich gleichzeitig zu Boden fallen. Auf allen vieren kroch er hinter eine Kommode, die seitlich an der Wand stand. Mirscher brachte sich hinter der Tür in Deckung und schoss von dort aus. Die Schüsse wurden erwidert. Einmal. Zweimal.

»Er hat Geiseln!«, rief Kolanski, was er bei seinem Sprung durchs Zimmer hatte sehen können. Er hielt zwei Finger hoch, was so viel bedeutete, dass zwei Personen unfreiwillig in dem Raum, der sich als Schlafzimmer herausstellte, festgehalten wurden. Anscheinend hatten die einstigen Besitzer ihre Möbel hiergelassen. Oder waren gestorben.

»Polizei! Ergeben Sie sich, dann passiert Ihnen nichts!«, rief Stern in der Hoffnung, den Angreifer zum Aufgeben bewegen zu können. Grünbrecht und er standen noch im Flur, während Mirscher und Kolanski den Schützen, der sich außerhalb ihres Sichtfeldes befand und auf sie feuerte, in die Zange nahmen.

Grünbrecht forderte umgehend die Kollegen von der Cobra an.

»Hilfe!«, schrie in diesem Moment eine Frau. Stern glaubte an der Stimme zu erkennen, dass es Christine Hallsteiner war!

»Ergeben Sie sich!«, rief er erneut, während Kolanski sich hinter der Kommode langsam aufzurichten begann und auf etwas zielte, das Stern nicht sehen konnte. Der Kollege positionierte die Hände auf dem Rand des Möbelstücks und visierte sein Ziel an, als hoffte er, es würde plötzlich aus dem Nichts auftauchen. Stern verstand, was Kolanski vorhatte, also redete er weiter. Versuchte mit Worten, den Schützen aus der Deckung zu locken. »Sie haben keine Chance! Bald wimmelt es hier von Polizisten! Wir haben bereits ...«

Ein weiterer Schuss war die Antwort!

Kolanski feuerte beinahe zeitgleich. Ein Aufschrei war zu hören. Kolanski sprang aus seiner Deckung hervor und hechtete nach vorne. Mirscher hockte hinter der Tür am Boden und gab ihm Feuerschutz. Stern drängte sich an ihm vorbei und betrat das Schlafzimmer. Er sah gerade noch, wie Kolanski jemanden niederrang und zu Boden warf. Dann schlug der Gruppeninspektor ihm ein Jagdgewehr aus der Hand. Deshalb hatte es diese Schusspausen gegeben, der Schütze hatte nachladen müssen.

Auf dem Bett saßen zwei Personen. Christine und Fabian Hallsteiner! Sie waren Rücken an Rücken an den Händen gefesselt und geknebelt. Wahrscheinlich hatte ihnen der Täter, als die Polizisten ins Haus eingedrungen waren, den Mund zugeklebt. Doch von Christines Klebeband hatte sich eine Seite gelöst, deshalb hatte sie um Hilfe rufen können.

Aber wer war die Person, auf deren Rücken Kolanski kniete und der er unter Gegenwehr Handschellen anlegte, wenn Fabian Hallsteiner eine der Geiseln war?

Grünbrecht eilte zu dem Bett und befreite die Geschwister, sagte ihnen, dass sie in Sicherheit seien und nun alles gut werden würde. Was immer das unter diesen Umständen bedeuten mochte.

Stern trat neben Kolanski und hob das Jagdgewehr auf, mit dem sie eben noch beschossen worden waren. Gleichzeitig fiel ihm auf, dass der überwältigte Schütze an der Schulter getroffen war und sein Blut auf den Boden lief. Und er erkannte, um wen es sich handelte: Es war Felix Kriecham!

Kolanski zog ihn unsanft in die Höhe, sodass Kriecham wieder auf eigenen Beinen stand. Der Chefinspektor trat ihm von Angesicht zu Angesicht gegenüber.

»Ich glaube, Sie haben uns einiges zu erklären«, sagte er zu dem Mann. Stern war in der Tat erpicht darauf zu hören, warum sie wider Erwarten Felix Kriecham festnehmen mussten und nicht Fabian Hallsteiner. Er wollte nun endlich die Zusammenhänge verstehen.

Der Angesprochene verzog das Gesicht zu einer leidenden Fratze, sagte aber nichts. Offensichtlich hatte er Schmerzen.

»Das ist nur ein Streifschuss, du Memme!«, ätzte Kolanski und drückte die Handschellen ein wenig fester zu.

»Wo ist Edwin?« Grünbrecht sah sich nach ihrem Verlobten um, nachdem ihr Christine und Fabian Hallsteiner versichert hatten, dass sie so weit in Ordnung und nicht verletzt seien.

Stern wandte sich um. »Gerade war er noch da.«

Grünbrecht querte den Raum und blieb nahe der Tür, die halb in den Raum hereinragte, erschrocken stehen. »Edwin!«, rief sie und beugte sich zu ihrem Verlobten hinab. Er saß mit dem Rücken an die Wand gelehnt und war kreideweiß im Gesicht. Seine Hand presste er auf den Bauch. Zwischen den Fingern sickerte Blut hindurch.

Stern folgte Grünbrecht nach ihrem Aufschrei und erfasste sofort, was sie so dermaßen erschütterte. »Scheiße!«, entfuhr es ihm. Mit Entsetzen starrte er auf seinen verletzten Kollegen hinab. Mirscher hatte bei der Schießerei einen Bauchschuss erlitten.

»Mich hat's wohl erwischt.« Mirscher betrachte zuerst seine blutige Hand und dann seine Verlobte.

»Das wird wieder«, erwiderte Grünbrecht. Sie versuchte tapfer zu lächeln, doch in ihrer Stimme konnte Stern klar die Angst hören, die sie empfand. Angst, dass nichts mehr so sein würde wie bisher.

Kolanski löste eine Hand von Felix Kriecham aus der Handschelle und kettete ihn damit an das massive Bettgestell, danach trat auch er näher. Als er realisierte, was passierte war, unterdrückte er ein Fluchen. Sein Gesichtsausdruck spiegelte wider, was er in diesem Augenblick empfand.

»Rettung und Notarzt sind unterwegs«, sagte Grünbrecht sanft. Sie ergriff Mirschers Hand und streichelte ihm über die Wange. »Ich habe sie vorhin schon angerufen. Sie sind bestimmt bald da. Du wirst sehen, alles wird gut.«

»Was, wenn ich es nicht schaffe?« Mirschers Augen drückten Zärtlichkeit für seine Verlobte aus. Und Angst, dass er diese Situation nicht überstehen könnte. Sie nicht überleben würde.

»Das sagst du nur, weil du kalte Füße bekommen hast, stimmt's?«, scherzte Grünbrecht. Tränen rannten ihr übers Gesicht, und niemand lachte. »Du schaffst es, Liebling!«

Mirscher tätschelte ihre Hand. »Versprich mir, wenn ich es nicht …«

»Ich will das nicht hören, Liebling!«, ließ sie ihn nicht ausreden. »Du hast versprochen, mich zu heiraten, und das wirst du gefälligst tun!«

»Willst du meine Frau werden?«, fragte Mirscher.

»So geht das aber nicht!«, lachte Grünbrecht verzweifelt. Mit dem Handrücken wischte sie sich die Wangen trocken. »Wir brauchen zumindest einen Ring.«

»Hier! Ich geb euch meinen.« Stern zog seinen Ehering vom Finger und reichte ihn Grünbrecht. Obwohl er seit Jahren geschieden war, hatte er ihn nie abgenommen. Er hatte es einfach nicht übers Herz gebracht. Doch jetzt, fand er, war dafür der richtige Zeitpunkt gekommen. Einen besseren würde es nicht geben.

Grünbrecht nahm den Ring entgegen und hielt ihn ihrem Verlobten hin. Der schob ihn ihr mit zittrigen Händen auf den rechten Ringfinger. Nun war Maras Hand ebenfalls blutig.

»Mara, willst du meine Frau werden?«

»Ja, das will ich. Und willst du mein Mann werden?«

»Ja, ich will«, antwortete Mirscher zunehmend geschwächt.

Mara Grünbrecht beugte sich zu ihm hinab und küsste ihn. Stern hat noch nie etwas Schöneres gesehen, gleichzeitig auch nichts Traurigeres. Seine Augen füllten sich mit Tränen.

Draußen waren die Sirenen der Einsatzkräfte zu hören. Bald würde es hier von Polizisten und Sanitätern nur so wimmeln. Und bald würde nichts mehr so sein, wie es gewesen war.

23. KAPITEL

Stern und Kolanski standen vor dem halbdurchlässigen Spiegel und starrten in den dahinterliegenden Vernehmungsraum. Dort saß Felix Kriecham und wartete auf das Verhör. Er hatte einen ihrer Kollegen angeschossen. Edwin Mirscher war mit dem Hubschrauber ins Kepler Universitätsklinikum Med Campus III. nach Linz geflogen worden. Mara Grünbrecht hatte ihn begleitet und hielt Stern und Kolanski auf dem Laufenden, während die Ärzte um Mirschers Leben kämpften.

»Am liebsten würde ich ihm eine in die Fresse hauen«, presste Kolanski zwischen zusammengekniffenen Lippen hervor.

Stern verstand die aufwallenden Emotionen des Kollegen, auch wenn Gewalt wie immer die schlechteste aller Lösungen war. Kolanski und Mirscher arbeiteten seit Jahren zusammen und waren ein gutes Team. Da durfte er nun neben der Spur sein, das gestand ihm Stern durchaus zu. Aber genau deshalb würde er ihn nicht zur Vernehmung von Felix Kriecham mitnehmen, da er nicht einschätzen konnte, was passieren würde, wenn sich Felix Kriecham uneinsichtig zeigte oder gar die Kriminalbeamten provozierte.

»Du wartest hier, ich geh jetzt rein«, sagte Stern um einen emotionslosen Tonfall bemüht. Er musste Ruhe bewahren, auch wenn die Gefühle in ihm hochkochten und überzulaufen drohten. Die Vernehmung zu verschieben kam für ihn nicht infrage, genauso wenig wie sie von jemand anderem durchführen zu lassen. Er musste demjenigen, der Mirscher eine Kugel verpasst hatte, in die Augen schauen.

»Aber …!« Kolanski wollte protestieren, doch Stern brachte ihn mit einer Handbewegung zum Schweigen.

»Ich brauche dich hier, Hermann. Falls Mara noch einmal anruft, muss jemand ans Telefon gehen«, beschwichtigte er den Kollegen.

»Ich kann das Handy ja mit…«

»Nein, Hermann! Wenn ich da drin deine Hilfe benötige, lasse ich es dich wissen.« Mit diesen Worten wandte sich Stern ab und öffnete die Tür zum Vernehmungsraum. Als er eintrat, richtete sich Felix Kriecham kaum merklich auf. Er sah weder verängstigt noch von Schuldgefühlen geplagt aus. Stattdessen hatte Stern den Eindruck, als fühlte er sich sicher, weil er entweder unschuldig war oder glaubte, die Inspektoren konnten ihm nichts nachweisen. Was davon zutraf, würde Stern jetzt herausfinden.

Er schaltete das Aufnahmegerät an, erwähnte die Namen der Anwesenden und die Uhrzeit.

»Herr Kriecham, erzählen Sie uns, was vorgefallen ist«, begann er mit der Vernehmung. Vorerst wollte er offene Fragen stellen und hören, was der Verdächtige von sich aus bereit war, preiszugeben. Immerhin hatten sie Kriecham bislang nicht für die Morde im Visier gehabt, sondern Viktor und Fabian Hallsteiner sowie David Balduin verdächtigt.

»Das wissen S' doch eh selber«, erwiderte Kriecham in einem abfälligen Ton. »Der Pöbel hat sich erhoben, das denken S' doch!«

»Was heißt, der Pöbel hat sich erhoben?« Stern war der Hintergrund dieser seltsamen Aussage nicht klar. Und zum Philosophieren hatte er keine Lust. Deshalb fragte er: »Was haben Sie mit den Hallsteiners zu tun?«

Felix Kriecham zögerte einen Augenblick und senkte den Blick. Als er ihn wieder hob, hatte sich der Ausdruck in seinen strahlend blauen Augen verändert. Hass lag darin und eine große Portion Selbstmitleid.

»Sie wissen es wirklich net«, stellte er lächelnd fest.

»Was weiß ich nicht?« Stern verstand noch immer nicht, worauf Felix Kriecham hinauswollte.

»Viktor Hallsteiner ist mein Vater«, lüftete Kriecham endlich das Geheimnis. Im Gesicht des Chefinspektors suchte er nach Überraschung, die diese Offenbarung zwangsläufig mit sich bringen musste. Doch Stern war zu sehr Polizist, als dass ihn diese neue Information aus der Fassung bringen könnte, geschweige denn, dass er sich seine Gefühlsregung diesbezüglich anmerken lassen würde.

»Können Sie das beweisen?« Er ließ sich mit dieser Behauptung nicht abspeisen. Schließlich hätte dieses Faktum weitreichende Konsequenzen. Felix Kriecham hätte somit Anspruch auf einen Teil von Viktor Hallsteiners Erbe.

Der Verdächtige lachte laut auf und schüttelte den Kopf. »Sie sind net besser als er.« Aus feindseligen Augen starrte er den Chefinspektor an. Langsam lehnte er sich nach vorne und legte den Kopf schief. »Wie soll ich Ihrer Meinung nach beweisen, dass Viktor Hallsteiner meine Mutter geschwängert und sie im Stich g'lassen hat?« Ein hohes Maß an Verachtung lag in seiner Stimme.

Stern wusste, was sein Gegenüber meinte. Solche Fälle

waren keine Seltenheit, und wenn die Mutter bei der Geburt den Kindsvater nicht angegeben hatte, war die Vaterschaft nur mit einem Bluttest nachweisbar. Aber das war heutzutage kein Problem mehr und längst Routine.

»Mal angenommen, es ist so, wie Sie sagen. Wieso haben Sie dann Christine und Fabian in dem Bauernhaus festgehalten?«, hakte Stern nach.

»Die beiden hab'n stets alles im Leben g'habt. Die ganze Zeit über, seit ihrer Geburt. Ich hingegen bin auf einem alten Bauernhof aufg'wachsen, ohne Überfluss, manches Mal nur mit einem Stück Brot als Abendessen auf'm Teller. Als ich ihnen g'sagt hab, dass ich ihr Bruder bin, haben's mich ausg'lacht und mir net g'glaubt. Sie wollten ihr Erbe net mit einem Bastard teilen, haben's gesagt. Ein Bastard wär ich, wenn stimmt, was ich behaupte! Das sind ihre Worte g'wesen.« Felix Kriecham presste die Kiefer aufeinander. Es war überdeutlich, dass ihn die Haltung seiner mutmaßlichen Halbgeschwister schmerzte. »Ich hab sie in das Haus meiner Mutter eing'laden, in dem ich großg'worden bin. Ich wollt, dass sie das sehen. Dass wir nix g'habt hab'n, net in diesem Reichtum g'lebt hab'n, und meine Mutter Tag und Nacht g'schuftet hat für einen Hungerlohn, der kaum ausg'reicht hat, um das Nötigste anzuschaffen. Meine Mutter hat diesen Hof von ihren Eltern übernommen, die sind g'storben, da war ich noch ein Kind. Ich kann mich kaum an sie erinnern. Daraufhin hat sie den Hof alleine bewirtschaftet, ohne einen Mann an ihrer Seite, und mich nebenher groß'zogen, so gut es eben ging. Und ich wollt, dass die beiden das begreifen. Vielleicht hätten's mir dann ein Stück von ihrem übergroßen Kuchen abg'geben.«

»Aber Ihre Geschwister wollten nicht«, schlussfolgerte Stern.

Felix Kriecham schüttelte den Kopf. »Sie hab'n g'sagt, ich soll dorthin zurückkehren, woher ich g'kommen bin. Aus der Gosse!«

»Sie sind der Liebhaber von Stefanie Hallsteiner«, wechselte Stern das Thema und gab dadurch zu erkennen, dass die Polizei mehr wusste als bloß das Naheliegende.

»Ich bin beeindruckt«, gab der Verdächtige anerkennend zu. »Hat sie Ihnen das erzählt?«

Stern nickte. »Ja, hat sie. Da stellt sich für mich die Frage, wieso Sie eine Affäre mit der Frau Ihres Vaters anfangen, wenn Sie doch so sehnsüchtig in die Familie aufgenommen werden wollten?«

»Wer sagt denn, dass ich in die Familie aufg'nommen werden wollt?« Kriecham sah Stern fragend an.

»Nicht? Was war dann Ihr Ziel?«

»Meine Mutter hat mir an ihrem Sterbebett g'sagt, wer mein Vater ist. Sie ist über diese Schande und die Schmach, dass er nach dieser einen Nacht nie wieder etwas mit ihr zu tun haben wollt, nie hinweg'kommen und schlussendlich daran zugrunde g'gangen. Der Krebs hat sie von innen aufg'fressen, hat sie auf'zehrt vor Kummer über ihr verpfuschtes Leben.« Kriecham blickte auf seine Hände, als er von seiner Mutter redete, als suchte er etwas, das ihn nach wie vor mit ihr verband. Doch außer Erinnerungen war da nichts. »Mit einem unehelichen Kind hat sie damals niemand hab'n woll'n. Ja, ich war ein Bastard, das bin ich bis heute g'blieben. Aber hatte meine Mutter deshalb nicht auch ein Recht darauf, glücklich zu sein? Oder ich?« Für einen Augenblick schwieg Kriecham, um der Frage Raum zum Wirken zu geben. »Daraufhin bin ich zur Viktor Hallsteiner g'gangen und hab ihm g'sagt, wer ich bin. Er hat mir sofort mitgeteilt, dass er mit mir nix zu tun hab'n will und dass er das meiner Mutter damals schon g'sagt hat, vor meiner Geburt. Er hat mir sogar gedroht, dass er mich fertigmachen wird, wenn ich versuchen würd, Anspruch auf sein Vermögen zu erheben. Er würd sich die teuersten und besten Rechtsanwälte nehmen und sie mir auf den Hals hetzen, mein feiner Herr Vater.« Kriecham lachte spöttisch. »Dann ist in mir diese Idee g'wachsen, dass ich ihm alles nehmen könnt, was er sich net mit Geld kaufen kann. Seine Frau. Seine Geliebte. Seine Kinder.«

»Sie wussten, dass Marion ein Verhältnis mit Viktor Hallsteiner hatte?«, zeigte sich Stern überrascht.

»Zuerst net. Aber ich hab g'sehen, wie er sie begrabscht und ang'schaut hat. Da war mir sofort klar, was da läuft. Der feine Herr hat seine Geliebte an seinen Sohn weiterg'reicht, damit er sie immer in seiner Nähe hat. Da hab ich mich an Marion rang'macht. Hab mit ihr g'flirtet, hätt mit ihr alles g'macht, wenn sie net so betrunken g'wesen wär. Viktor hat mich auf der Hochzeit zur Rede g'stellt und mir g'sagt, dass ich die Finger von ihr lassen soll. Einem Viktor Hallsteiner nimmt man nix weg. Dass ich seine Frau vögle, hat er zu diesem Zeitpunkt net g'wusst.« Felix Kriecham grinste wie ein Junge, der jemandem einen Streich gespielt hatte.

»Und damit er auch Marion nicht mehr sein Eigen nennen kann, haben Sie sie die Burgmauer hinuntergestoßen«, sprach Stern aus, was er glaubte, seit die Vernehmung begonnen hatte, dass passiert sein könnte. Und Felix Kriechams bisherigen Worte bestätigten ihn in seinem Verdacht. Immerhin gab der Hass auf seinen Vater ein plausibles Motiv ab.

»Nein, das hab ich net«, erwiderte Kriecham gelassen. »Ich wollt die Affäre zwischen ihm und ihr beenden, indem ich mich dazwischendränge. Das war meine Absicht! Eine schöne junge Frau hätt doch bestimmt viel lieber einen jungen Liebhaber in ihrem Alter und nicht so einen wie Viktor. Niemals hab ich g'wollt, dass Marion stirbt.«

»Sie haben mit Stefanie Hallsteiner aus demselben Grund eine Affäre angefangen. Sie wollten die Ehe zerstören. Sie wollten Viktor Hallsteiner zeigen, dass er nicht so mächtig ist, wie er sich fühlt. Und Sie wollten ihn wissen lassen, dass Sie derjenige sind, der ihm all das wegnimmt, richtig?«

»Ja. Das bestreite ich auch gar net …«

»Ich sehe es so, Herr Kriecham«, begann Stern, die Schlinge enger zu ziehen. Langsam lichteten sich die Zusammenhänge und boten ein klares, schlüssiges Bild. »Viktor hat Sie nach der Hochzeit zu sich gebeten. Er hat Sie in seine Villa eingeladen, und Sie haben sich gedacht, dass Sie endlich Ihr Ziel erreicht hätten. Marion war tot und seine Frau hat ihn verlassen. Aber es kam zum Streit und Sie haben ihn erschossen«, fasste Stern zusammen.

»Ich war nie in der Villa …«

»Das stimmt nicht! Sie wurden von der Haushälterin der Hallsteiners gesehen, wie Sie Stefanie von zu Hause abgeholt oder nach Hause gebracht haben. Sie standen vor der Tür und haben sie geküsst. Da Hallsteiner an jenem Abend nicht anwesend war, hat sie Sie vielleicht zu sich eingeladen«, warf Stern ein.

»Ich hab sie heimg'bracht, weil ihr Mann auf Geschäftsreise g'wesen ist, aber ich hab die Villa net betreten. Stefanie war noch net so weit, dass sie alles zug'geben hätt. Dass sie sich von Viktor getrennt hätt. Wir hab'n uns vor der Haustür verabschiedet und ich bin g'gangen«, erklärte Felix Kriecham.

»Wieso? Haben Sie kalte Füße gekriegt?«

»Wie gesagt, Stefanie wollt unsere Affäre noch net publik machen«, antwortete Kriecham.

»Wo waren Sie, als Marion getötet wurde?«, versuchte Stern, weiter Druck aufzubauen.

»Auf dem Weg nach Hause.«

»Kann das jemand bezeugen?«

»Nein, ich war alleine mit dem Auto unterwegs.«

»Mit Ihrem Wagen? Hatten Sie nichts getrunken?«

»Nur so viel, dass ich noch fahren hab können.« Kriecham beantwortete die Fragen sicher und gelassen.

»Und wo waren Sie, als Viktor Hallsteiner erschossen wurde?«, ließ Stern nicht locker.

»Wann war das?«

»Gestern so zwischen 10 und 13 Uhr«, überlegte Stern, da er den genauen Bericht von Weber bislang nicht bekommen hatte. Aber da er mit den Kollegen nach dem Mittagessen erneut zu den Hallsteiners gefahren war und Viktor am frühen Vormittag noch gelebt hatte, musste der Täter ihn erschossen haben, während Stern und die Kollegen die Balduins befragt oder im Gasthaus zur Hoftaverne zu Mittag gegessen hatten. Deshalb lag er mit dieser Zeitspanne wahrscheinlich gar nicht mal so schlecht.

»Am Vormittag war ich einkaufen, und so ab elf war ich mit Fabian und Christine bei mir zu Hause am Hof, wo Sie uns schlussendlich g'funden hab'n. Die beiden können das sicher bestätigen«, erwiderte Kriecham belustigt, dass sein Vergehen gerade zu seinem Alibi geworden war.

»Vielleicht sind Sie ja gewaltsam in das Haus Ihres Vaters eingedrungen, haben ihn erschossen und sind erst danach mit Ihren Halbgeschwistern zum Bauernhof gefahren«, stellte Stern diese Möglichkeit in den Raum, wenngleich er selber daran zweifelte, dass es so gewesen war. Denn dann hätte die Einladung von Christine und Fabian auf seinen Bauernhof ja gar keinen Sinn mehr gehabt. Dann hätte Viktor nicht mehr mitbekommen, dass er seine Tochter und seinen Sohn auch noch verlieren könnte, falls es Felix Kriecham gelungen wäre, sie auf seine Seite zu ziehen, damit sie sich gegen den Vater wandten …

Oder wollte er gar die ganze Familie ausrotten? Aus Rache, weil sie alles gehabt hatten und er in Armut hatte aufwachsen müssen, wo es doch so einfach gewesen wäre, ihm und seiner Mutter ein sorgloses Leben zu ermöglichen? Die wenigen Euros, die sie zum Leben gebraucht hatten, hätten die Hallsteiners leicht entbehren können.

»Glauben S' mir, ich bin kein Mörder!«, sagte Felix Kriecham, der spürte, dass der Chefinspektor angestrengt nachdachte.

In diesem Augenblick ging die Tür auf und Kolanski betrat den Vernehmungsraum. Sein Gesicht wirkte versteinert, und es war ihm anzusehen, dass er sich bemühte, nicht die Beherrschung zu verlieren. Er beugte sich zu Stern hinab und flüsterte ihm etwas ins Ohr.

Daraufhin beendete Stern die Vernehmung und stand auf.

»Doch, Herr Kriecham, jetzt sind Sie ein Mörder«, sagte er und verließ mit Kolanski den Verhörraum.

24. KAPITEL

Stern und Kolanski liefen vor dem Kepler Universitätsklinikum die Zufahrt zum Med Campus III. entlang, ohne auf die Umgebung zu achten. Die Glastür öffnete sich viel zu langsam, und der Portier brauchte eine Ewigkeit, um herauszufinden, wo sich Grünbrecht im Augenblick befand. Man hatte ihr ein Beruhigungsmittel gespritzt, und als die Inspektoren bei dem Zimmer anlangten, das man ihnen genannt hatte, fanden sie Grünbrecht heulend auf einer Bahre liegend vor.

Man habe nicht gewusst, wen man sonst verständigen solle, deshalb habe man die Kollegen angerufen, mit denen sie über ihr Handy zuletzt Kontakt gehabt hatte, teilte der Arzt Stern mit. Sie hätten alles versucht, Edwin Mirschers Leben zu retten. Doch die Verletzungen seien zu schwer gewesen und der Kollege habe zu viel Blut verloren. Es sei aussichtslos gewesen, dennoch habe man stundenlang gekämpft, diesen Kampf am Ende aber verloren. Der Arzt sprach ihnen sein Mitgefühl aus und verließ den Raum.

Gespenstische Stille herrschte vor, die nur hin und wieder vom geschäftigen Treiben des Krankenhauses draußen vor der Tür unterbrochen wurde. Stern hatte einen dicken Kloß im Hals. Seine taffe Kollegin so zu sehen brach ihm das Herz. Er wusste nicht, was er sagen sollte. Sätze wie »Es wird alles gut werden« entsprachen nicht der Wahrheit. Waren genauso falsch wie die Hoffnung, dass die Zeit die Wunde irgendwann heilte. Nichts würde mehr so sein, wie es gewesen war. Und nichts würde Edwin Mirscher zu seiner Verlobten zurückbringen. Sie zusammen ein glückliches Leben führen und Kinder kriegen lassen. Er und Kolanski stellten sich neben das Bett und waren einfach nur da.

In diese Stille hinein vibrierte Sterns Handy. Er sah auf das Display und erkannte die Nummer des Dienststellenleiters. Er wandte sich ab und ging hinaus, dort nahm er den Anruf entgegen.

»Ich habe gerade erfahren, was passiert ist. Es tut mir wirklich leid, Stern. Wie geht es Grünbrecht?«, fragte Bormann.

»Den Umständen entsprechend«, antwortete der Chefinspektor. »Die Ärzte haben ihr ein Beruhigungsmittel gegeben.«

»Hören Sie, Stern. Gerade hat sich das Handy von Marion Balduin ins Handynetz eingeloggt«, verkündete der Dienststellenleiter, weswegen er anrief.

»Wo?«, wollte Stern umgehend wissen. Denn wenn dies zutraf, war noch jemand außer Felix Kriecham in die Sache verwickelt. Oder ein anderer hatte das Handy gefunden, weil es der Täter weggeworfen hatte, und es in diesem Augenblick in Betrieb genommen. Vielleicht ahnungslos, welchen Fund er gemacht hatte.

»Bei der Burg Reichenstein«, sagte Bormann.

»Wie genau ist die Peilung?«

»Auf 50 bis 100 Meter genau. Wenn wir mehr Zeit hätten …«

»Das reicht mir!« Stern legte auf und ging zurück in das Zimmer, wo Kolanski Mara Grünbrecht stumm in den Armen wiegte. Hier konnte er nichts tun. Mara war mit Kolanski an ihrer Seite in guten Händen. Ihre Mutter war tot und ihren Vater hatte sie nicht einmal zur Hochzeit eingeladen. Was immer zwischen den beiden vorgefallen war, sie würde nicht wollen, dass Stern ihn kontaktierte und herbat. Deshalb war Kolanski die beste Wahl.

»Ich muss kurz mal weg und etwas überprüfen«, ließ Stern den Kollegen wissen.

»Hat das mit unserem Fall zu tun?«, hakte Kolanski mit gedämpfter Stimme nach.

Mittlerweile hatte alles mit den Mühlviertler Mordfällen zu tun, dachte Stern bitter und bejahte. Wieso sich allerdings Marions Handy eben ins Mobilfunknetz eingeloggt hatte, wo es doch in den Tagen seit ihrem Tod von der Bildfläche verschwunden gewesen war, war ihm ein Rätsel. Wahrscheinlich hatte es gar nichts zu bedeuten und jemand spielte mit dem Gerät, ohne zu wissen, was er in Händen hielt und welche Bedeutung es hatte. Gerade bei Jugendlichen war es oftmals der Fall, dass sie ein gefundenes Handy zuerst zu knacken versuchten, bevor sie es bei der Polizei abgaben.

»Ich werde Mara später nach Hause bringen«, gab Kolanski Stern Bescheid.

»Ja, mach das. Danke, Hermann.« Stern war erleichtert, Grünbrecht in guten Händen zu wissen und das Krankenhaus verlassen zu können, wo ihn die Stimmung zu erdrücken drohte. Es gab nichts Schlimmeres, als wenn bei einem Einsatz einer aus ihren Reihen verletzt oder gar getötet wurde. Stern wünschte sich beinahe, er wäre an der Stelle des betroffenen Kollegen. Diese Bürde wog für ihn weniger schwer, als hilflos danebenzustehen und nichts tun zu können. Sich schuldig zu fühlen, weil es den anderen erwischt hatte, während man selbst unversehrt geblieben war. Deshalb war er froh, dass sich eine weitere Spur aufgetan hatte, der er nachgehen konnte. Trotzdem war er in Gedanken im Krankenhaus.

Stern fuhr zur Burgruine Reichenstein, stellte den Audi vor dem Burgmuseum ab und ging den gekiesten Weg hoch bis zum Eingang.

Im Museum verrichtete Nikolaus Brandtner seinen Dienst und rückte ein paar Prospekte gerade, als Stern die Tür öffnete und eintrat. Er blickte auf und erkannte Stern, umgehend leuchteten seine Augen vor Freude.

»Ah, der Herr Chefinspektor«, sagte er und wuselte um den Tresen herum. »Darf ich Sie heut durchs Museum führ'n? Es ist grad ganz ruhig, obwohl wir noch nie so viele Gäst' auf der Burg g'habt hab'n wie seit dem Mordfall, wissen S'? Der lockt die Leut' her wie die Fliegen! Und alle woll'n natürlich die Unglücksstelle seh'n, wo die Braut g'hangen hat. Manche machen sogar ein Selfie mit dem Baum im Hintergrund, ist das denn zu fassen?« Brandtner schüttelte den Kopf. »Aber Sie, Sie bekommen eine Einzelführung von mir, und ich erzähl Ihnen was, was nix mit dem Mordfall zu tun hat und was net auf den Tafeln steht.«

»Sind gerade auch so viele Besucher hier?«, fragte Stern. Wenn ja, würde es schwierig werden, denjenigen zu finden, der Marions Handy an sich genommen und eingeschaltet hatte.

»Nein, im Moment net, Sie hab'n Glück! Nur einer ist da, der ist irgendwo oben. Ich bin mir sicher, der braucht meine Hilfe net. Der hat nämlich g'sagt, als ich ihn g'fragt hab, ob ich ihm zeigen soll, wo das Unglück passiert ist, dass er das selber weiß. Aber am Wochenende geht's wieder los!«

»Nur einer? Mh …« Der Chefinspektor überlegte, wer dieser eine sein könnte. Einer, der wusste, an welcher Stelle Marion in die Tiefe gestürzt war. Das konnte nur bedeuten, dass die Person schon mal hier gewesen war, entweder bei der Mahnwache, die für Marion abgehalten worden war, oder er war der Mörder. »Danke für das reizende Angebot mit der Privatführung, aber ich kann heute leider wieder nicht. Ich muss noch mal rauf zur Burg, um etwas abzuklären.« Stern hatte es eilig.

»Selbstverständlich, Herr Chefinspektor«, zeigte sich Brandtner verständnisvoll und trat zur Seite, damit Stern die Treppe hinauf zur Burgruine nehmen konnte. »Vielleicht ein anderes Mal?«

»Ja, vielleicht ein anderes Mal«, antwortete Stern bereits in Gedanken versunken, was ihn oben erwarten würde. Im Eiltempo erklomm er die Stufen und trat schließlich hinaus in den Burghof. Niemand war zugegen. Er sah in der Kapelle nach, aber auch die war verwaist. Bis zur Hochburg hinauf erkundete er sämtliche Winkel und Räume, fand jedoch keine Menschenseele. Vielleicht war derjenige, der das Handy eingeschaltet hatte, schon wieder weg, und der Museumsführer hatte es bloß nicht mitbekommen. Als Stern die letzten Meter zurücklegte und oben in den offenen Teil der Hochburg hinaustrat, bemerkte er am Ende des Areals eine Gestalt, die ihm den Rücken zuwandte. Wenn er nicht irrte, stand sie dicht am Abgrund. Dort, wo kaum noch Teile der Burgmauern vorhanden waren. Wenn die Person nicht aufpasste und einen unachtsamen Schritt machte, würde sie in die Tiefe stürzen.

»Hallo«, rief Stern, um auf sich aufmerksam zu machen und die- oder denjenigen nicht zu erschrecken.

Die Gestalt drehte sich um und hielt etwas in der Hand.

»Was machen Sie da?«, fragte der Chefinspektor und deutete auf den Gegenstand, der sich mit abnehmender Distanz als Smartphone herausstellte. Er erhielt keine Antwort.

»Herr Freiherr?« Stern trennten nur noch etwa zehn Meter von dem jungen Mann, der heftig weinte. »Was tun Sie hier? Treten Sie ein paar Schritte zurück, sonst …«

»Ich kann net mehr«, stieß Albert Freiherr leidend aus.

»Das wird schon wieder. Jetzt gehen Sie …«

»Sie hab'n ja keine Ahnung!«, schrie Freiherr den Chefinspektor an.

»Dann erzählen Sie mir davon«, versuchte Stern, Albert Freiherr zu beruhigen. Sein Plan war, langsam näher an ihn heranzukommen, bis er ihn zu fassen bekam und vom Abgrund wegziehen konnte.

»Bleiben S' stehen! Sonst spring ich!« Freiherr rannen unaufhörlich Tränen übers Gesicht. Aus dem Handy, das er in der Hand hielt, waren Stimmen zu hören, Gelächter und Musik. Offensichtlich hatte er sich gerade einen Film oder ein selbst gedrehtes Video angesehen, bevor Stern aufgetaucht war.

»Ich bleib stehen, keine Bange«, beschwichtigte Stern den aufgebrachten Mann. »Was sehen Sie sich da an?«, versuchte er ihn abzulenken.

Freiherr blickte auf das Display und ein Lächeln zuckte um seine Mundwinkel. »Marion. Sie hat ständig Selfies g'macht oder sich und andere g'filmt. Das konnte sie gut, sich in Szene setzen, das war ihr Ding. Sie hat es geliebt, im Mittelpunkt zu stehen, da war sie ganz in ihrem Element.« Albert Freiherrs Gesichtszüge wurden weich, als er von Marion erzählte, sich an sie erinnerte, wie sie gewesen war, als sie noch gelebt hatte. Er hatte sie geliebt, schoss es Stern durch den Kopf, jemand hatte das schon mal erwähnt. Und jetzt wurde er mit ihrem Tod nicht fertig. Aber warum war er im Besitz von ihrem Handy, wenn doch Felix Kriecham …?

»Ich hab das net g'wollt!«, durchbrach Freiherr Sterns Überlegungen.

»Was haben Sie nicht gewollt?«, hakte Stern nach, der bereits ahnte, was der Zubräutigam ihm zu sagen versuchte.

»Dass sie stirbt.« Albert Freiherr war verzweifelt. Er sah keinen Ausweg mehr, wollte mit seiner Trauer nicht weiterleben.

»Niemand hat Marion den Tod gewünscht«, erwiderte Stern und machte einen kleinen Schritt auf den Mann zu, als dieser wieder auf das Display blickte, weil aus dem Lautsprecher Marions Lachen drang. Für einen Augenblick war er abgelenkt, und Stern legte beinahe einen Meter zurück. Als Freiherr das nächste Mal aufsah, forderte Stern ihn auf: »Erzählen Sie mir von ihr.« Der Chefinspektor wollte Zeit gewinnen, um noch näher an den Zubräutigam heranzugelangen.

»Ich hab g'sehen, wie sie sich mit Viktor Hallsteiner hier oben g'troffen hat. Nach der Hochzeit, als alle schon weg g'wesen sind.« Freiherr deutete an Stern vorbei auf die Mauerfragmente, an denen sie Viktor Hallsteiners Blut gefunden hatten. »Er ist nur wegen ihr noch einmal zurückg'kommen, hat er g'sagt, nachdem er den stockbesoffenen Fabian und seine Frau nach Hause g'fahren hat. Marion hat g'meint, dass er das net hätt tun soll'n. Da ist er wütend g'worden und hat sie g'fragt, warum sie sein Geschenk net zur Hochzeit g'tragen hat ... Irgendwelche Juwelen ... Er hat sie ihr extra für diesen Anlass g'kauft, hat er g'sagt, dass sie dadurch verbunden g'wesen wär'n, dass sie sich nur an den Hals hätt fassen müssen und er daraufhin g'wusst hätt, dass sie an ihn denkt und net an seinen nichtsnutzigen Sohn. Ja, das hat er g'sagt. Und dass er gekränkt sei, weil sie die Juwelen net trägt. Daraufhin hat sie g'meint, dass sie diesen Schmuck niemals tragen würd, da sie jetzt ja mit Fabian verheiratet sei. Mit seinem Sohn. Und er hätt der Heirat schließlich zug'stimmt, sie sogar vorg'schlagen. Er hätt sie wie eine Nutte verkauft und behandle sie bis heute wie eine, hat sie ihm an den Kopf g'worfen. Er hat g'sagt, wenn sie schon eine Hure sei, dann könne sie auch seinen Schwanz lutschen. Er hat sie bei den Haaren g'packt und nach unten g'drückt. Mit der anderen hat er den Reißverschluss g'öffnet und seinen Schwanz herausg'holt. Den hat er ihr in den Mund g'stoßen, dieses verdammte Schwein!« Albert Freiherr keuchte, als erlebte er die Situation noch einmal. Die Erinnerung daran wühlte ihn derart auf, dass Stern Angst bekam, er könnte sich rückwärts in den Abgrund stürzen.

Stern trat einen weiteren Schritt an ihn heran, doch diese Bewegung riss Freiherr in die Gegenwart zurück. »Bleiben S' stehen!«, schrie er ihn an.

»Was haben Sie gemacht, als Sie das beobachtet haben?«, fragte Stern, als führten sie ein ganz normales Gespräch. Als bestünde nicht die Gefahr, dass Freiherr jeden Augenblick in den Freitod springen könnte.

»Was ich g'macht hab?« Freiherrs Blick verklärte sich wieder und seine Erinnerungen an diese Nacht brodelten erneut hoch, schwemmten alles Grauenhafte an die

Oberfläche. »Ich bin dazwischeng'gangen … bin zu ihnen hin und hab g'sagt, dass das aufhören muss … Viktor hat mich ausg'lacht … und Marion hat es zu Ende g'bracht.«

Stern erinnerte sich an den Bericht der Spurensicherung. Die hatten auf dem Brautkleid Sperma von Viktor Hallsteiner gefunden. Jetzt wusste er, wie es auf Marions Brautkleid gelangt war.

»Viktor hat net aufg'hört, Marion und mich mit seinem Gelächter zu demütigen. Er hat mich g'fragt, was ich jetzt tun wolle, ob ich zur Polizei gehen werd. Ich hab ihn dafür g'hasst! Für alles, was er Marion angetan hat, hab ich ihn g'hasst. Er hat sie zu einer Hure g'macht!«, rief Albert Freiherr eindringlich, als müsste er Stern von seinen Worten überzeugen.

»Und weiter?«

»Ich hab ihn von Marion wegg'stoßen … da ist er g'fallen – dort hinten gegen das Mauerfragment. Dabei hat er sich am Kopf verletzt. Er hat g'flucht und mich beschimpft. Also hab ich ihm gedroht, dass ich ihn von der Mauer werfe. Daraufhin ist er abg'hauen. Er hat wohl erkannt, dass er gegen mich keine Chance hat, dieser alte lächerliche Mann. Er ist mir körperlich weit unterlegen und kann nur mit seinem Reichtum punkten. Ich hätt nie g'dacht, dass ausgerechnet Marion auf ihn reinfällt …« Freiherr verstummte.

»Wie hat Marion reagiert? Immerhin haben Sie Ihre Ehre verteidigt«, wollte Stern wissen und rückte unauffällig näher.

»Das ist ja das Seltsame!«, lachte Freiherr hysterisch auf. »Ich hab g'dacht, sie wär mir dankbar, weil ich dazwischeng'gangen bin. Aber sie hat mich ausg'lacht und g'fragt, was ich von ihr will. Warum ich noch hier bin und dass ich g'fälligst abhauen soll! Mit jedem hat sie rumg'macht, nur net mit mir. Sogar mit ihrem Schwiegervater hat sie ein Verhältnis g'habt, ist das zu fassen? Auf der Hochzeitsfeier, da hat sie mich geküsst, aber net, weil sie es g'wollt hat. Es ist ihre Absicht g'wesen, die anderen eifersüchtig zu machen. Weil sie gegen irgendetwas rebellieren wollt, und ich bin nur ein Mittel zum Zweck g'wesen. Als ich das erkannt hab, wollt ich sie küssen. Sie hat mich wegg'stoßen. Das war die Bestätigung, dass ich recht g'habt hab. Sie hat g'sagt, dass dies alles ohnehin keine Bedeutung mehr hat und dass sie sich nehmen wird, was sie will. Schließlich sei sie jetzt mit einem Hallsteiner verheiratet! Und ich gehör net zu dem, was sie hab'n will, hat sie g'meint und mich dabei ang'schaut, als wär ich der letzte Dreck auf der Welt.«

Der Schmerz, den Albert Freiherr bei diesen Worten empfand, stand ihm ins Gesicht geschrieben. Er blickte den Chefinspektor beinahe flehend an, er möge ihn von seinen Erinnerungen erlösen. Doch das lag nicht in Sterns Sinn. Er beabsichtigte, Marions Mörder der irdischen Gerichtsbarkeit zu übergeben. Die himmlische musste, wenn es nach ihm ging, noch eine Weile auf Albert Freiherr warten.

»Sie hat sich von mir abg'wandt und wollt gehen. Da hab ich einen Stein g'nommen und zug'schlagen. Verstehen S'? Dem eigenen Schwiegervater bläst sie einen und mit mir will sie nix zu tun hab'n! Es ist einfach über mich g'kommen.« Freiherrs Augen huschten durch die Gegend, als suchten sie nach einer Erklärung für sein Tun, die anders lauten würde als sie es in Wahrheit tat. »Erst als ich g'sehen hab, dass sie sich nicht mehr rührt, hab ich g'merkt, was ich getan hab. Ich hab die Liebe meines

Lebens um'bracht. Ich wollt das net, verstehen S', aber ich wollt dafür auch net in den Knast gehen. Also hab ich sie über das Gitter eines der Burgfenster g'hievt und in die Tiefe fallen lassen in der Hoffnung, dass es wie ein Unfall ausschaut.«

Freiherrs Blick klärte sich, als er mit seiner Erzählung am Ende angelangt war. Stern konnte am Ausdruck seiner Augen erkennen, dass der junge Mann von seiner Absicht, sich die Mauer hinunterzustürzen, nicht abgelassen hatte. Die Last, am Tod seiner großen Liebe schuld zu sein, wog zu schwer. Daran konnte nicht einmal ein Geständnis etwas ändern.

Stern wollte Freiherrs Aufmerksamkeit noch eine Weile auf sich ziehen, indem er ihm mitteilte, was er von Weber wusste. »Marion ist nicht durch den Schlag auf den Kopf gestorben. Da war sie wahrscheinlich nur bewusstlos. Durch den Aufprall nach dem Sturz hat sie sich das Genick gebrochen. Sie ist mit ziemlicher Sicherheit mit dem Kopf gegen einen dicken Ast geprallt. Also wenn Sie sie nicht über die Mauer gestoßen hätten, dann …«

»Seien S' still!«, schrie Freiherr ihn an. Er wollte das nicht hören, denn wenn Stern recht hatte, bedeutete das, dass er Marion nach dem Schlag auf den Kopf noch hätte retten können.

»Haben Sie auch Viktor Hallsteiner umgebracht?«, redete Stern weiter, um Freiherrs Konzentration auf sich zu lenken. Offensichtlich war diesem nicht daran gelegen, mit einer Lüge zu sterben.

»Er hat mich zu sich bestellt. Er wollt mit mir über den nächtlichen Vorfall, wie er es g'nannt hat, reden.« Freiherr schüttelte abfällig den Kopf. »Eigentlich wollt er mir Schweigegeld zahlen, damit ich den Mund halt und nichts davon erzähl, was auf der Hochburg vorg'fallen ist. Er hatte Angst, dass die Polizei sonst ihn verdächtigen könnt, Marion getötet zu haben. Er war sich sicher, dass ich es g'wesen bin, der sie die Mauer hinunterg'stürzt hat, das hat er mir g'sagt. Doch anstatt mich zu erpressen, wollt er mir Geld geben.«

»Darauf haben Sie sich aber nicht eingelassen«, ergänzte Stern die Ausführungen seines Gegenübers und tastete sich ein wenig näher heran. Nur noch ein paar Schritte trennten ihn von Freiherr.

»Er hätt mich für ewig in seiner Hand g'habt, und ich hätt wie alle anderen tun müssen, was er von mir verlangt. Da hab ich ihn erschossen.«

»Sie haben die Waffe schon mit zur Villa genommen? Das heißt, Sie sind bereits mit der Absicht hingefahren, ihn zu erschießen?« Es war ein Unterschied, jemanden im Affekt zu töten oder ihn vorsätzlich zu ermorden. Davon hing unter anderem das Strafausmaß ab.

»Nein. Als ich bei ihm g'wesen bin, lag dieses Jagdgewehr auf dem Schreibtisch. Ich hab ihn natürlich g'fragt, was das soll, da ich Angst g'habt hab, dass er es meinetwegen dort hing'legt haben könnt. Um mich aus dem Weg zu räumen. Aber er hat mir erzählt, dass sein Sohn möglicherweise denkt, dass er Marion ermordet hat, und dass er sich in seinem Zimmer eing'schlossen hat und dort Schießübungen auf sein Foto macht. Er habe das Gewehr nur der Sicherheit wegen da liegen, falls Fabian ernst machen will. Quasi zur Verteidigung, hat er g'sagt.«

Stern erinnerte sich daran. Er und Grünbrecht waren in der Villa gewesen, als Fabian die Schüsse auf das Foto seines Vaters abgefeuert hatte. Doch in Viktor Hallsteiners Büro hatten sie nach dessen Tod kein Jagdgewehr gefunden.

»Als ich erkannt hab, auf was dieses Gespräch hinauslief, hab ich das Gewehr g'nommen und abg'drückt. Für mich hätt die Annahme des Geldes ewige Geiselhaft bedeutet. Und glauben S' mir, von Viktor Hallsteiner geknebelt und geknechtet zu werden, das will keiner.«

Stern schenkte den Worten des jungen Mannes Glauben. Er hatte Viktor Hallsteiner kennengelernt und wusste, wie unangenehm und bestimmend er sein konnte.

»Und wo ist die Tatwaffe jetzt? Wir haben sie in Viktor Hallsteiners Büro nicht gefunden.«

»Ich hab sie mitg'nommen. Sie liegt bei mir zu Hause im Schrank. Ich hab daran gedacht, mich damit zu erschießen, aber das hab ich irgendwie net g'schafft. Mir erscheint es gerechter zu sein, denselben Tod zu sterben wie Marion.«

»Ich verstehe Sie, Herr …«

»Sie verstehen gar nix!«, schrie Freiherr den Chefinspektor an.

»Beruhigen Sie sich …«

»Ich will mich net beruhigen!« Freiherr war mit den Nerven am Ende. Er starrte in den Abgrund hinab.

Stern hatte Angst, dass er springen könnte, deshalb redete er weiter: »Können Sie mir sagen, was mit der Haushälterin der Hallsteiners passiert ist? Ihr Name ist Fiona Mühlböck, wir haben sie bewusstlos in der Küche gefunden.«

Albert Freiherr wandte sich wieder ihm zu. »Sie ist net g'storben?«

»Nein, sie lebt.« Stern verschwieg, dass sich die Frau an nichts erinnern konnte und demnach nicht imstande war, irgendetwas zu bezeugen.

Freiherrs Aufgeregtheit wich einer Schuldhaftigkeit. »Es tut mir leid, ich hab sie niederg'schlagen. Sie war die Einzige, die mich in der Villa g'sehen hat. Und zu diesem Zeitpunkt hab ich noch g'glaubt, dass ich damit leben könnt.« Seine Augen richteten sich auf Stern. »Aber das kann ich net.«

»Herr Freiherr, tun Sie das nicht …«

»Soll ich in den Knast gehen? Das werd ich bestimmt net machen!« Albert Freiherr drehte sich wieder dem Abgrund zu, und Stern unternahm ein paar große Schritte in seine Richtung. Er erwischte den Mann an der Hand, in der er Marions Smartphone hielt, und hinderte ihn daran, in die Tiefe zu springen.

Freiherr sah Stern direkt an. »Lassen S' mich! Dadurch erhält ein Mörder seine gerechte Strafe. Das muss doch auch in Ihrem Sinn sein.« Sein Blick war flehend. Im Versuch, sich zu befreien, drehte er seinen Arm und spreizte die Finger. Deshalb verlor er das Handy. Es traf auf die Mauer und prallte von dort ab. Nur wenige Zentimeter vor dem Abgrund blieb es liegen. »Nein! Nicht!« Freiherr versuchte, es mit der anderen Hand zu erreichen. Er verlagerte sein Gewicht nach vorne und rutschte an den Mauerresten ab. Gestein bröckelte ab und fiel in die Tiefe, mit ihm Albert Freiherr. Dessen Fall stoppte jedoch umgehend, weil er von Stern festgehalten wurde. Dennoch entglitt ihm ein Schrei. Er drohte, den Chefinspektor mit in den Abgrund zu reißen.

Stern warf sich auf den Bauch. Er brachte all seine Kräfte auf, um den jungen Mann festzuhalten. Er hatte

Angst, dass diese nicht lange ausreichten. Dass seine Hände schweißnass wurden und Albert Freiherr ihm entglitt. Dieser klammerte sich mit der anderen Hand an dem Mauervorsprung fest. Doch als das Handy plötzlich anging und die Melodie eines bekannten Songs ertönte, tastete er nach dem Gerät.

»Herr Freiherr, lassen Sie es liegen«, presste Stern unter Anstrengung hervor. Offenbar gab es jemanden, der noch nicht mitbekommen hatte, dass Marion tot war, und dieser versuchte nun sie zu erreichen.

»Sie verstehen es net. Ich will net das Handy, ich will zu meinem Engel!« Freiherr ließ die Mauer los und baumelte mit seinem vollen Gewicht an Sterns Armen.

Dieser versuchte, die Füße in den Boden zu treiben, um Halt zu bekommen und nicht hinuntergezogen zu werden. Doch es schien aussichtslos, seine Schuhe durchdrangen den felsigen Boden nicht. Er fragte sich, wie lange es ihm noch gelingen würde, der Last zu trotzen. Er rutschte zunehmend näher an den Abgrund heran, und Albert Freiherr baumelte wie ein Segel im Wind. Wenn doch nur einer seiner Kollegen hier wäre und …

»Oskar!«

Stern glaubte, jemanden seinen Namen rufen gehört zu haben. Wahrscheinlich vernebelte die Anstrengung seine Sinne und spielte ihm einen Streich.

»Oskar! Halte durch!«, erklang hinter ihm Kolanskis Stimme.

Stern war nicht in der Lage, sich nach dem Rufer umzudrehen. Er und Freiherr wären sonst die Burgmauer hinabgestürzt.

Helfende Hände griffen nach ihm, umklammerten Albert Freiherrs Arme und zerrten ihn nach oben.

Jemand anderer fasste nach Sterns Beinen und zog ihn vom Abgrund weg. Stern fühlte sich erleichtert, wenngleich er nicht wusste, wer außer Kolanski noch zugegen war. Doch nicht etwa Grünbrecht, die gerade ihren Verlobten verloren hatte? Dieser Gedanke erschütterte ihn, aber er gab ihm auch die Kraft, nicht loszulassen. Gemeinsam schafften sie es, Albert Freiherr hochzuziehen. Als Stern sich erschöpft umwandte, sah er, wie Hermann Kolanski und Dominik Weber Albert Freiherr vom Abgrund wegführten.

»Er hat Marion getötet. Und Viktor Hallsteiner«, keuchte er.

Kolanski zückte die Handschellen und legte sie Albert Freiherr an.

»Und? Geht's wieder?«, fragte Weber den Chefinspektor. Er schien besorgt zu sein, das war für Stern neu, denn ansonsten liebte es Weber, ihn zu hänseln oder sonst irgendwie zu ärgern. Doch heute war der Gerichtsmediziner in eine ungewöhnliche Rolle geschlüpft, die weit weg von seinem Obduktionsraum lag. Wenn Not am Mann war, hielt das Team eben zusammen, dachte Stern.

»Ich hab mich noch nie so gefreut, dich zu sehen«, erwiderte er.

»Eigentlich wollte ich ja Grünbrecht im Freistädter Krankenhaus besuchen, da hat mir Kolanski gesagt, dass du im Alleingang etwas wegen dem Mordfall überprüfen wolltest, nachdem du einen Anruf von Bormann erhalten hast. Kolanski hat gemeint, wir sollten uns bei Bormann erkundigen, was er dir gesagt hat. Und als wir hörten, dass sich Marions Handy ins Netz eingewählt hat, und zwar hier auf der Burg, wussten wir, was du vorhast und was wir zu tun haben. Aber offensichtlich hast du den Mörder ganz alleine dingfest gemacht.«

»Nicht alleine, Weber. Das war Teamarbeit. Und ein bisschen Glück gehört manchmal auch dazu.«

25. KAPITEL

Die Musikkapelle spielte ein Trauerlied. Die Menschen standen schluchzend und mit ernsten Mienen rund um das offene Grab am St. Barbara Friedhof in Linz versammelt. Grünbrecht wurde von Weinkrämpfen durchgeschüttelt, eine Freundin stützte sie und reichte ihr in regelmäßigen Abständen ein frisches Taschentuch. Gleich daneben standen Edwin Mirschers Eltern und Geschwister, sie hielten einander an den Händen fest und bildeten eine schweigende Mauer der Trauer.

Als die Musik verstummte, sprach der Pfarrer ein paar abschließende Worte, redete etwas von Erlösung und dem Leben nach dem Tod, dann wurde der Sarg in den finsteren Schlund der Erde hinabgelassen, von dem es keine Wiederkehr gab, auch wenn man noch so sehr daran glauben wollte.

Stern rann es bei diesem Anblick eiskalt den Rücken hinunter. Er hatte einen dicken Kloß im Hals und war froh, nichts sagen zu müssen. Die Rede bei der Trauerfeier hatte Bormann übernommen und Mirscher als großartigen Menschen und Polizisten gewürdigt, wofür ihm Stern dankbar war. Der Kollege war jahrelang an seiner Seite bei der Mordgruppe am Landeskriminalamt Oberösterreich in Linz im Einsatz gewesen, gemeinsam hatten sie viele Täter gefasst und manches Unglück vereitelt.

Sie hatten unterhaltsame Stunden zusammen verbracht, aber auch schwere, doch die positiven Momente überwogen. Mirscher hatte ihn sogar gebeten, sein Trauzeuge zu sein. Dazu war es nicht mehr gekommen. Edwin Mirscher war tot. Von seinem letzten Einsatz im Team der Mordgruppe des Landeskriminalamtes Oberösterreich war er nicht lebend zurückgekehrt.

Eigentlich hätte er nach diesem Fall ins Landesamt für Verfassungsschutz und Terrorismusbekämpfung wechseln sollen. Stern hatte sich in den letzten Tagen tausendmal den Kopf darüber zerbrochen und sich gefragt, ob es anders ausgegangen wäre, wenn Mirscher und Grünbrecht kein Paar gewesen wären? Oder wenn er als ihr Vorgesetzter schon früher dafür gesorgt hätte, dass Edwin in eine andere Abteilung hätte wechseln müssen? Diese Fragen quälten ihn. Unauffällig wischte er sich Tränen aus den Augenwinkeln und schnäuzte sich.

Alsbald setzte sich der schwarze Trupp in Bewegung und kondolierte der Familie und den Angehörigen. Dieser Teil eines Begräbnisses war der schlimmste, fand Stern. Doch heute stand er auf der Seite der Kondolierungswilligen und nicht auf jener der Familie, die unzählige Beileidsbekundungen über sich ergehen lassen musste. Dennoch empfand er deswegen keine Erleichterung.

Er reichte den Eltern von Mirscher die Hand und sprach ihnen sein tiefstes Mitgefühl aus. Mara Grünbrecht umarmte er und drückte sie an sich, um sie spüren zu lassen, dass sie in dieser schweren Stunde nicht allein war. Die ganze Mordgruppe des Landeskriminalamtes war zum Begräbnis gekommen und hatte ihrem Kollegen die letzte Ehre erwiesen.

Stern trat ein wenig abseits und beobachtete zwischen den Gräbern stehend das Ende der Zeremonie, bis Kolanski sich zu ihm gesellte.

»Ich kann es immer noch nicht glauben, dass Edwin tot ist«, gab der Kollege Stern Einblick in seinen Gemütszustand. Dem Chefinspektor fiel auf, dass Kolanski beim Friseur gewesen war und seine Haare, die er seitlich hinter die Ohren klemmte, etwas hatte kürzen lassen. Wider Erwarten stand dem ansonsten mit Lederjacke und Jeans gekleideten Kollegen der schwarze Anzug gut. Stern hoffte jedoch, dass sich der Anlass, diesen tragen zu müssen, nicht so schnell wiederholte.

»Ich weiß, was du meinst«, erwiderte er und fühlte sich an das Begräbnis von Franziska erinnert. Es waren gerade mal ein paar Monate vergangen, seit seine Ex-Frau von einem LKW erfasst und getötet worden war. Auch damals hatten sie hier auf diesem Friedhof gestanden und sich von ihr verabschiedet. Er würde anschließend zu ihrem Grab hinübergehen und dort nach dem Rechten sehen, auch wenn sich seine Tochter Barbara ansonsten um die Pflege kümmerte und dies zweifelsohne ausgezeichnet erledigte. Aber ein wenig in Ruhe vor Franziskas Grab zu verweilen tat ihm bestimmt gut.

Weber kam zu ihnen und schüttelte betroffen den Kopf. »Was für eine Tragödie.«

»Ja, das ist es.« Stern seufzte tief. Drei Menschen waren gestorben, einer von ihnen war ihr Kollege gewesen. Da war es ein geringer Trost, dass sie die Mörder dingfest gemacht hatten. Beide saßen in Untersuchungshaft und warteten auf ihren Prozess. »Wir haben die Rufliste von Viktor Hallsteiners Handy überprüft. In der Mordnacht hat er Marion angerufen, und zwar um 1:45 Uhr. Wahrscheinlich hat er Marion um eine Aussprache gebeten«, sagte der Chefinspektor. Da sowohl Viktor als auch Marion tot waren, konnte er diesbezüglich nur Vermutungen anstellen. »Und wir kennen nun auch das Foto, das Marion ihm daraufhin geschickt hat. Sie hat ihm den Mittelfinger gezeigt.«

»Und trotzdem ist sie zu diesem Treffen gegangen«, resümierte Weber.

»Ja, aber wer weiß, was sie ihm alles gesagt hat«, zeigte Stern auf.

»Sie war nicht unterzukriegen«, erwiderte Kolanski.

»Sie hat es zumindest versucht. Außerdem hat Viktor Hallsteiner tatsächlich Albert Freiherr kontaktiert und nicht umgekehrt. Freiherrs Aussage deckt sich also mit den Handydaten.«

»Das ist gut«, erwiderte Weber, weiterhin auf die schwarze Menge vor Edwin Mirschers Grab starrend.

»Auch bestätigt Marions Laptop, dass sie mit Viktor Hallsteiner ein Verhältnis gehabt hat. Die Kollegen von der Technik haben eindeutige E-Mails und Fotos sichergestellt, die das belegen, und der Tonfall in den Nachrichten, die Viktor Hallsteiner Marion geschrieben hat, ist sehr von der Ansicht geprägt, dass sie ausschließlich ihm gehöre. Er hat die Hochzeit deswegen für gut empfunden, weil sie dann immer in seiner Nähe gewesen wäre, da sie und Fabian in der Hallsteiner Villa ein paar Räume hätten beziehen sollen«, erzählte Kolanski, was die Techniker auf Marions Laptop gefunden hatten.

»Von Marions Vater wissen wir, dass Marion mit der Hochzeit einverstanden war. Sie hatte einen Deal mit ihm«, berichtete Stern.

»Und wie hat der ausgesehen?«, wollte Weber wissen.

»Er hätte sie in der Firma als seine Nachfolgerin eingesetzt und nicht ihren Bruder, der eigentlich dafür vorgesehen war. Dafür hat sie Fabian geheiratet und er fünf Millionen Euro kassiert, mit denen sie gemeinsam das Unternehmen retten und sanieren hätten können.« Sterns Blick war nach wie vor auf das offene Grab gerichtet, während er diese Informationen an Weber weitergab.

»Sie hat sich quasi verkauft. Ihre Seele für eine Karriere«, fasste der Gerichtsmediziner zusammen.

»Nicht ihre Seele«, warf Kolanski ein. »Ihren Körper hat sie verkauft. Wenn ihr mich fragt, hat Marion ganz genau gewusst, was sie tut. Und wäre sie nicht gestorben, hätte sie schon bald ihre Krallen ausgefahren und sich genommen, was ihr zusteht.«

»Was soll das gewesen sein?«

»Sie hätte es den dominanten Männern in ihrem Umfeld mal so richtig gezeigt und ihnen Paroli geboten, da bin ich mir sicher. Die Balduin Gewürze hätten ihr alleine gehört und sie hätte die Männer der Reihe nach abmontiert«, schloss sich Stern seinem Kollegen an. »Schade, dass wir das nicht erleben dürfen.«

»Die fünf Millionen Euro wurden übrigens auf das Firmenkonto der Balduin Gewürze überwiesen«, erzählte Kolanski. »Somit ist das Unternehmen gerettet und David und sein Vater können weitermachen.«

»Das ist doch gut, oder? Ich liebe nämlich das Mühlviertler Lavendelsalz. Wäre wirklich schade gewesen, wenn es das in Zukunft nicht mehr gegeben hätte«, outete sich Weber als Liebhaber dieses Salzes.

»Sag bloß, du kochst?«, fragte Stern, der diese Seite an Weber noch gar nicht kannte.

»Das Lavendelsalz nimmst du nicht nur zum Kochen, Oskar«, belehrte der Gerichtsmediziner Stern. »Das nimmst du vor allem dort, wo sich das Aroma so richtig am Gaumen entfalten kann.« Weber schloss die Augen und erwirkte den Anschein, als würde er das Salz allein durch die bloße Vorstellung schmecken können.

»Und wo wäre das?«, hakte Stern nach.

»Am besten schmeckt es auf einer Scheibe frischem Bauernbrot, die du dick mit Butter bestreichst und darauf dann dieses Salz streust. Ich sage dir, wenn du das einmal probiert hast, willst du dein Brot nie wieder anders essen.«

Stern und Kolanski schmunzelten, da der Gerichtsmediziner derart ins Schwärmen geriet, als redete er über das exquisite Gericht eines Drei-Sterne-Kochs.

»Übrigens, es hat sich bestätigt, dass Viktor Hallsteiner mit seinem eigenen Gewehr erschossen wurde. Die Kollegen von der Spurensicherung haben im Keller der Villa den Gewehrschrank gefunden. Er war nicht verschlossen, weil Viktor das Gewehr dort herausgeholt hat, um sich notfalls gegen seinen Sohn zu verteidigen. Die Kollegen haben es dann in Freiherrs Wohnung gefunden, genau wie er gesagt hat.« Kolanski schüttelte ob dieser Ironie den Kopf. »Das, was Viktor Hallsteiner hätte schützen sollen, hat ihn am Ende umgebracht.«

»Nicht das Gewehr ist schuld, sondern der Mensch, der abgedrückt hat«, präzisierte Stern.

»Schon klar, Chef. Aber wenn er keine Waffen im Haus gehabt hätte, würde er wahrscheinlich noch leben«, tat Kolanski seine Meinung kund.

»Da ist etwas dran«, brummte Stern, und für eine Weile herrschte Schweigen.

»Stefanie Hallsteiner hat einen Nervenzusammenbruch erlitten, als sie erfahren hat, dass ihr Liebhaber der uneheliche Sohn ihres verstorbenen Gatten ist«, informierte Kolanski seinen Chef und den Gerichtsmediziner auch noch über diese Gegebenheit.

»Und dass er ein Mörder ist, stört sie nicht?« Stern zeigte sich entrüstet. Immerhin hatte Felix Kriecham Edwin Mirscher auf dem Gewissen. Er würde lebenslänglich hinter Gitter wandern. Dafür würden Stern, Grünbrecht und Kolanski mit ihren Aussagen vor Gericht sorgen.

»Vielleicht hat dieser Umstand ebenso dazu beigetragen, dass sie jetzt im Freistädter Krankenhaus liegt«, meinte Kolanski achselzuckend.

»Ja, vielleicht.«

»Auf die Frage, ob sie sich nichts dabei gedacht habe, dass er auf der Hochzeit aufgetaucht sei, hat sie uns erzählt, dass Felix ihr gesagt habe, er sei nur ihretwegen gekommen, dass er quasi Sehnsucht nach ihr gehabt habe, weil sie in letzter Zeit so wenig Zeit füreinander gehabt hätten.« Kolanski schüttelte ob der Leichtgläubigkeit dieser Frau den Kopf.

»Ja, wenn man die rosarote Brille erst mal aufhat, kann man halt nicht mehr klar denken«, erwiderte Stern. »Gell, Hermann?« Mit diesem Seitenhieb auf Kolanskis Liebesgeplänkel mit Leona Sipacher, wie sie ihm Informationen über den Fall entlockt und diese in den OÖ. News hatte abdrucken lassen, wechselte Stern das Thema.

»Schon gut«, winkte der Kollege ab. »Wird nicht wieder vorkommen.«

»Wo die Liebe hinfällt, kann man sich halt oft nicht aussuchen«, gab Weber eine Lebensweisheit von sich.

Stern fand, dass der Gerichtsmediziner recht hatte, und sah zu Grünbrecht hinüber, die die Liebe ihres Lebens gerade verloren hatte. Doch sie hielt sich tapfer, drückte unzählige Hände und nahm die Beileidsbekundungen der Reihe nach entgegen.

Aber auch er musste wie jeder andere auf dem Friedhof Anwesende mit Mirschers Tod fertig werden. Er atmete tief durch und richtete seinen Blick für einen Moment in den Himmel hinauf, wo die Sonne gelegentlich verstohlen durch den wolkenbehangenen Himmel blinzelte. Dort oben war er jetzt, sein Kollege. Von dort oben sah Edwin Mirscher auf sie alle herab. Dieser Gedanke tröstete ihn ein wenig.

»Christine und Fabian haben übrigens bestätigt, dass Kriecham sie nicht entführt hat. Sie sind freiwillig zu dem alten Bauernhaus gefahren, um ihn endgültig loszuwerden«, erzählte Kolanski noch.

»Das hat ja wunderbar geklappt«, meinte Weber zynisch.

»Apropos loswerden«, sagte Stern nach einer Weile.

»Was?«, hakte Kolanski nach.

»Na, diese Leona Sipacher. Die arbeitet ja bei den OÖ. News, ich nehme an, als Ersatz für Eleonore Winkler«, ließ Stern die Kollegen an seiner Vermutung teilhaben. Eleonore Winkler war lange Zeit die Chefredakteurin bei dieser Tageszeitung gewesen und hatte oftmals über die Fälle berichtet, die Stern und seine Kollegen bearbeitet hatten.

»Schon möglich«, knurrte Kolanski, da er ahnte, was der Chefinspektor damit ausdrücken wollte.

»Sie wird dir bei jedem Fall an der Backe kleben und so viel wie möglich aus dir herauskitzeln wollen«, schloss Stern mit dieser Vorausschau.

Kolanski nahm es gelassen. »Ich weiß ja jetzt, woran ich bin, und noch einmal falle ich auf die Dame nicht rein, das sag ich euch.«

Stern und Weber schmunzelten.

Die Menschenansammlung auf dem St. Barbara Friedhof löste sich langsam auf, verstreute sich in verschiedene Richtungen. Grünbrecht trat aus der Gruppe der Familie heraus und kam auf die Ermittler zu. Als sie bei ihnen anlangte, öffnete sie ihre Halskette und nahm den Ring ab, den Stern ihr in dem alten Bauernhof gegeben hatte.

»Er gehört dir, Oskar«, sagte sie und hielt ihm seinen Ehering entgegen. Für ihre schlanken Finger war er viel zu groß, deshalb hatte sie ihn zu dem Baumanhänger, den sie von Mirscher zu ihrem letzten Geburtstag geschenkt bekommen hatte, auf die Kette gefädelt. In Stern wurde sofort die Erinnerung an die provisorische Hochzeit in dem alten Bauernhaus lebendig, die Tränen, die dabei geflossen waren, und die Hoffnung, die wie ein Stück Treibholz im Wasser eines reißenden Flusses fortgetrieben war.

»Behalte ihn, Mara. Es ist jetzt deiner«, krächzte er. Seine Stimme versagte ihm den Dienst, aber er wusste, dass der Ring Grünbrecht viel mehr bedeutete als ihm. Deshalb war es die einzig richtige Entscheidung, ihn ihr zu überlassen.

Mara drückte ihm einen Kuss auf die Wange. »Ich werde ihn kleiner machen lassen. Danke, Oskar.« Dann wandte sie sich mit einem Lächeln ab, das ihren Schmerz überdecken sollte, und ging zurück zur Trauerfamilie. Nach und nach verließen auch die restlichen Anwesenden den Friedhof in Richtung Ausgang.

»Weißt du was, Weber?«, fragte Stern in diese Abschiedsstimmung hinein.

»Nein, was denn, Stern?«

»Ich könnte jetzt glatt den Johannesweg gehen. Ein wenig Ablenkung ist genau das, was ich brauche. Und da der Fall abgeschlossen ist, können wir gleich starten. Morgen schon oder am Wochenende. Das Wetter soll hervorragend werden.«

Weber drehte sich zu ihm herum und betrachtete ihn prüfend von der Seite, ob er es wirklich ernst meinte. Und ja, Stern meinte es ernst.

»Das freut mich, Oskar. Ehrlich!« Der Gerichtsmediziner klopfte sich energiegeladen auf die Oberschenkel, als wollte er direkt vom Friedhof losmarschieren.

»Habt ihr etwas dagegen, wenn ich euch begleite?«, fragte Hermann Kolanski.

Die Köpfe von Stern und Weber wandten sich in seine Richtung.

»Du? Hast du denn nichts Besseres vor?«, hakte Stern nach, da er wusste, dass sein Kollege am Wochenende gerne in den Linzer Bars abhing und dort Frauenbekanntschaften machte. »Den Johannesweg zu gehen dauert mindestens drei Tage, wenn nicht sogar vier.«

Kolanski senkte den Blick, als müsste er überlegen, was er antworten sollte. Als er ihn wieder hob, setzte er seine Sonnenbrille auf und sagte: »Ich hab im Moment die Schnauze voll von den Frauen, das könnt ihr mir glauben. So ein bisserl wandern wäre genau das Richtige. Außerdem brauche ich ein wenig Abstand, bevor ich Bormann unter die Augen trete und ihm beichte, dass es meine Schuld war, dass unsere Ermittlungsergebnisse in der Presse gestanden haben.«

»Ich denke, dass Bormann deswegen nicht mehr sauer ist. Jetzt haben wir alle etwas ganz anderes zu verarbeiten.« Stern klopfte dem Kollegen aufmunternd auf die Schulter.

»Und vielleicht läuft uns ja auf der Strecke eine schöne Mühlviertlerin über den Weg, dann kannst du …«

»Ach, halt die Klappe, Weber!«, riefen Stern und Kolanski gleichzeitig.

ENDE

DANKSAGUNG

Ich kann es immer noch nicht glauben, dass Oskar Stern bereits seinen vierten Fall lösen durfte. Dafür gebührt Ihnen, geschätzte Leserinnen und Lesern, mein allerhöchster Dank! Nur weil Sie wissen wollen, wie es mit Stern und seinen Kollegen weitergeht, darf ich mir neue Geschichten ausdenken. Ein herzliches *DANKE* dafür!

Damit diese Storys auch glaubwürdig erscheinen, habe ich bei der Polizei und dem Roten Kreuz meine heimlichen Flüsterer, die mich hinsichtlich der Umsetzung meiner Fantasien beraten. Dass sie namentlich nicht genannt werden wollen, respektiere ich. Aber es gibt sie, und ich höre ihr Lachen, wenn ich ihnen meine Fragen stelle, die ihnen oftmals absurd vorkommen und die den unzähligen Fernsehkrimis geschuldet sind, die ich zuhauf konsumiere. Realität und Fiktion liegen halt oftmals weit auseinander. Danke, dass ihr mich dabei unterstützt!

Im Gmeiner-Verlag hat die Oskar-Stern-Reihe ihr Zuhause gefunden. Mit Sorgfalt und Liebe werden hier meine kreativen Ergüsse zu einem Buch geformt. Meine Lektorin Katja Ernst sorgt wie immer für den Schliff des Textes, und unzählige fleißige Verlagsmitarbeiter im Hintergrund kümmern sich um Cover, Satz und Veröffentlichung. Danke an das gesamte Gmeiner-Team! Ihr seid großartig!

Und ohne meine Familie würde ich das alles nicht schaffen. Durch ihre Nachsicht, dass ich nicht jedes Mal zur Verfügung stehe, wenn es vielleicht sein müsste, da ich gerade in der Welt von Oskar Stern abgetaucht bin, habe ich die Möglichkeit, spannende Kriminalfälle entstehen zu lassen. Ich liebe euch!

Chefinspektor Oskar Stern ermittelt:

1. Fall: Mühlviertler Blut
ISBN 978-3-8392-2238-6

2. Fall: Mühlviertler Rache
ISBN 978-3-8392-2515-8

3. Fall: Mühlviertler Grab
ISBN 978-3-8392-2741-1

4. Fall: Mühlviertler Kreuz
ISBN 978-3-8392-0063-6

GMEINER SPANNUNG

WWW.GMEINER-VERLAG.DE
Wir machen's spannend

DIE NEUEN Lieblings-plätze

ISBN 978-3-8392-2730-5

ISBN 978-3-8392-2929-3

ISBN 978-3-8392-2614-8

ISBN 978-3-8392-2930-9

ISBN 978-3-8392-2927-9

ISBN 978-3-8392-0043-8

ISBN 978-3-8392-2926-2

ISBN 978-3-8392-2925-5

ISBN 978-3-8392-0044-5

ISBN 978-3-8392-2932-3

ISBN 978-3-8392-2924-8

ISBN 978-3-8392-2624-7

ISBN 978-3-8392-2628-5

ISBN 978-3-8392-2931-6

ISBN 978-3-8392-2634-6

ISBN 978-3-8392-2928-6

GMEINER KULTUR

WWW.GMEINER-VERLAG.D

Mensch, Kultur, Regio